From Father to Son
Words of Knowledge and Wisdom

微信家书

弘毅　著

人民日报出版社

北　京

图书在版编目（CIP）数据

微信家书 / 弘毅著 . -- 北京 : 人民日报出版社，
2024.1

ISBN 978-7-5115-6955-4

Ⅰ . ①微… Ⅱ . ①弘… Ⅲ . ①书信集－中国－当代
Ⅳ . ① I267.5

中国版本图书馆 CIP 数据核字 (2021) 第 210037 号

书　　名：微信家书
　　　　　WEIXIN JIASHU
作　　者：弘　毅

出 版 人：刘华新
责任编辑：陈　红　吴婷婷
封面设计：谢锦华

出版发行：人民日报出版社
社　　址：北京金台西路2号
邮政编码：100733
发行热线：（010）65369527　　65369846　　65369509　　65369512
邮购热线：（010）65369530　　65363527
编辑热线：（010）65369844
网　　址：www.peopledailypress.com
经　　销：新华书店
印　　刷：北京盛通印刷股份有限公司

开　　本：710mm×1000mm　　1/16
字　　数：280千字
印　　张：23
版　　次：2024年2月第1版
印　　次：2024年2月第1次印刷

书　　号：978-7-5115-6955-4
定　　价：68.00元

目录 CONTENTS

笔记

忌讳

省身

执着

知音

改过   戒贪

克勤   爱民

上篇

抑商　　　直言　　　约束

伯乐　　　进步

虚盛　　李悝　　品性

求贤

规律　　　信念　　…

笔记 ☐

唐代文学家刘禹锡有句诗："千淘万漉虽辛苦，吹尽狂沙始到金。"（《浪淘沙》）说到读书，好比淘金，千本万册，遍而读之，也是很辛苦的。而真正于你有用的、对你有启发意义的内容并不多。一些精彩论述、重要观点和数据，如果不摘抄、不分类积攒、不做笔记，那就白辛苦了，沙吹走了、金也吹走了。

积累 ☐

《老子》是道家经典著作。其中有句话，叫"合抱之木，生于毫末；九层之台，起于累土"。就读书做学问而言，平时须注意做笔记，一点一滴、一句一段，分门别类，日积月累。届时写论文、写书，素材多了，基础牢了，下笔如有神，经典信手拈来。

交友 ☐

东汉王符说："大鹏之动，非一羽之轻也；骐骥之速，非一足之力也。"（《潜夫论·释难》）善于组织领导的人、善于借力的人，才能飞得更高，走得更快，才能成就更伟大的事业。一个人，除了读书、锻炼，也要广交朋友，丰羽强足。

立志 □

　　《尚书》说："功崇惟志，业广惟勤。"一个人要成就一番事业，首先要立志。志存高远，事业才有可能显赫。其次，要勤奋。一勤天下无难事，勤奋才能真正做到心想事成。

远见 □

　　《史记·淮南衡山列传》上讲，"聪者听于无声，明者见于未形"。这句话是说，真正耳聪目明的人，真正有远见卓识的人，是那些觉察到一般人觉察不到的事物及其发展趋势的人，是那些见微知著、以所见知所不见的人，是那些有超级预测能力的人。他们或治于未病，或未雨绸缪，或备战备荒，或贱买贵卖……同样，我们对人生规划、对事业选择，也要聪明点，要看到并顺应时代的需求。

执着 □

　　荀子是中国古代一位伟大的哲学家。他说："骐骥一跃，不能十步；驽马十驾，功在不舍。锲而舍之，朽木不折；锲而不舍，金石可镂。"（《荀子》）锲而不舍，现已成了一个成语。荀子是说韧劲和毅力对事业成功的重要性。笨鸟先飞、勤能补拙，说的是同一个道理。天资聪颖，又认真、努力，一定会取得更大的成绩。

灵活 □

《盐铁论》是研究西汉经济思想史的重要著作。书中有句话，"明者因时而变，知（zhì，古同'智'）者随世而制"。讲实事求是，具体情况具体分析的道理。不同时期、不同地方，情况不一样，所以应对的方式、方法，不能千篇一律。要逢山开路，遇水架桥。

非常 □

《汉书·武帝纪》："盖有非常之功，必待非常之人。"中华民族伟大复兴的中国梦，要算当代中国"非常之功"了。北大、清华、复旦、南开……应该说是中国培养"非常之人"的地方。实现中国梦要靠所有中国人努力，也要靠名校学子们的智慧和忠诚。

善政 □

《史记·齐太公世家》："桓公既得管仲，与鲍叔、隰朋、高傒等修齐国政，连五家之兵，设轻重鱼盐之利，以赡（接济）贫穷，禄（养）贤能，齐人皆说（悦）。"治理一个国家、地区，关键是得人才、修内政、固国防、强经济、保民生，让老百姓高兴。

责任 □

《论语·颜渊》记载："齐景公问政于孔子。孔子对曰：'君君，臣臣，父父，子子。'公曰：'善哉！信如君不君，臣不臣，父不父，子不子，虽有粟，吾得而食诸？'"做什么，像什么，世界上最怕认真二字。具体说，父要慈爱，儿要孝顺，兄友弟恭，夫唱妇随，长惠幼顺，君仁臣忠。推而广之，每个人都要有敬业精神、职业道德、担当意识，社会才能和谐进步。

明德 □

《礼记·大学》讲："大学之道，在明明德，在亲民，在止于至善。"修身养性，治国安邦，关键在哪儿？在弘扬公德、大德，弘扬核心价值观；在亲近百姓，与群众同甘共苦；在不断完善自己、完善体制机制，追求完美。

大道 □

"大道之行也，天下为公。"这是《礼记·礼运》中的一句话。天下为公与否，是判断一个时代和一个社会是否正常的重要标志。如果人人为一己之利，坑蒙拐骗，伤天害理；如果人人搞歪门邪道，天下就要大乱了。因此，每一个人都要有理想信念，要为同胞着想，为民族和国家作贡献，为世界和平正义、为人类共同利益而奋斗。这才是"大道"。

友好 □

《孟子·滕文公上》有句话，叫"出入相友，守望相助"。个人能力有限，组织力量无穷。而相友、相助，是组织的核心原则。否则，一盘散沙，便形不成战斗力。窝里斗，幸灾乐祸，见死不救……更是大忌。坚持与人为善，乐于助人，朋友就会越来越多，人生的道路就会越走越宽。

改过 □

《周易·益》："见善则迁，有过则改。"明智的人有是非、对错、善恶之标准。迁，改变，见善则迁与见贤思齐，都是向好人好事学习的意思。有过则改不难，难的是承认错误，而承认错误不仅需要明辨，还需要勇气、胸怀，所以有些人会文过饰非，知错不改。他们要面子，不要真理。

善始 □

北齐人刘昼在《刘子·崇学》中说："凿井者，起于三寸之坎（小坑），以就百仞之深。"习近平总书记引用并阐释说："这就像穿衣服扣扣子一样，如果第一粒扣子扣错了，剩余的扣子都会扣错。人生的扣子从一开始就要扣好。"（《青年要自觉践行社会主义核心价值观——在北京大学师生座谈会上的讲话》）善始善终，坚持不懈，事业就能成功；从点滴做起，从身边做起，从自己做起，一步一个脚印，宏愿就能实现。

克勤

唐代诗人杜荀鹤《题弟侄书堂》诗曰："少年辛苦终身事，莫向光阴惰寸功。"习近平总书记引用并阐释说："听说有的同学喜欢比吃穿，比有没有车接车送，比爸爸妈妈是干什么工作的，这样就比偏了。一定不能比这些……要比就比谁更有志气、谁更勤奋学习、谁更热爱劳动、谁更爱锻炼身体、谁更有爱心。"我觉得这段解说非常好，很有针对性，虽然是对儿童讲的，但成年人看了，也很受启发。有的成年人不是很喜欢比官大官小、钱多钱少吗？比毕业院校名气大小、学历高低吗？这样比同样比偏了。要比就比对国家贡献大小，比德能勤绩廉。

唯实

清代有个思想家叫魏源。他说："履不必同，期于适足；治不必同，期于利民。"（《默觚（gū）下·治篇五》）走什么路，举什么旗，采取什么模式，使用什么方法，关键看符不符合当地实际、对当地老百姓是否有利。世界上没有放之四海而皆准的模式。必须实事求是，扬长避短，合适就好，有益就行。治国如此，做人也一样。

本源 □

唐代有个叫魏徵的人，喜欢给皇上提意见和建议，有的还很尖锐，很逆耳。皇上气坏了，恨不得杀了他。不过多数意见和建议还是很中肯的，也很有哲理性。例如，他说："求木之长者，必固其根本；欲流之远者，必浚其泉源。"（《谏太宗十思疏》）不同的人，不同的事，可能有不同的本和源。比如，对在校生来说，熟悉基本概念和知识，掌握基本原理和方法，恐怕就是根本，就是泉源了；对领导干部来说，稳定是根本，发展和改革就是泉源。

忠孝 □

子贡是孔子的学生，很会做生意。有一天，他对老师说："子从父命，孝矣；臣从君命，贞矣。夫子有奚对焉？"孔子说：你真是鄙陋无知呵！"父有争（诤，规劝）子，不行无礼；士有争友，不为不义。"怎么能说盲从就是忠、孝呢？关键要看他命令什么，命令有无道理，内容是对抑或错。"夫能审其所从"（《孔子家语》），对的听，不对的拒绝，这才叫忠孝。换句话说，爱父母，敬领导，更爱真理，更敬事实，绝不盲从。当然，小孩阅历浅，认识未必到位，父母长辈的意见还是要认真考量的。盲从不对；自以为是、固执己见，也是不对的。凡事要有主见，要有自己的判断。

诚实 ☐

　　子路是孔子的一个学生。有一天，他衣着华丽、神色傲慢地去见孔子。孔子说：你这副样子，还会有谁给你提意见和建议呢？"奋于（过于注重）言者华（华而不实），奋于行（行为）者伐（自夸）。夫色智（自矜才智，现于形色）而有能者，小人也。故君子知之曰知，言之要（要领）也；不能曰不能，行之至（准则）也。"（《孔子家语》）说实话，办实事，求实效，不懂就问，不行就学，这叫智慧与品性。

交友 ☐

　　近朱者赤，近墨者黑。交友要有选择，要特别慎重。是人都交，要吃大亏。自我封闭，离群索居，当然不对；与狐朋狗友、鸡鸣狗盗之辈交往也不对。《孔子家语·六本》有句话："与不善人居，如入鲍鱼之肆，久而不闻其臭，亦与之化矣。"就是说，与坏人混在一起迟早会变坏，会被坏人同化。可见，要与人交往，但只与好人做朋友。

使命 ☐

　　人的一生，要有责任感和使命感。有责任感，然后能自觉自律；有使命感，然后能奋发有为。苏轼《临江仙》词曰"长恨此身非我有，何时忘却营营"，反映了作者的失意彷徨。一个人应该为国家作贡献，为人民谋利益。这不是名利场上的"营营"，不能忘却，也不应该忘却。相反，要全身心投入，要忘我工作。仕途上受点挫折是再正常不过的了，万事如意从来就是一种奢望。不可因小失大，自暴自弃，自寻烦恼。如果遇到困难都"小舟从此逝，江海寄余生"，那么谁赡养父母，抚养孩子？谁对国家负责，为民族尽力？

强身

身体是革命的本钱。强身健体很重要。"自信人生二百年，会当水击三千里。"（毛泽东《七古》残句）身体好，心情就好，人生就好。"今我不乐思岳阳，身欲奋飞病在床"（杜甫《寄韩谏议》）是不行的。身体不好，一切都是空的。不仅不能为社会作贡献，反而会给他人增加负担。即使有亲人服侍，也难以为继。"久病床前无孝子"，说的就是这个道理。所以，要爱护身体，保养身体，锻炼身体。学习、工作，不是损害身体健康的理由。劳逸结合，会休息的人才会工作。废寝忘食，强调的是专注的精神；只能偶为之，切不可长期如此。否则，身体垮了，形灭神亦灭。烟酒，食色，更不应该成为糟蹋身体健康的因素。做大事，拘小节，才能立德、立功、立言！

省身

批评和自我批评是共产党人的优良传统，也是中国的传统美德。"玉不琢，不成器"，讲的是批评、教育的重要性。"言者无罪，闻者足戒"，讲如何对待批评。说得对，好听不好听，都要虚心接受；说得不对，要反思，要引以为戒。"吾日三省吾身"，讲自我批评。不同的人，不同阶段，反省的内容会不同。比如，学生可以自问：今天认真学习了吗？锻炼身体了吗？对老师、同学尊重、友善了吗？又比如，干部可以自省：今天勤政、廉政了吗？给当地老百姓带来好处了吗？今天的决策经得起历史、实践和人民的检验吗？

平衡 □

《国语·周语》记载，周景王二十一年（前524），将铸大钱（铸不足值钱即铸币贬值）。卿士单旗提出反对意见。其中讲到"量资币，权轻重"，子母相权（单位大小不同的货币固定比价同时流通）的道理。用今天话说，要保持币值稳定，不轻亦不重，必须测量商品、货币，保持商品与货币平衡。不能因为国库吃紧，就采用通货膨胀、铸币贬值的办法搜刮民财。这样做，"是离民也"。

薄取 □

据《左传》记载，晏婴与齐景公论存亡之道，在得民心，在薄取厚予。"陈氏虽无大德，而有施于民……其取之公（入国库）也薄，其施之民也厚……民归之矣。"讲政治离不开经济，讲经济离不开政治，政治经济学作为一门独立学科自有它的道理。民惟邦本，而民以食为天，用毛泽东同志的话说，必须给人民以看得见的物质利益。中国传统经济思想反对横征暴敛、竭泽而渔，厌恶暴敛之政，可谓深谋远虑、高瞻远瞩。

节俭 □

《墨子》提倡节俭，以满足人类生存需要为消费支出标准。书中说，"俭节则昌，淫佚则亡""去无用之费，圣王之道，天下之大利也""去其无用之费，足以倍之（国家财富）"。把钱用在刀刃上，用在必需品开支上。把一块钱掰作两块钱用，视节俭为国策和增加财富的手段。墨子及其学生是这么想的，也是这么践行的。但有权、有钱的人不愿意这样想这样做。奢侈是他们的追求，也是他们地位的象征。从经济学角度讲，节俭、节约是非常重要的理念和原则。经济改革和技术进步，目的之一就是为了以更少的投入获得更多、更好的产出。但也要注意，艰苦奋斗，目的不是为了艰苦，相反，是为了更好的生活。换句话说，生产节约（投入产出理论，物尽其用、降低能耗理念）与生活节约（消费层次理论，消费的反作用）有相同处也有不同处。

井田 □

孟子井田制设想，对后世影响深远。他对毕战说："夫仁政，必自经（勘、划）界始……经界既正，分田制禄可坐而定也……请野（乡村）九一而助，国中（城市及其近郊）什一（百分之十的税率）使自赋……死徙无出乡，乡田同井……方里而井，井九百亩，其中为公田。

八家皆私百亩，同养公田；公事毕，然后敢治私事。"（《孟子·滕文公上》）显然，井田制操作困难。但其耕者有其田，公私分开，轻徭薄赋，守望相助等精神还是可取的。

分工 □

孟子指出分工的必要性，看到各司其职、各尽其能的重要性。他在反驳许子（许行）之道——"贤者与民并耕而食"时说，许行种地无暇织布、陶冶，"以粟易之"（用粮食换衣服、农具），"然则治天下独可耕且为与？有大人之事，有小人之事。且一人之身，而百工之所为备，如必自为而后用之，是率天下而路也。故曰，或劳心，或劳力；劳心者治人，劳力者治于人。治于人者食（供养）人，治人者食于人（被人供养），天下之通义也"。（《孟子·滕文公上》）体力劳动和脑力劳动的划分，是社会最基本、最明显的一对分工。孟子看到了各种分工的必要性、交易的合理性，也看到了个体需求的多样性与个体供给的有限性（时间、精力、技能）间的矛盾，看到了比较优势，看到了分工合作的普遍性，实属难能可贵。

老子 □

《老子》是一部充满智慧的书（朴素辩证法），也是一部很反动（"不尚贤，使民不争"）、很狡黠（"不贵难得之货，使民不为盗；不见可欲，使民心不乱"）、很恶毒（"是以圣人之治，虚其心，实其腹；弱其志，强其骨"）、很自私（"常使民无知无欲，使夫智者不敢为也"）、很消极（"为无为，则无不治"）、很幼稚（"小国寡民"，庄子叫"至德之世"）的书。聪明的读者善于扬弃，取其精华，弃其糟粕。

庄子 □

　　《庄子》这本书文采飞扬，讲了很多歪理邪说，如："圣人生而大盗起"，"法之所无用也"，"天下每每（昏昏）大乱，罪在于好知"。也讲了不少实话、箴言，如：盗亦有道，"夫妄意室中之藏，圣也；入先，勇也；出后，义也；知可否，知也；分均，仁也。五者不备而能成大盗者，天下未之有也"。又如，"唇竭（亡）则齿寒"等成了成语。"彼窃钩者（小偷）诛，窃国者为诸侯"成了名言。

衣食 □

　　共产党人是唯物主义者，相信经济基础决定上层建筑，存在决定意识。人们首先要生存，要穿衣吃饭，要遮风避雨，所以要生产，要搞经济建设。和平时期，坚持以经济建设为中心是完全正确的，是不能动摇的。那些高谈阔论、自以为是的人，那些好像不食人间烟火的人，是唯心的、也是骗人的。《管子·牧民》讲"仓廪实而知礼节，衣食足而知荣辱"，说得很到位。

富民 ☐

《管子·治国》讲："凡治国之道，必先富民……故治国常富，而乱国常贫。是以善为国者，必先富民，然后治之。"所谓"富"，就是粟（粮食）多。因此，必须重农。可是，"农夫终岁之作，不足以自食也"，"今也仓廪虚而民无积，农夫以鬻子者"。造成这种状况的主要原因是，政府征收暴急无常、高利贷趁火打劫、奢侈品生产者牟取暴利、商人贱买贵卖。所以，重农的同时，政府要征收有时，轻徭薄赋，抑制奢侈品生产流通，打击商人、高利贷者。消除行业暴利，使士农工商"四民"获得社会平均利润，让农民安心种地。古代中国是个农业国家，有饭吃有衣穿就算"富"了。富的标准较低、指标较单一。但就是这样，中国直到20世纪改革开放前，也没有很好解决，没有"富"，古人之难可想而知！

经济 ☐

中国古代主流经济思想可以概括如下：

· 产业政策——重本（农）抑末（商，奢侈品生产和流通）。

· 财政原则——开源节流，量入为出。

· 赋税思想——轻徭薄赋，使民以时，什一税（百分之十税率）。

· 消费主张——黜奢崇俭，等级消费。

· 土地制度——井田制、王田制、限田制、均田制、耕者有其田。

· 货币理论——量资币，权轻重，维持币值稳定。

·流通理论——货畅其流，关市稽（查）而不征（税），货真价实，童叟无欺。

·专卖政策——官山海，正盐策。（盐、铁专卖，含税价）

·物价理论——物多则贱，寡则贵。散则轻，聚则重。贵贱可调。

自然 □

凡是自然的，都是合理的；人为改变，也只有在遵循自然规律的前提下，才有可能更加合理。这就是老子、庄子所说的"道法自然"的真正含义。

规律 □

违反自然规律，将遭到大自然惩罚；违反社会规律，如公正、诚信、自由、民主等，将遭到人们反抗。古人说"天人感应"就是这个意思。相反，遵循规律，风调雨顺、国泰民安，也就是古人说的另外一种情况即"天人合一"。

防微 □

做大事，指志向；拘小节，指修养。既要立志高远，又要脚踏实地，一点一滴做起，积小胜为大胜，用时间换空间。得过且过、马马虎虎最要不得。《战国策·魏策一》上讲，"积羽沉舟，群轻折轴"，是有道理的。小错误、小问题、小节哪怕像羽毛一般轻，多了，也会沉舟折轴、会毁掉一个人。所以，要防微杜渐，自省自律。毋以善小而不为，毋以恶小而为之。有错必改，早改、速改、彻底改。"禁微则易，救末者难。"（《后汉书·丁鸿传》）

学习

知识更新的速度越来越快。18世纪以前，知识更新速度为90年左右翻一番。"江山代有才人出，各领风骚数百年"（赵翼《论诗五首·其二》），是完全可能的。20世纪90年代以来，知识更新加速到3—5年翻一番。近50年来，人类社会创造的知识比过去3000年的总和还要多。能引领风骚几年甚至几个月都不容易。"因此，全党同志特别是各级领导干部都要有加强学习的紧迫感。"（习近平《在中央党校建校80周年庆祝大会上的讲话》）每个人要有终身学习、与时俱进的意识。

善学

一旦学习成为一种兴趣，一种爱好，学习就不再枯燥乏味，就不再是一种负担，一项任务。《论语》说，"知之者不如好之者，好之者不如乐之者"。学习方法多种多样，按照《礼记》的说法，首先是"博学"，博览群书、如饥似渴；其次是"审问"，学孔子，每事问，刨根问底；再次是"慎思""明辨"，即经过理性思考，分清是非对错，做出正确选择；最后是"笃行"，笃，忠实、一心一意的意思。方向对、决策好，就要心无旁骛地去做，做出成绩，做出效果。

躬行 □

学习重要，实践同样重要。物理、化学讲实验，经济学讲实习，讲到工厂、农村、银行等市场主体工作一段时间。"耳闻之不如目见之，目见之不如足践之。"（刘向《说苑·政理》）古往今来，死读书、读死书、读书死的人是有的。不过，多数人尤其是有成就的人，知道实践的重要性，信奉知行合一，能体会到"纸上得来终觉浅，绝知此事要躬行"（陆游《冬夜读书示子聿》）。

专长 □

韩愈《师说》有言："闻道有先后，术业有专攻。"每个职业、每个专业、每个院系都有它存在的价值。职业、专业、院系本身没有高低贵贱之分。"骏马能历险，犁田不如牛。坚车能载重，渡河不如舟。"（顾嗣协《杂兴八首之三》）每个有一技之长的人，都应该受到尊重。寸有所长，尺有所短。人尽其才，方能爬坡过坎、攻坚克难，成就盛世强国。不可因某些方面比别人弱而妄自菲薄，亦不可因某些方面比别人强而妄自尊大。

粮食 □

　　《管子》讲："粟者，王之本事也，人主之大务，有人（保有人民）之途，治国之道也。"人要生存，要吃饭，要有粮食，这是再简单不过的道理。人们必须高度重视粮食生产、储备、加工、流通、交易、消费。一顿不吃饿得慌。没有饭吃，国家不可能长治久安，执政者尤其要重视粮食问题。为此，中国政府力保18亿亩耕地，给产粮户补贴，各级政府设置粮食局，到处建国家储备粮库……饭碗必须牢牢掌握在自己手中！

民心 □

　　古人治理国家是很有一套办法的。他们知道民心的重要。"政之所兴，在顺民心；政之所废，在逆民心。"民心，通俗地说，就是人民对美好生活的向往。顺，就是带领人民为之奋斗。他们知道欲取先予的道理。"故知予之为取者，政之宝也。"知道为政一方的底线在哪里，"不为不可成者，量民力也；不求不可得者，不强民以其所恶也；不处不可久者，不偷取一世也（贪取眼前利益）；不行不可复者，不欺其民也"（《管子·牧民》）。

坦荡 □

古人是推崇开诚布公的，喜欢坦荡。"言室满室，言堂满堂，是谓圣王。"（《管子·牧民》）他们不搞拉帮结派、交头接耳；不做鬼鬼祟祟、见不得人的事。在堂、室讲话，因为无私所以无畏，不怕让人听见，相反，希望满屋子的人都能听见！

为政 □

什么人可以当一把手？什么人可以主政一方？《管子·牧民》说得好，"知时者可立以为长，无私者可置以为政"。牵头的有目标和方向，办事的不贪不占，智者知时、德者无私，德才兼备，国泰民安、政通人和矣！

管子 □

独裁和专制是古代中国政治基本生态。它的根基是控制和拥有生产资料，控制和分配粮食等重要消费品。《管子》这本书是为独裁和专制政府出谋划策的著作之一。它公开提倡"挟其食，守其用。据有余而制不足"，使"民无不累（系）于上"。

坚守 □

唐太宗对尉迟恭说："朕将嫁女与卿，称意否？"尉迟恭笑对："臣妇鄙陋，亦不失为夫妇之道。臣每闻古人云：'富不易妻，仁也。'窃慕之，愿停圣恩。"叩头固让，帝嘉之而止。（《唐语林》）自古以来，贵易交，富易妻，大有人在，然亦为人所不齿。相反，"贫贱之知不可忘，糟糠之妻不下堂"（《后汉书·宋弘传》）为人传诵。况且，皇上主动提出，能攀龙附凤而不攀附，坚守夫妇之道，尤其难能可贵！尉迟恭字敬德，名副其实也。

感情 □

"太上忘情，最下不及于情。情之所钟，正在我辈。"（刘义庆《世说新语·伤逝》）有境界的人，懂得感情但不会被感情束缚；愚蠢的人不懂感情。一般人呢，懂感情但易陷入感情。

劳逸 □

李翰是唐肃宗时翰林学士，文虽宏畅，而思甚苦涩。晚居河南禹县，"思涸则奏乐，神逸则著文。"（《旧唐书·文苑传下·李翰》）就是说，文思枯竭，写不出东西时，先听听音乐，让大脑休息，神经放松，待思维清楚后，再写东西。劳逸结合，不打疲劳战。

专注 □

欧阳询，唐代著名书法家。尺牍所传，人以为法。书法特点：险劲。代表作：《九成宫醴泉铭》。成功要诀：专注、爱好、真喜欢。史载，其行见古碑，驻马观之，良久而去。数百步复还，下马伫立。及疲，坐观，宿其旁，三日而去。

农战 □

《商君书》是假商鞅之名写的一部书。商鞅是战国时期法家代表人物之一。《商君书》说："国之所以兴者，农战也。"农使国富，战使国强。书中建议，只有从事农战才能取得官爵。同时，要限制其他一切行业，包括禁末（奢侈品制造业）。农战，应该说是先秦法家经济思想的核心概念。

招商 □

《商君书·徕民》是一篇很好的古代"招商"理论和工作方案。它批评"爱爵重复"（不轻易给别人名誉，不轻易免除徭役）的想法和做法。认为一个虚（名），一个本来不存在（役），为什么不肯以虚易实、以无换有呢？书中说："以草茅之地（用名誉和免役政策），徕三晋之民而使之务本（从事农业）。"既损敌，又增加粮食；既解决农战矛盾，又达到农战效果。有什么不好呢？一些地方政府为了招商，给这个一顶帽子（政协委员、人大代表等），给那个三年免税五年减半征收，不是同古人半斤八两、如出一辙吗？

荀子 □

现代经济学很多原理和逻辑，在古代文献里都能找到，并且言简意赅。例如，稀缺与竞争。荀子说："欲多而物寡，寡则必争矣。"又如，需求与分工。荀子说："故百技所成，所以养一人也。而能不能兼技，人不能兼官；离居不相待则穷，群居而无分则争。穷者患也，争者祸也。救患除祸，则莫若明分使群矣。"（《荀子·富国》）

清醒 □

《群书治要·说苑》有一段话很深刻、很老练。"明主者有三惧：一曰处尊位而恐不闻其过，二曰得意而恐骄，三曰闻天下之至言而恐不能行。"上述"三惧"，岂限于君主，一般人也应该警醒。随着地位升高，或钱财增加，拍马屁的人会越来越多，不清醒的话，自己会越来越骄傲，会信以为真，朝错误的方向越走越远，再也听不到真话、实话，再也不愿意听真话、实话，更不愿意听批评的话。一意孤行，好的建议听不到、不愿听，更不愿意行。结果呢？前功尽弃，甚至犯错误，追悔莫及。

民主 □

专制是古代中国政治的基本特点。但古代中国人并不喜欢专制、独裁。他们向往民主协商，担心"一言堂"。《群书治要·说苑》上讲："昔尧舜之为君也，唯恐言而人不违（唯恐自己的话别人不反对）；桀纣之为君也，唯恐言而人违之。"集思广益、群策群力，则事无不顺，功无不成！

蓄德 □

裕德、蓄德、积德、修身、行善，其实是一个意思。"自强不息，止于至善"，言修身是一辈子的事。蓄德、修身有多种方式、方法。自省自悟是一种，见贤思齐是一种，知书达理、读史明智也是一种。《易》曰："君子以多识前言往行以蓄其德。"前言往行，既是经验之谈，又是前车之鉴。多学习，多思考，定当受益匪浅。

教化 □

历代中国统治者都很注重教化。"风（讽，规劝）以动之，教以化之。"（《毛诗序》）可是效果有限。人们常常感叹，世风日下、人心不古。这是为什么呢？马克思主义认为，存在决定意识。规则决定行为，有规则不严格执行，等于无规则。所以，教化是一方面；另一方面，要制定好规则，要有良法善政，并严格执行。这样，风气才会好，风俗才会正。

诗歌 □

诗歌是用来表达人的心境、心志的。"诗者，志之所之也，在心为志，发言为诗。"（《毛诗序》）诗歌最忌无病呻吟，虚情假意，矫揉造作，言之无物。要真心、真情、真实、真切。当然，文字、音韵、平仄、含蓄等也很重要，但要为内容服务，为表达心志提供方便。

诗乐 □

音乐是用来表达人的情感的。"情发于声，声成文谓之音。"（《毛诗序》）虽然毛诗将音乐、诗歌与政治过于紧密地拴在一起，并赋予其过于繁重的政治任务，忽略了人们内心世界的丰富性和人类社会的多样性。但通过音乐、诗歌了解人们内心世界，或者，用好的文艺作品陶冶人们的情操，树立正确的人生观、价值观，也是有道理的。

批评 □

如何开展批评？如何对待批评？大有学问。人们常说："言之者无罪，闻之者足以戒。"（《毛诗序》）但又不能理解，为什么会有人因言获罪？为什么有人听不进批评意见？甚至忌恨批评者。我的理解是，批评，要对事不对人，要有理有据，要出于公心，要基于良知，还要注意方式方法、时间场合。否则，批评可能变成内斗、诬陷、报复、胡闹，自然会得罪人，遭人反感、忌恨。历史上也的确有人因为真理而献身，因为直言而蒙冤。这样的人并没有错，更没有罪，他们最终都得到肯定、受到尊重。相反，闻之者未足戒，有私心，有邪恶，最终遭到人们的唾弃。

荐举 □

中国官员的产生，大致经历过原始禅让制、先秦封建制、两汉荐举制、隋唐科举制、民国选举制。在荐举制下，推荐的人要做到"内有进贤之志，而无险诐（阴险邪僻）私谒（私下进见）之心"（《毛诗序》），也不是绝对不可行的。问题在于一些人、一些部门有拉帮结派、贪赃枉法之志，而无公平、公开、公正之心，这样就坏了官场。

礼仪 □

中国能成为礼仪之邦，与儒家视礼仪如生命是分不开的。"相（察看）鼠有皮，人而无仪。人而无仪，不死何为？相鼠有齿，人而无止。人而无止，不死何俟？相鼠有体，人而无礼。人而无礼，胡不遄（chuán，速）死？"（《诗经·相鼠》）今天一些中国人有这样、那样的问题，归根结底，是没有礼义廉耻，没有底线，没有规矩，没有敬畏。肆无忌惮，胡作非为，最后搬起石头砸了自己的脚。

美德 □

《诗经·淇奥》赞美卫武公之德。《毛诗序》分析其"入相于周"的原因：一有文章（才），二听规谏（民主），三"以礼自防"（自律）。做到这三条，我认为，一般人也不一般。不一定做"宰相"，但一定有所作为。

取舍 □

韩非是先秦法家思想集大成者。人比较激进，也很实在、功利。韩国不用，他就去了秦国，可惜被李斯陷害，才活了47岁。《韩非子》一书，为君主至尊式中央集权制度奠定了理论基础。秦后两千年，中国统治者外儒内法，韩非影响深藏不露。讲到学术，他发现一个有趣现象："故孔、墨之后，儒分为八，墨离为三，取舍相反不同，而皆自谓真孔、墨……孔子、墨子俱道尧舜，而取舍不同，皆自谓真尧舜。"（《韩非子·显学》）事实就是这样，但不限于孔、墨。佛教、伊斯兰教、基督教以及各种学说，在传播过程中都有类似情况，教外有教，教内有派，都说自己得了真传。

君子 □

人的一生，会遇到很多人。而这些人中，可称为"君子"的人、能成为你知己的人并不多。如果遇到他们，绝对是一种福分，是一件特别值得高兴的事。按照《诗经》的说法，"君子"是那种有气节和原则的人，即使身处乱世，也不改其度。"风雨凄凄，鸡鸣喈喈（jiē）。既见君子，云胡不夷（喜悦）？"

修德 □

《诗经·甫田》："无田（佃，耕种）甫（大）田，维莠（杂草）骄骄。无思远人，劳心忉忉（dāo，忧愁）。"按照毛氏解释，这首诗是大夫讽刺齐襄公的。讽刺他什么呢？"无礼义而求大功，不修德而求诸侯。志大心劳，所以求者非其道也。"历史上，像齐襄公这样的人还不少。无德无能，却好大喜功，指望别人拥戴他。我们一定要汲取历史教训，勤学苦练，埋头苦干，只问耕耘，不问收获。

兄弟 □

古书以"常棣""在原"等喻兄弟。《诗经·常棣》这首诗告诉我们有关兄弟这一话题的三个道理。一是平时，弟以敬事兄，兄以荣覆弟，兄弟都好；二是危难时，兄弟情最厚，"兄弟急难"；三是"兄弟阋（xì，争吵）于墙，外御其侮"。就是说，兄弟之间矛盾、意见再多，一旦遇到外人欺侮、威胁，还是会团结起来一致抵御的。兄弟如此，放之亲人、同学、同事、同胞亦如此。互相尊重、互相帮助、团结友爱，何患处理不好所谓的复杂人际关系呢？

人生 □

《诗经》有两个明显特点。一是触景生情，由物及人；二是有的放矢，苦口婆心。例如，《蜉蝣》一诗，由朝生夕死的蜉蝣，联想到贪图享受、不知危亡的曹昭公。"蜉蝣之羽，衣裳楚楚。心之忧矣，于我归处。"很明显，作者在劝君王黜（chù，弃除）奢、修德、自强、用贤。

故旧 □

《毛诗序》上讲，"自天子至于庶人，未有不须友以成者。亲亲以睦，友贤不弃，不遗故旧，则民德归厚矣"。人人都需要朋友，才能成就一番事业。执政者带头爱亲人，友贤者，念故旧，百姓品德就自然淳厚。《诗经·伐木》说："伐木丁丁，鸟鸣嘤嘤。出自幽谷，迁于乔木。嘤其鸣矣，求其友声。相彼鸟矣，犹求友声。矧（shěn，况且）伊人矣，不求友生。"鸟居乔木，犹知呼叫身在深谷的同伴，人怎么能忘记那些志同道合、德才兼备的老朋友、老同学、老同事、老战友呢？

尊老 □

夕阳无限好，人间重晚情。中国古代"二十四孝"故事，虽然某些情节经不起推敲，甚至有点荒唐，如啮指痛心、恣蚊饱血、埋儿奉母、卧冰求鲤、尝粪忧心等，但其提倡关爱老人、尊重长辈并没有错。

平等 □

中国古代社会，总的说，是一个特权社会。一些文人，至少尚未攫取特权的文人，是有意见的。对宦官、外戚某些特权尤其看不惯。韩翃《寒食》就是众多例子之一：

> 春城无处不飞花，
> 寒食东风御柳斜。
> 日暮汉宫传蜡烛，
> 轻烟散入五侯家。

按照风俗习惯，寒食节禁火，但受宠的五个封侯宦官家却可以点蜡烛。就这点事，这点特权，韩大师借古讽今，很生气。这样做，对吗？对！规则面前人人平等，没有规矩不成方圆。特权意味着不守规矩，意味着不平等。所以，不仅应该讽刺，而且应该反抗。如果反抗做不到，律己是完全可以的。平等，才能不卑不亢。

功名 □

古代有很多闺怨、宫怨之类的诗。表面上写女人，或思念远人，寂寞难耐；或渴望宠幸，不堪冷落。实际上，多数在写作者自己，他们都是些官迷，信奉官本位，渴望功名利禄。但又好面子、不直说，正好借诗歌这种最忌直白的文体、借女人那种含而不露的性格特征，表达其内心深处的想法。试看刘方平《春怨》：

纱窗日落渐黄昏，
金屋无人见泪痕。
寂寞空庭春欲晚，
梨花满地不开门。

在一个男权社会，在一个男尊女卑时代，女性经济上人格上不能独立，她们的欢乐与痛苦取决于男人，除了碰运气、祈祷、盼望，还有什么办法呢？同样，在一个专制社会，在一个皇帝至尊时代，一心想当官发财的文人，跟女人的命运和心理没有什么区别。

名利 □

古人路过、探访某些遗址、遗迹时，常常会用诗、词写下自己的感想。刘禹锡《乌衣巷》尽人皆知。杜牧《金谷园》也不错：

繁华事散逐香尘，

流水无情草自春。

日暮东风怨啼鸟，

落花犹似堕楼人。

刘禹锡讲王、谢，杜牧讲石崇。盛衰之理，其实一也。俗话说，富不过三（代）。有自身的原因，比如，生意亏本，出了败家子，遗产诸子平分。也有社会的原因，比如，政治斗争，时局动荡。文人们热衷于这类题材，一方面表明，他们视功利为身外之物，对自己在名利场上的失意是一种安慰；另一方面，他们的潜意识仍非常功利。

主业 □

恪尽职守是对每个人的基本要求。俗话说，做一行，爱一行。做什么，像什么。对于执政者来说，爱民、为民，是最基本的要求。如唐代李商隐的《贾生》：

宣室求贤访逐臣，

贾生才调更无伦。

可怜夜半虚前席，

不问苍生问鬼神。

作为君主，应该关心天下百姓，关心他们的生产、生活，怎么能关心一些虚无缥缈的事呢？这是失职！这让仁人志士失望！当然，干一行、爱一行，不等于不可有别的任何爱好、兴趣，这里强调的是主业意识，推崇的是走正道、不信邪。

改过 □

知非、改过，人才能进步。《了凡四训》讲得好："一日不知非，即一日安于自是；一日无过可改，即一日无步可进。"怎么改？书中说，第一要发耻心。比如，不尊重父母、老师，就是无耻的表现之一。第二要发畏心。比如，胆大包天，胡作非为，就是没有敬畏心的表现。第三要发勇心。要有刮骨疗毒的勇气、痛改前非的决心。绝不因循，绝不敷衍。

志向 □

有志者事竟成。《了凡四训》说："人之有志，如树之有根，立定此志，须念念谦虚，尘尘方便，自然感动天地。"一个人碌碌无为，首先是没有志向，因此没有方向和目标，不知道往哪里走，于何处发力。其次是朝三暮四，心不定，志不坚，缺乏恒心和定力。最后是容易满足，浅尝辄止，不愿意脚踏实地，攻坚克难。

吏治 □

　　一个社会问题越多、性质越严重，人民群众意见越多，矛盾越激烈，归根结底，是因为吏治腐败，歪风邪气盛行。《诗经》讲"南山有台（莎草），北山有莱（野藜）。乐只君子，邦家之基"。《毛诗序》解释说："得贤者则能为邦家立太平之基矣。"古往今来，治国必先治吏，治吏务必从严。西方靠选举、监督、法律、制衡等。中国靠什么呢？靠教育、法纪、预防、惩戒。殊途同归，异曲同工，中西方都希望"得贤者"，让德才兼备的人治理国家。

自律 □

　　名人如鹤立鸡群，未必都是大家的榜样和标杆，但引人注目。"民具尔瞻"（《诗经·节南山》），大家都看着、盯着，却是事实。所以，做领导，做名人，要更加自律，更加自爱，更加谨小慎微。否则，比普通人更容易变烂人，成反面教材，沦为笑柄！

忧谗 □

　　小人进谗，领导信谗，君子忧谗，这是古代中国官场一种普遍现象。因谗致乱、因乱亡国的例子不少。《诗经·巧言》就是大夫伤于谗而作的一首诗："乱之初生，僭（不可信的话）始既涵（真假不分，一律包含）。乱之又生，君子（君王）信谗。……君子信盗（进谗者，小人），乱是用暴。盗言孔（甚）甘，乱是（因而）用餤（dàn，进入）。"本来，凡事放到桌上，民主公开，当面沟通、商量，当众对质、解释，就不会有那么多谗言佞语。因为渠道不畅，平台缺乏，所以谗言有了市场，官场越搞越复杂。最后，一个个守口如瓶，战战兢兢、诚惶诚恐。

感恩

《诗经·蓼莪》是一首很好的感恩父母、怀念双亲的诗："蓼蓼（liǎo，长大）者莪（é，一种蒿），匪（非）莪伊（是）蒿。哀哀父母，生我劬（qú）劳。""无父何怙（依赖）？无母何恃？出则衔恤，入则靡至。""父兮生我，母兮鞠（养）我。拊（抚）我畜（爱）我，长我育我。顾我复（护）我，出入腹（怀抱）我。欲报之德，昊天罔（无）极。"

一个人要懂得感恩。父母生我养我，情深意切，无怨无悔，倘不懂感激，不懂怀念，非冷酷即智障。一个不懂得感恩的人，是没有未来的人。一个连父母都不要的人，他会需要谁呢？谁又需要他呢？

决策

《诗经·抑》告诉我们，要慎重决策、科学决策。"白圭（玉器）之玷（污点），尚可磨也。斯言（政令）之玷，不可为（难弥补）也。"执政者务必牢记，错误决策，伤害的绝非一时一地一人。位越高、权越重，影响力越大、面越广，决策越要谨慎。唯有实事求是、集思广益、民主公开，不搞"一言堂"，才能避免失误。

教子 □

　　可怜天下父母心。天下没有不爱儿女的父母。但怎么爱，并不是每一位父母都明白的。一切为儿女着想，省吃俭用为儿女攒钱，委曲求全为儿女铺路，到头来，未必称心如意，有时还事与愿违。正确的方法在哪里呢?《左传》有一段话可供参考：

　　臣闻爱子，教之以义方（行事规则和道理），弗纳于邪。骄、奢、淫、佚，所自邪也。

　　就是说，爱子者教之，教什么呢？正道直行，不走歪门邪道，而骄傲、奢侈、不知节制、懒惰，就会走上邪路，要坚决预防和克服。

禁忌 □

　　说数字崇拜纯属无稽之谈也是不对的。例如，西方人忌13，与基督教典故——最后的晚餐、耶稣被出卖有关。中国将六和顺连在一起，或许出自《左传》中的一段话："君义，臣行，父慈，子孝，兄爱，弟敬，所谓六顺也。去顺效逆，所以速（招）祸也。"至于八与发谐音，四与死谐音，一悲一喜，确属牵强附会。

除恶

除恶务尽，是对执政者的基本要求，也是取信于民、移风易俗的最好方法。《左传》说得好："为国家者，见恶，如农夫之务去草焉……绝其本根，勿使能殖，则善者信（伸）矣。"修身也是这样，去恶习，除恶念，防恶行，则近善矣。

适度

据《韩非子》记载，有漆雕之议，有宋荣子之议。漆雕暴，"不色挠（屈服），不目逃（躲闪），行曲则违于臧获（奴婢），行直则怒于诸侯"。宋荣宽，"设不斗争，取不随（报）仇，不羞囹圄，见侮不辱"。事实上，走极端都不好。一个人要有是非标准，要有底线。士可杀，不可辱，过于宽恕等于窝囊；疾恶如仇好，但牢骚太盛，眼里容不了沙，得理不饶人也是不对的。凡事要有度。

力俭

人们通常喜欢削富济贫。韩非子并不这么认为。他说："今夫与人相若也，无丰年旁入之利而独以完给者，非力则俭也。与人相若也，无饥馑（荒年）疾疚祸罪之殃独以贫穷者，非侈则惰也。侈而惰者贫，而力而俭者富。今上征敛于富人以布施于贫家，是夺力俭而与侈惰也。而欲索民之疾作而节用，不可得也。"（《韩非子·显学》）勤劳节俭的人富了，奢侈懒惰的人穷了，政府如果不分青红皂白，削富济贫，势必伤害那些勤劳节俭的人，败坏社会风气。经济学崇尚理性，主张对勤俭持家、劳动致富的人予以保护，但并不反对政府对因病残、天灾等非主观因素致贫的人予以救济、补助。

基层 □

韩非子反对"以容取人""以言取人"。他看重人的实践经验和基层经历。他说："宰相必起于州部，猛将必发于卒伍。"（《韩非子·显学》）事实证明，空谈不仅误国，也误身。一个人的成长过程，基层锻炼、知行合一是必不可少的环节。

务力 □

儒家看到了人性善的一面，法家看到了人性恶的一面。韩非子很典型，在他看来，仁义道德是苍白无力的，"明君务力"（《韩非子·显学》）。他的依据是，严家无悍虏（奴），而慈母有败子。所以说，威势可以禁暴，而德厚不足以止乱。有没有道理呢？有一定道理。弱国无外交，落后就要挨打，这是中国近代史得出的结论。是不是真理？未必。哪里有压迫，哪里就有反抗；哪里有不公，哪里就有斗争。以势压人、以暴制暴，多数情况下并不灵验，还是要看正义在哪一边。邪不压正才是真理。

法治 □

德治和法治同样重要。韩非子主张法治（赏罚）是对的，但完全否定德治的意义是错误的。他说："夫圣人之治国，不恃人之为吾善也，而用其不得为非也。恃人之为吾善也，境内不什数；用人不得为非，一国可使齐。为治者用众而舍寡，故不务德而务法。"（《韩非子·显学》）

其实，道德和法律相辅相成，相得益彰。道德是不成文的法律，法律是成文的道德。他律和自律缺一不可。

民智 □

韩非子有很多奇谈怪论。其中，老百姓眼光短浅，听他们意见，将一事无成，就是一条。他说："民智之不可用，犹婴儿之心也……婴儿子不知犯其所小苦致其所大利也。"（《韩非子·显学》）他举例说，许多利国利己、打基础谋长远的事，老百姓都不能理解；相反，攻击、诽谤、阻挠行政。所以，"为政而期适民"，乱之端，"未可与为治也"。然而，据我观察、体会，一意孤行，刚愎自用，更危险。虽然群众认识水平有限，个别人也很计较，但并非不可理喻。

重生 □

先秦有个叫杨朱的人，把生命看得比什么都重要，把健康当作人生第一追求。天下、王位、富贵都是次要的。拼命追求这些东西，好比

"以随侯之珠弹千仞之雀……所用重，所要轻也"（《吕氏春秋·贵生》）。他主张轻物重生，"不以天下大利易其胫一毛"（《韩非子·显学》），反对"危身弃生以徇（求）物"，"全生为上，亏生次之，死次之，迫生为下"（《吕氏春秋·贵生》）。活得难受、活得恶心，生不如死，就是迫生。

正欲　□

　　欲望，清者谓之万恶之源；智者谓"使民无欲，上虽贤，犹不能用"。至贵、至富、至寿，不足以劝。至贱、至贫、至夭，不足以禁。"故人之欲多者，其可得用亦多；人之欲少者，其得用亦少；无欲者，不可得用也。"执政者要敢于承认，善于辨认，正确引导，利用人的各种欲望，实现执政目标。"令人得欲之道，不可不审矣。"审什么？审正、邪。"欲不正，以治身则夭，以治国则亡。"何谓正？行义，乐用。"夫争行义乐用，与争为不义竞不用，此其为祸福也，天不能覆，地不能载。"（《吕氏春秋·为欲》）大家争做好事、善事，争作贡献，乃国家、政府之福也。

为公　□

　　大同，是儒家心目中的理想社会，也是历代仁人志士追求的梦想。大同社会的特点是什么？
　　一、"天下为公"。公有制。

二、"选贤与能"。选举制。

三、"讲信"。诚信社会。

四、"修睦"。和平相处。

五、"使老有所终，壮有所用，幼有所长，矜、寡、孤、独、废、疾者皆有所养。"关爱老人、孩子和特殊人群。

六、"男有分，女有归。"婚姻和谐。

七、物、力不必为己。

八、"外户而不闭"。治安好。

以上是《礼记·礼运》中的设想。后人不断修改完善，扩充细化，但"为公"这一点没有变。西方也有人想过类似的东西，他们叫乌托邦、太阳城、理想国等。历史上，也有人尝试过，但基本上都以失败而告终。

小康

小康，是儒家认可的社会理想。它的基本特点是：

一、"天下为家"。私有制。

二、"货力为己"。

三、世袭制。

四、相互防御。战争产生。

五、礼义以为纪。

显然，这里讲的小康，重点在儒家礼义，与今天我们党讲的小康重点在经济指标不同。

无为 □

"无为而治"是老、庄国家治理理论。真正倡导并且最早实施的，是汉初一帮人。陆贾算代表之一。他说，只有无为而治，才能"立功兴誉，重名流光"。无为而治是一种什么状况呢？人君"块然若无事，寂然若无声"。百姓"老者息于堂，丁壮者耕耘于田"。具体的经济政策包括：不大兴土木，不与民争利，厉行俭朴，不横征暴敛等。中国历史上，改朝换代之初，常常实行无为而治，以后便开始折腾，直到下一次休养生息。

了凡 □

《了凡四训》是明代名臣、著名思想家袁了凡的著作。它的最大意义是，现身说法：从笃信孔先生的"命由天定"，从而消极颓废，得过且过；到信奉云谷禅师"命由我作，福自己求"，积德行善，主动作为，改变命运，心想事成，建功立业。了凡，顾名思义，与世俗想法（相信命中注定）了断。袁了凡认为自己的信仰发生了本质变化，好比脱胎换骨，焕然一新，所以，自号干脆也改了（初号学海）。

童心 □

李贽是福建泉州人，明朝著名思想家。他说自己"五十以前真一犬也"（《续焚书》卷二），只知随声吠形，不会独立思考。后又被目为异端，遭人疏劾，自杀于狱中，成为中国历史上又一个因为有自己独立见解而殉道的人。他倡导"童心说"。称童心为"最初一念之本心""绝假纯真"（《焚书》卷三）。与传统儒家心学"本心""无恶至善"不同。一个看重真假，痛斥虚伪；一个看重善恶，强调道德约束。为此，李贽深刻揭露了封建官方意识形态下集体虚伪现象："阳为道学，阴为富贵，被服儒雅，行若狗彘。"（《续焚书》卷二）提倡人性自由，他甚至不以狎（xiá，亲近而不庄重）妓为耻，亦不以招收女弟子为有伤风化。

实话 □

李贽生活在一个专制而又伪善的时代，说实话、道真言，实属不易。万历皇帝恨他"敢倡乱道，惑世诬民"。现在看来，真正惑世诬民的是万历皇帝及其封建卫道士。正像电影《飞越疯人院》所揭示的，真正的疯子是那些说别人是疯子的人。李贽说了什么，万历帝要抓他进监狱呢？看看吧！他说"穿衣吃饭即是人伦物理"，道学先生没法故弄玄虚了。他说"不以孔子之是非为是非"，一切断以己意，决之以一己之是非。个个独立思考，朝廷无法愚民了。他说"尧舜与途人一，圣人与凡人一"，反对理学为封建等级制辩护。他说"识有长短，非关男女"，男尊女卑理由不充足了。他说"人必有私而后其心乃见"，儒家大同不可信了。说穿了，正如李贽自己说的，切其膏肓、中其痼疾，逆人之耳，"则必欲杀我矣"。然而，"入人之心"，传乃愈广，皇帝又有什么办法呢？

任性 □

　　智商高，情商高，事业成功，生活幸福。明代文学家袁中道说，李贽之死，不仅仅因其著作言论，还因其性格。"才太高，气太豪。"他是个什么人呢？"中燠（yù，热）外冷，丰骨棱棱。性甚卞（biàn，急躁）急，好面折人过，士非参其神契者不与言。强力任性，不强其意之所不欲。"（袁中道《李温陵传》）一句话，不给面子，得罪人。尽管聪明、廉洁（"禄俸之外，了无长物"），官场还是不容他，学界还是不理解他。历史上，像李贽这样的人不少。在专制时代，他们的命运注定很惨。

积贮 □

　　西汉初年，有个叫贾谊的人，忧国忧民，深谋远虑。为巩固中央集权，他提出"众建诸侯而少其力"；为恢复和发展经济，他写了《谏铸钱疏》，提出统一货币（"法钱"），禁止私铸、滥铸；还写了《论积贮疏》，主张重本抑末，重积贮。他认为治国必须做到"畜积足恃"，"夫积贮者，天下之大命也。苟粟多而财有余，何为而不成？"（《汉书·食货志》）古代中国经济主体是农业，所以，积贮物品主要是粮食、布帛。

币值 □

　　治理通货膨胀、保持物价稳定有很多办法，但最常用的还是控制流通中的货币量。很早以前，贾谊就知道这一点。他说："铜（当时铸币材料）毕归于上，上（政府）挟铜积以御轻重，钱轻则以术敛之，重则以术散之，货物必平。"铸币与纸币、电子货币不同，但数量影响价格的原理是一样的。今天采用准备金率、再贷款、公开市场操作等办法，目的还是调控货币数量、稳定物价。

界定 □

中国有些文人，善于讲大道理，不善于落地、操作。例如，《太公阴谋》一书讲贤君治国，"不以私害公；赏不加于无功，罚不加于无罪；法不废于仇雠，不避于所爱；不因怒以诛，不因喜以赏；不高台深池以役下，不雕文刻画以害农；不极耳目之欲以乱政"。有没有道理？有。问题是，公私如何界定，功罪如何定义，多高算高台，多深算深池，什么是耳目之欲，雕刻艺术到底对农业有多大的负面影响？如果这些不说清楚，不作明文规定，不细化，等于白说，等于空谈。

谦虚 □

"满招损，谦受益"是《尚书》中的一句话。意思正像毛泽东同志说的，谦虚使人进步，骄傲使人落后。巧的是，《圣经·马太福音》也说过类似的话，"自命不凡必被贬抑，虚怀若谷方使尊贵"。有人经常夸大中西文化差别，好像二者截然不同，水火不容。其实，人类社会大同小异，多数观察和看法是一致的。

修养 □

　　按照《太公阴谋》一书的记载，姜太公真是一个牛人，五句话搞定一切。第一句须终身铭记，叫"内宽而外仁"；第二句可与天地共存，叫"言行相副（符），若（像）天地无私也"；第三句可称雄诸侯，叫"敬贤用谏，谦下于士也"；第四句可称王天下，叫"敬接不肖，无贫富，无贵贱，无善恶，无憎爱也"；第五句可永续政权，叫"通于否泰，顺时容养也"。显然，这五句话的主旨在谈修身，讲领导人的个人修养，真正要治国平天下，还得靠国家机器，靠笔杆子（政策）和刀把子（武装力量）。当然，也不否认领导人个人修养、能力、思路、信念的重要性。

谨慎 □

　　姜太公告诉武王"五帝之戒"：黄帝"摇摇恐夕不至朝"；尧"振振如临深川"；舜"兢兢如履薄冰"；禹"栗栗恐不满日"；汤"战战恐不见旦"。一句话，极其谨慎。武王听后说："寡人今新并殷（灭殷纣王）居民上，翼翼惧不敢怠。"（《太公阴谋》）作为一个领导人，掌握国家和地区的前途，干部和群众的命运，应该特别慎重，特别勤奋，要有忧患意识，要有戒心。

是非 □

一个人要与人为善，态度和蔼。但不能没有底线，没有是非标准，对坏人坏事不敢批评，对违纪违法不敢斗争。古人说："非非者行是，恶恶者行善。"（《鹖（yù）子》）不对就不对，有了是非标准，行为才可能正确；邪恶就是邪恶，有了好坏之分，行为才可能良善。知是非，识好歹，道义方能彰显。

忌讳 □

民间有很多忌讳，有的很荒谬，有的有道理，多数牵强附会。事实上，只要某项东西与令人厌恶、担心、害怕的结果联系在一起，它都可能构成忌讳。《鹖子》这部书也讲忌讳，但讲得有道理：

大忌知身之恶而不改也，以贼其身，乃丧其躯。有行如此，之谓大忌也。

知错不改，人生大忌。轻则影响进步，重则丧失生命。

为民 □

《鹖子》说："力生于神，而功最（聚）于吏，福归于君。""民者至卑也，而使之取吏焉，必取所爱。故十人爱之，则十人之吏也。……万人爱之，则万人之吏也。"人民创造历史，劳动创造财富，这一点是不容置疑的。但治国理政、谋篇布局，定方向定目标，吏很重要，君更重要。文明、富强，是大家创造的，名誉属于大家，幸福归于大家。作为执政者，尤其是一把手，要始终把人民拥护不拥护、爱戴不爱戴，作为自己执政的风向标。管辖多少人，是任务，不是骄傲。拥戴人口占比越高，代表辖内人民利益和需求越广泛，才是各级官员的不懈追求。

用心 □

按照《鹖子·禹政》记载，禹算是中国信访工作始祖和专家。他分门别类，在朝堂门上悬挂钟、鼓、铎（duó）和磬（qìng），旁边摆放着鼗（táo）。要求上访人，反映不同的事情，使用不同乐器。"尝据一馈（一顿饭）而七十起，日中而不暇饱食。"由于用心、勤快、真诚、高效，"是以禹当朝廷间也可以罗雀"。

奋斗 □

中国人一直以来推崇个人奋斗，嘲笑不劳而获的纨绔子弟。陈胜、吴广质问：王侯将相宁有种乎？《鹖子》说："夫国者，卿相世贤者有之。"二者说的是同一个道理。凡事有内因、外因。外因是条件，内因是根据、是本质，起决定性作用。成功的内因是什么？是个人奋斗，是自身的素质和品质。机遇、背景、关系……都是外部因素。《国际歌》唱得好，世界上从来没有救世主，全靠我们自己。19世纪英国作家塞缪尔·斯迈尔斯的《天助自助者》也讲得好，"只要你够热情、有准备、勇于奋斗，世界就是你的牡蛎"。

智者 □

深谋远虑，方为智者。《鹖子》说："智者非一日之志，治者非一日之谋。"大方向不能错，大目标不能变，民知所保，而知所避，坚定不移，朝着正确的道路前进。得过且过，浑浑噩噩，做一天和尚撞一天钟是最要不得的。

治道 □

治理天下靠什么?《鹖子》说，靠道、和、信、仁四个字。"发政施令，为天下福者谓之道，上下相亲谓之和，民不求而得所欲谓之信，除天下之害谓之仁。"这些话，放在今天，也是有道理的。颁布政令，造福人民；互相尊重，和谐稳定；公平正义，各得其所；兴利除弊，除暴安良，仍然是当今世界各国政府的追求。

慎刑 □

古人对诛、赏是很慎重的。《鹖子》说："与杀不辜，宁失有罪。无有无罪而见诛，无有有功而不赏。"一桩冤案，对司法公信力的破坏、对当事人及其家属的伤害是巨大而持久的。罪犯可以追捕，人死不可复活。所以，死刑一定要慎之又慎！

相处 □

古人说："帝者与师处，王者与友处，亡主与役处。"（《鹖（hé）冠子》）与什么人交往、与什么人相处很重要。常与师友相处，意味着你好学、善问、有事业心；常与自己的仆役、下属相处，意味着你贪图享受、喜欢奉承，所以，可能一事无成，毁家败业。

有度 □

古人心目中的"君子"，并非没有嗜好和私欲，并非不食人间烟火。凡事有度、有底线、有边界、有节制，这样的人就是"君子"。例如，他们"易亲而难狎（xiá，不庄重），畏祸而难劫（临危不惧），嗜利而不为非（见利思义），时动（动荡）而不苟作"（《鹖冠子》）。

发展 □

《文子》有段话，把经济基础与上层建筑、意识形态间的关系说得很清楚，把"以经济建设为中心""发展是第一要务"的道理说得很明白。原文是这样："夫有余则让，不足则争。让则礼义生，争则暴乱起。物多则欲省，求赡则争止。故世治则小人守正，而利不能诱也；世乱则君子为奸，而法不能禁也。"

戒贪 □

《文子》说："夫使天下畏刑，而不敢盗窃，岂若使无有盗心哉！"没错。但是，不敢、不想、不能，三者都要。不敢腐，靠刑罚；不想腐，靠教育和自觉；不能腐，靠制度和监督。《文子》看重教育。"故知其无所用，虽贪者皆辞之；不知其无所用，廉者不能让。"就是说，要让大家明白，基本需要满足后，其他都是身外之物，无所用。明白这个道理，就不会去贪了。"夫人之所以亡社稷，身死人手，为天下笑者，未尝非欲也。"

君道 □

心怀百姓，推己及人，则天下治矣。用河间献王（汉景帝第三子）的话说，"尧存心于天下，加志于穷民，痛万姓之罹罪，忧众生之不遂也……仁昭而义立，德博而化广，故不赏而民劝，不罚而民治，先恕（推己及人）而后教，是尧道也"（《说苑·君道》）。可见，群众路线既是中国共产党管党、治党的法宝，也是中国传统治国理政的经验。

臣术 □

怎么当领导？如何提升领导力？关于这方面的书籍、文章可谓汗牛充栋。怎么做部下？如何提高执行力？《说苑·臣术》讲得好："人臣之行……行六正则荣。"哪六正呢？一、明智，有预见，善预防；二、谦虚，坦荡；三、勤勉，忠诚；四、临危不惧，转危为安；五、讲规矩，廉洁、质朴，有节操；六、敢说真话，正直。

爱民 □

干群关系好，上下关系亲，则无往而不胜。《文子》说："上视下如子，必王四海；下事上如父，必正天下；上视下如弟，即不难为之死；下事上如兄，即不难为之亡。故父子兄弟之寇，不可与之斗。"上下亲如父子，官民情同手足，关键还在执政者主动真诚，率先垂范，身先士卒，眼中有疾苦，心中有人民，与人民同呼吸、共患难。

改革 □

中国历史似乎告诉我们，国家兴衰、王朝更替是一条规律，像一个魔咒。《文子》说："夫物未尝有张而不弛，盛而不败者也。"但又接着说，"唯圣人可盛而不衰"。圣人有什么绝招呢？改革！维新！"治弊而改制，事终而更为。"应该说，中国人是明白改革、创新这类道理的。

问题出在落地操作上。如何搭平台，建机制，确保人民真正当家作主、参政议政，确保改革常态化，确保每一项决策体现大多数人的意志。

廉耻 □

《文子》说："非修礼义，廉耻不立。民无廉耻，不可治也。"礼义廉耻，是中国传统核心价值观之一，也是判断社会治乱的重要标尺。如果生产假冒伪劣都不以为耻，男盗女娼反以为荣，是非标准模糊，底线丧失，这个国家、这个地区真是烂透了。所以，"圣王在上，明好恶以示人经，经诽誉以导之，亲贤而进之，贱不肖而退之"。

人事 □

对一把手和班子成员的要求不一样。"王道知人，臣道知事。"（《说苑》卷一）就是说，一把手会识人用人，部下会谋事成事。

规律 □

《文子》讲："天地之道，极即反，益即损。"物极必反，既是一种自然现象，也是一种社会现象。掌握自然规律，可以更好地与自然相处，开发和利用大自然；掌握社会规律，可以更好地与人相处，调动一切可以调动的力量，实现国家和民族复兴。

识人

看相、摸骨、算命、卜卦……没有科学依据，结论不可信。但"论人之道"还是有的，以小知大，由此及彼，以所见知所不见，也是对的。看看《文子》怎么说吧：

贵即观其所举，富即观其所施，穷则观其所不受，贱即观其所不为。视其所患难以知其勇，动以喜乐以观其守，委以货财以观其仁，振（震）以恐惧以观其节。

利民

治理一个地方并不难，难的是实事求是，一心为民。正像《文子》说的："治国有常，而利民为本；政教有道，而令行为右。苟利于民，不必法古；苟周（适合）于事，不必循俗。故圣人法与时变，礼与俗化；衣服器械，各便其用；法度制令，各因其宜。"一些人不懂这个道理，把自以为是当作高瞻远瞩，把一意孤行当作雷厉风行，把因循守旧当作谦虚谨慎，把以权谋私当作礼尚往来。所以辖区内矛盾深，问题多，情况复杂，关系紧张。

赏罚

赏罚是有学问的。赏罚分明，大家都知道。赏罚，还要看效果，还要会算账，这是《文子》的独到之处：

> 善赏者，费少而劝众；善罚者，刑省而奸禁。

诀窍在哪儿？诀窍在"因民之所善以劝善，因民之所憎以禁奸"

顺势 □

一个国家、组织可否存续、强大，取决于它的治理理念和方式方法是否为大多数人认可，是否符合世界潮流、大势。人民意志，世界潮流，就是古人心目中的道："国之所以存者，得道也；所以亡者，理塞也。……故得生道者，虽小必大；有亡征者，虽成必败。国之亡也，大不足恃；道之行也，小不可轻。故存在得道，不在于小；亡在失道，不在于大。"（《文子》）近代中国和日本，一大一小，一弱一强，一割地赔款，到了最危险的时刻；一得寸进尺，气焰嚣张。归根结底，一理塞，抱残守缺；一得道，维新变法，顺应世界潮流。当然，日本最后失败，也在于军国主义"理塞"。

贵粟 □

晁错是汉初著名政治家，鼓吹中央集权（削藩策）和重农抑商（《论贵粟疏》）。前者让他送了命，后者让他在经济思想史上留了名。在晁错那里，重农抑商，精准到"贵五谷而贱金玉"。他说，"粟者，王者大用，政之本务"。贵粟，就是"以粟为赏罚"。相反，货币（珠玉金银）"饥不可食，寒不可衣，然而众贵之者，以上（政府）用之故也。其为物轻微易臧（藏），在于把握，可以周海内而亡（无）饥寒之患"。从其奏疏看，他并不主张废除货币，他的办法是，入粟而不是花钱拜爵、除罪。这样，富人有爵，农民有钱。晁错的逻辑是，官府鬻爵，农民卖粮，法律地位低但富有的商人，只有从法律地位高但贫穷的农民手里买粮，才能去官府换爵位。如此，官府粮多，农民钱多，商人也只是损有余而已。据司马迁《史记·平准书》记载，汉初还真这么做了。

抑商 □

对资本行为进化规范、约束，在中国，自古有之。尽管办法有点粗暴、简单。

重农抑商，在中国古代某些时期，不只是口号，更是行动和政策。例如，刘邦"令贾人不得衣丝乘车，重租税以困辱之"。孝惠、高后时，规定"市井之子孙，亦不得仕宦为吏"（《史记·平准书》）。但实际情况，正如晁错所说："今法律贱商人，商人已富贵矣；尊农夫，农夫已贫贱矣！"（《汉书·食货志》）

原因之一，与农民和农业相比，用生物链理论，商人和商业处于更上端，对人的素质要求更高。所以，硬性规定是无效的。就像规定牛的地位高于狼但改变不了牛被狼攻击、猎食的事实一样。

苛刑 □

允许别人发表不同的意见，是宽容和自信的表现，也是现代文明的标志。古代，无论中外，这方面都很欠缺。以西汉为例，司马迁为李陵降匈奴辩护几句，结果被处腐刑。桑弘羊"令吏坐市列肆，贩物求利"，卜式恨不得烹了他。颜异"不入言而腹诽，论死"，此后，遂有腹诽之法，公卿大夫不敢说反对，也不敢弃权，只能赞成、拥护，让皇上权贵高兴，"多谄谀取容矣"（《史记·平准书》）。

名实 □

"盛名之下，其实难副。"（《后汉书·黄琼传》）名誉面前，糊涂人会飘飘然、信以为真；清醒者会看到差距，感到压力，倍加努力。

群众 □

执政党始终把群众看在眼里，装在心里，是完全正确的。"群众"这个词，据我所知，最早见于《荀子·富国》。原文是："功名未成，则群众未县（同"悬"，悬隔、差别）也；群众未县，则君臣未立也。"荀子为什么要强调纵向分等级、横向分职业呢？他的理由是：无君以制臣，无上以制下，天下害生纵欲，这是第一点。第二，能（能者）不能兼技（没有通才），人不能兼官（没有神人），离居不相待则穷，群而无分（分工）则争。

刻薄 □

史载，商鞅"天资刻薄""少恩""受恶名于秦"。秦呢？"车裂商君以徇（示众）""灭商君之家"（《史记·商君列传》）。读史至此，竟不知商鞅与秦谁更刻薄寡恩矣！

超前 □

改革必须配套，讲先后，论缓急。过于超前，孤军奋战，难实施。以商鞅为例。秦孝公死后，有人告他谋反。商君吓得跑了。"至关下，欲舍客舍。客人不知其是商君也，曰：'商君之法，舍人无验者坐（坐罪）之。'商君喟然叹曰：'嗟乎！为法之敝，一至此哉！'"（《史记·商君列传》）住店登记，今天全世界都这么规定，无人诟病。问题是，身份证制度未建立，验什么？可见，规定本身实无敝，敝在超前。王安石变法失败，超前也是重要原因。

长远 □

《史记·商鞅列传》："吾（商鞅）说君（秦孝公）以帝王之道比三代，而君曰：'久远，吾不能待。且贤君者，各及其身显名天下，安能邑邑（愁闷）待数十百年以成帝王乎？'故吾以强国之术说君，君大说（悦）之耳。"显然，秦孝公是一个急功近利的人。然而，历史上、现实中，有"久远，吾不能待"这种心理和考虑的人，又何止孝公一人？实践证明，国家要长治久安，事业要持续繁荣，急功近利是靠不住的。必须谋长远、打基础。

谋众 ☐

真正的民主，既能按大多数人的意志办事，又能尊重和保留少数人意见，承认先知先觉存在，承认真理往往掌握在少数人手里。真正的民主，既不会以多数人的名义迫害少数人，也不会将少数人的意志强加给多数人。在事实和科学面前，多数和少数是可以相互转换的；在事实和科学面前，只有对错之分，没有多少之别。但是，即使观点正确，也要学会宣传、解释，让越来越多的人明白，变少数为多数，才能减少阻力，变成行动。商鞅似乎不知道这一点，他特别自信，看不起别人，结果事与愿违，连身家性命都搭进去了。他的话，《史记》是这样记载的："且夫有高人之行者，固见非于世；有独知之虑者，必见敖（诋毁）于民……民不可与虑始而可与乐成。论至德者不和于俗，成大功者不谋于众。"

品质 ☐

修身、淡泊、宁静、宽容、正直……都是人好的品质，可一生修行。《文子》说："非淡漠无以明德，非宁静无以致远，非宽大无以并覆，非平正无以制断。"随着年龄增长、阅历增多，人们会越来越深刻地感受到这些品质的重要意义，越来越深刻地感受到功利、浮躁、狭隘、偏见等带给社会和个人身心的不适。

规律 □

实事求是，具体情况具体分析，不主观、不教条，不自以为是，不想当然，就没有过不去的坎，没有化解不了的矛盾。《文子》说："国有亡主，世无亡道。人有穷而理无不通也。故不因（循）道理之数（术）而专己（专断独行）之能，其穷不远矣。"凡事都有规律，发现并利用规律，则事半功倍，万事如意。

强身 □

身体是事业、家庭乃至世间一切的基础。强身健体，于己于家人于社会都好。学习、工作再忙，也不能忘记锻炼身体；声色犬马再好，也不能放纵损害健康。《文子》说："身且不能治，奈天下何？"

盛世 □

盛世之难，人治之哀。《文子》分析得很透彻。"欲治之主不世出，可与治之臣不万一，以不世出求（述，聚合）不万一，此至治所以千岁不一也。盖霸王之功不世立也。"圣君稀，贤臣少，圣君、贤臣同朝治国的情况更少，所以，历史上，能称之为"盛世"的朝代、年代少之又少。人治之悲哀，于此可见一斑！国家要长治久安，要避免人亡政息，必须坚定地走依法治国的道路，走民主法治的道路。

借力 □

大到治国、平天下，小到齐家、办企业，都要学会借力，团结一切可以团结的力量，调动一切可以调动的积极性。《文子》说："智而好问者圣，勇而好同者胜。乘众人之知，即无不任也；用众人之力，即无不胜也。"个人奋斗也能获取名利，但真正要成就一番事业，还是需要一支强大的团队。

循律 □

凡事须因地制宜、因势利导，不可蛮干、不可"一刀切"，要遵循社会规律（人性）和自然规律（天性）。"因其性，则天下听从。"（《文子》）

虚盛 □

《文子》的作者是深刻的、老练的，不会为表面现象所迷惑。例如，书中说："故乱国若盛，治国若虚……虚者，非无人也，各守其职也；盛者，非多人也，皆徼（求取）于末也。"现实中，有人喜欢折腾，折腾背后的真实意图我们姑且不说，但违反常理，打破常规，面上轰轰烈烈，一派繁荣。一些人居然看不出问题，甚至不负责任地赞赏，的确令人吃惊。不知劳民伤财，坏了规矩，后患之无穷！

协作 □

商品生产和交换的本质，正像《文子》所说，是"以所有易所无，以所巧易所拙"。教科书上的分工理论、古典经济学家李嘉图的比较优势、今天讲的"一带一路"倡议……基本思路是一致的：通过分工协作，互联互通，发挥各自优势，互惠互利，实现共同繁荣和富裕。

为官 □

为官不难，"与民同欲即和，与民同守（操守）即固，与民同念即智；得民力者富，得民誉者显"。坚持党的群众路线，就不会犯方向性错误；大公无私，就不会权钱交易，钩心斗角。"用众人之所爱，即得众人之力；举众人之所善，即得众人之心。"（《文子》）为官其难乎？

养民 □

圣人的境界是很高的，他关爱百姓，就像父亲关爱儿子一样，情不自禁。"慈父之爱子也，非为报也，不可内解于心。圣人之养民，非求为己用也，性不能已也。"(《文子》)为人民服务，关爱百姓，为人民谋利益……是我们共产党人固有的基因和本能。那些表里不一、阳奉阴违的人，那些装模作样、以权谋私的人，迟早要原形毕露，受到应有的惩处。

福祸 □

做一件好事，不一定有好报，但要坚持做；做一件坏事，不一定有恶报，但一次也不能干。《文子》说得好："积爱成福，积憎成祸。"要牢记。与人为善，助人为乐，必有后福；伤天害理，为非作歹，必有后患。祸福两个字，自己要掌控好。帮助别人，特别是雪中送炭，不一定有回报，但至少没有后患。况且，做好人，办好事，内心充实、愉悦。

谦卑 □

物盛则衰，乐极生悲，这些，大家是知道的。但具体到日常生活，不少人还是犯糊涂，争强好胜，骄傲自满。《文子》告诉我们："聪明广智守以愚，多闻博辩守以俭，武力勇毅守以畏，富贵广大守以狭，德施天下守以让。"一句话，树大招风，要学会低调、谦卑。

利人 □

圣人"日夜不忘乎欲利人",圣王"推而不厌,戴而不重",上士"先避患而后就利,先远辱而后求名"。(《文子》)这些人品德高尚,很有责任心,并且谦和、明智,值得学习、仿效。

得人 □

《三略》说:"治国安家,得人者也;亡国破家,失人者也。是以明君贤臣,屈己而申人。"《史记·商君列传》也说:"得人者兴,失人者崩。"没错,问题是如何"得人"?物资采购、工程发包,我们知道用公开招投标办法,确保物美价廉和工程质量。但在选人用人方面,我们基本上还是老办法—指定。所以,吏治腐败时,心冷的心冷,麻木的麻木,得利的得利。如此,"得人"难矣!

直言 □

一个集体,比如,一个单位、一个学校甚至一个班,提议做某一件事时,总会有人反对,在成熟的人看来,这很正常;在幼稚的人或独断专行的人看来,很奇怪、很难受乃至很生气,必欲除之而后快。古人说:"千羊之皮,不如一狐之掖(同"腋")。千人之诺诺(随声附和),不如一士之谔谔(正色直言)。武王谔谔以昌,殷纣墨墨以亡。"(《史记·商君列传》)人的一生,无论身居何位,从事何种职业,都要学会听取不同意见，宽容善待"异端"。所有人对你的言行保持沉默或无原则附和，那是很危险的，这意味着你处于孤立状态，意味着没有人对你负责，不清醒的话，就有可能众叛亲离。

简明 □

西方人要用一本书来阐述的道理，中国古人几句话就说清楚了。例如，劳动价值学说，《周书》说："农不出则乏其食，工不出则乏其事，商不出则三宝绝，虞（采集、渔猎）不出则财匮少。"宏观调控理论，司马迁说："善者因之，其次利道之，其次教诲之，其次整齐之，最下者与之争。"供求价格理论，司马迁说："物贱之征（预兆）贵，贵之征贱。"真是简明扼要啊！

侧重 □

搞经济工作，要处理好政府与市场的关系；看得见的手和看不见的手，两手都要抓，两手都要硬，但又各有千秋，各有侧重。搭平台，定规则，营造公平的竞争环境、公开的政务环境、公正的法制环境，是政府的职责。微观经济活动主体是企业和个人，"各劝其业，乐其事，若水之趋下，日夜无休时，不召而自来，不求而民出之"，政府不宜干预。"天下熙熙，皆为利来；天下攘攘，皆为利往。"（《史记》）只要造福社会，摆脱贫困而又不损害他人的利益，政府就不宜禁止。

崇商 □

西汉抑商，而司马迁为商人立传，名之曰《货殖列传》。他在书中写道，追求财富是人的天性。"富者，人之情性，所不学而俱欲者也。"尽管"富无经业"，行行出富豪，但用贫求富，"农不如工，工不如商，刺绣文不如倚市门"，商业来钱最快。张氏、郅氏、浊氏、雍伯……在太史公笔下都成了致富能手，《史记》赞赏有加。

礼将 □

《三略》提出"礼将"这个概念。什么是礼将呢？"军井未达，将不言渴；军幕未办，将不言倦；冬不服裘，夏不操扇。"一句话，与士兵同甘共苦，不搞特权。其实，一个有修养的干部又何尝不是如此呢？

同甘 □

一个好的领导，除了智慧，还需要品德。智慧不足，可以集思广益；人品差，势必众叛亲离，失去群众基础。品德有很多方面，"同滋味而共安危"最重要。《三略》说："昔者良将之用兵也，人有馈一箪醪（láo，浊酒）者，使投诸河，与士卒同流而饮之。夫一箪之醪，不能味一河之水，而三军之士，思为致死者，以滋味之及己也。"士卒如此，同学、同事何尝不是这样。同甘共苦，是友谊最牢固的基础。

将者 □

"将者，国之命。"治国治军，"关键少数"很重要。"将能制胜，国家安定。"稳定、改革、发展有办法，则政通人和，国泰民安。相反，"关键少数"有这样或那样毛病，问题就大了。《三略》说："将拒谏，则英雄散；策不从，则谋士叛；善恶同，则功臣倦（烦）；将专己，则下归咎；将自臧（善），则下少功；将受谄，则下有离心；将贪财，则奸不禁；将内顾（想家），则士卒淫。"因此，领导干部要时刻自我警醒，修身养性，改正错误，不断提高领导水平和能力。

心降 □

以礼待人，人亦以礼待之；真心待人，人亦真心待之。做人如此，治国理政亦如此。《三略》说："贤者之政，降（降伏）人以礼。圣人之政，降人以心。体降可以图始，心降可以保终。"

利万 □

执政者要始终代表绝大多数人的利益，政局才能稳定，人民才会拥护。不搞"小圈子"，不为"关系人"谋取不正当利益，大家才会心往一处想，劲往一处使。《三略》说："利一害百，民去城郭；利一害万，国乃思散。去一利百，人乃慕泽；去一利万，政乃不乱。"

范蠡 □

　　范蠡是越国大夫，也是中国古代著名的商人。他提出"计然之策"（经济理论）。一说计然是人名，是范蠡的老师。计然之策包括农业经济周期理论："故岁在金，穰；水，毁；木，饥；火，旱……六岁穰，六岁旱，十二岁一大饥。"物价理论："论其有余不足，则知贵贱。贵上极则反贱，贱下极则反贵。"粮食价格应稳定在合理区间，"则农末俱利"。以及他的生意经："旱则资舟，水则资车""无息币……财币欲其行如流水""无敢居贵""贵出如粪土，贱取如珠玉"。《史记·货殖列传》中记载，依靠这些理论和经验，他成了当时的巨富，成了后世人们心目中的财神。

李悝 □

　　古代农业生产力水平较低，"靠天吃饭"现象比较普遍。时丰（岁有上中下熟）时歉（大中小饥），因此，如不采取稳定（"平籴"）措施，粮食价格就会出现较大波动。战国时期魏国李悝的"尽地力之教"（农业经济理论），重农但不抑末。"平籴"政策是其中的重要内容。既要避免丰年谷贱伤农，又要避免荒年谷贵伤"民"（非农业人口）。他的办法是，国家在丰年征购、储存粮食，到荒年时发放，"取有余以补不足"，稳定粮价；"使民无伤而农益劝"，农、民双赢。（《汉书·食货志》）可见，李悝既懂尊重微观经济主体经营自主权的重要性，又懂国家适时适度（"使民适足，贾平则止"）宏观调控的必要性。"平籴"很实用，历朝历代还真这么做了。

盐铁 □

提到中国古代，人们会想到"专制""独裁"，好像一切事情都由皇帝或少数几个大臣说了算。其实不尽然。公元前81年（汉昭帝始元六年），"有诏书使丞相、御史与所举贤良、文学语。问民间所疾苦"（《盐铁论·本议》）。双方就盐铁、酒榷（què）、均输、平准（政府专营、专卖制度）等，进行了激烈的辩论，史称盐铁会议。《盐铁论》相当于这次会议的发言纪要，由桓宽编写。贤良、文学来自民间，信奉儒家经济理论，包括不与民争利、重本抑末、黜奢崇俭、贵义贱利等，并以此批评对方。丞相和御史则从抗击匈奴，"边用度不足"的实际出发，为汉武帝定下的旨在增加中央财政收入的政策不断辩解。双方各执一词，但相当民主、坦诚，实为古代中国经济决策的典范。

争论 □

公私之争、官民之争、朝野之争……既是西汉盐铁会议上的争论焦点，也是先秦儒法之争，王安石、司马光之争乃至历朝历代争论不休的难点。毛泽东同志的《论十大关系》，试图解决它。今天深化改革，其目的之一，也是想解决它。辩证唯物主义提供了很好的方法和武器，但实际操作相当复杂，形势判断、平衡点确定、度的把握，需要娴熟的技术和高超的艺术。领导经济工作是需要一些专业能力的。

本义 □

要真正掌握一门语言，必须弄清字、词的原始含义及其演变。例如，党，原指古代基层组织，五百家为一党，"党殊俗易，各有所便"。又如，豫，河南简称。可是，"国富而教之以礼，则行道有让，而工商不相豫，人怀敦朴以相接而莫相利"（《盐铁论·禁耕》）中的豫，是"欺诈"的意思。再如，随时，现在是不拘什么时候、有需要时候的意思。而《易》"随时之义大矣哉"，《典语》"随时改制，所以救弊也"。两本书中的"随时"是与时俱进的意思。再如，《傅子》"而六合晏如者，分数定也"中的"分数"是职责、责任、规矩的意思，不是今天讲的考分。《朱子家训》"即昏便息，关锁门户，必亲自检点"中的门、户是有区别的，在古代，双扇为门，单扇为户。

德政 □

政治清明，官员清廉，则人祸可免，天灾可减。盐铁会议上，大夫说，天灾"非人力"，"天道然，殆非独有司之罪也"。有一定道理。但房子筑牢一点，可减少地震损害；河沟多疏浚一些，可减少洪涝损毁……免灾不行，减灾还是可以的。政府不能不作为，不能乱作为。因此，贤良强调为政以德是完全正确的。但其声称"古者政有德，则阴阳调，星辰理，风雨时"（《盐铁论·水旱》），又有些夸张和荒谬。

书名 □

"名者，实之宾也。"内容决定形式，本质决定现象。中国古书作者，不乏率真、诚实者。性格志趣，信念主张，从书名即知大概。如：东汉终身不仕、隐居著书的王符，给自己著作取名《潜夫论》；西晋以贫素自立的鲁褒著有《钱神论》，对货币拜物教现象进行辛辣讽刺；葛洪，世称小葛仙翁，著《抱朴子》；明代"异端"李贽干脆给书取名为《焚书》……

民数 □

徐幹是东汉"建安七子"之一，著有《中论》。他把人口统计（"民数"）看作"为国之本"，"庶事之所自出也"。比如，分田里，令贡赋，造器用，制禄食，起田役，作军旅，建典立度——就是说，分封、派役、征兵、征税等庶务都离不开人口统计，常以人口为基数，所以，"民数周为国之本也"。

尊重 □

知道尊重人的人，才是有修养、有内涵、有智慧的人。通常，人们知道尊重长辈、领导，不知道尊重晚辈、下属。《新序》说："为人君而侮其臣者，智者不为谋，辨（通'辩'）者不为使，勇者不为斗。"君臣如此，长幼、上下、男女、师生……又何尝不是如此呢？

求贤 □

"王者劳于求贤，逸于得人。舜举众贤在位，垂衣裳，恭己无为，而天下治。"（《新序》）知道了吧？为什么有理想、有志向，有责任心、有使命感，有想法、有办法的领导会求贤若渴！为什么周公吐哺，天下归心！为什么有的领导劳而无功，有的一呼百应！

藏富 □

"囊漏贮中"是古代一句地方谚语。贮，盛米器，大于囊。意谓藏富于民，于上无损。今天，我们仍须正确处理中央与地方、政府与企业、官与民之间的利益关系，适时、适度调整利益分配比例。如：官有大事，可多取一点，民有困难，可多予一点；经济下行，就要为企业减轻负担。

大患 □

晋平公问于叔向曰："国家之患孰为大？"对曰："大臣重禄而不极谏，近臣畏罪而不敢言，下情不上通，此患之大者也。"（《新序》）用今天的话说，干部看重个人利益，说明信仰缺乏；对上不敢规劝，不敢直言，说明责任意识、集体意识差。归根到底，自私自利，国情不清，民情不明，吏治腐败，危机四伏，岂非国之大患也哉？

从政 □

《新序》说："是以位尊者，德不可以薄；官大者，治不可以小；地广者，制不可以狭；民众者，法不可以苛。天性然也。"一些人不明白这些道理，拼命往上爬，不知道积德，结果爬得很高摔得很重。做了大官，好干预具体事务，如招投标、容积率、审批、案件等，贪赃枉法、徇私舞弊，结果身败民裂；喜欢简单化、一刀切，或繁文缛节，以至于民怨沸腾，政令不畅。

选贤 □

选贤任能其实是很简单、很自然的事，动物世界都可以做到，如蜂王、领头羊的产生。人类却因为自身情感复杂、智商高超而使简单问题复杂化，如世袭、结党营私、利益交换、阳奉阴违等。人为破坏自然法则，以至于古人不得不感叹："千里马常有，而伯乐不常有。"（韩愈《马说》）

伯乐 □

千里马有，伯乐也有。"凡有国之主，不可谓举国无深谋之臣，阖朝无智策之士也。"（《时务论》）识人用人，不仅要有智慧，更要有胸怀和政治品德。伯乐有私心，就不是真正的伯乐。受贿、拉帮结派、利益交换……虽有伯乐之名位，却无伯乐之实。伯乐有慧眼，更有公心。全力为民族，一心为国家，才能选贤任能，人尽其才。否则，公器私用，会误国误民，透支党和政府的公信力。

听察 □

民主集中制是一项很好的制度。它不是议而不决，也不是独断专行或简单的票决制。集中是民主的自然结果，民主是集中的必经阶段。民主的关键是广泛性和代表性，是知无不言言无不尽；集中的关键是争取多数尊重多数，是去粗存精去伪存真。《群书治要·体论》总结得好："夫听察者，乃存亡之门户，安危之机要也。（民主集中的意义）若人主听察不博，偏受所信，则谋有所漏，不尽良策（民主的广泛性）；若博其观听，纳受无方，考察不精，则数有所乱矣（集中的选择性）。"

任免 □

《典语》对官员任免工作看得很重、研究很透。"爵禄赏罚，人主之威柄，帝王之所以为尊者也，故爵禄不可不重"，"王者任人，不可不慎也"。好比今天，坚持党的领导，首先体现在党管干部上。怎么管？"制爵必俟有德，班禄必施有功"，"裁而用焉"。简而言之，德才兼备，用人所长。实现什么目标？俊贤在官，治道清明。防止奸佞干政，营造"敬贤诛恶"良好的社会氛围，"敬一贤则众贤悦，诛一恶则众恶惧"。

赏罚

《傅子》说："治国有二柄：'一曰赏，二曰罚。'"书中反复讲赏罚分明、恩威并济的道理，讲运用"二柄"的方式方法，即"因所好而赏之，则民乐其德也……因所恶而罚之，则民畏其威矣"。开正道，塞邪路。

选人

《傅子》选人很有一套，值得各级党委书记和组织部门同志学习、借鉴。首先，"以举贤为急"，树立求贤若渴的意识。其次，正身壹听，物以类聚，人以群分，"举贤之本，莫大正身而壹其听"。再次，广开贤路，简才选贤，"岂家至而户阅之乎"？至公、至平、"执大象（道）而致之，亦云诚而已矣"。再次，以贤招贤，相信团队。"昔人知居上取士之难，故虚心而下听。知在下相接之易，故因人以致人。"最后，专业人做专业事。"夫裁径尺之帛，刊方寸之木，不任左右，必求良工者，裁帛刊木非左右之所能故也。"

拜物

中国古代讽刺金钱、描写货币拜物教现象的文章不少。《钱神论》《扑满赋》《钱本草》《乌宝传》《劝民惜钱歌》等是其中的代表作。而西晋鲁褒《钱神论》又算"始作俑者"。该文将钱奉为"神宝""神物",尊为孔方兄。宣称"失之则贫弱,得之则富昌……解严毅之颜,开难发之口……钱之所祐,吉无不利……官尊名显,皆钱所致……有钱可使鬼,而况于人乎……天有所短,钱有所长"。实际上,按照马克思主义经济学解释,货币拜物教源于商品生产和商品交易,是商品经济的必然产物。在自给自足的小农经济时代,货币权力远不如王权、土地权力强大。显然,鲁褒有些夸张。即使在当今社会,金钱也不是万能的,法律和道德都比它强大。

风俗 □

据葛洪《抱朴子》记载,"越人之大战,由乎分蚺(rán,大蛇)蛇之不钧(同'均');吴楚之交兵,起乎一株之桑叶"。可见,广东人吃蛇,杭州人衣丝,习惯久矣!

无君 □

西晋有个叫鲍敬言的人,是个极端无政府主义者。著有《无君论》,"以为古者无君,胜于今世"。可惜失传。其中主要观点见于同时代人葛洪的《抱朴子·诘鲍》。儒家认为,"天生蒸民而树之君",并把君主分为明君、昏君,颂明批昏。鲍敬言则从根本上否定君权和各级官僚存在的必要性、合理性。"夫役彼黎蒸,养此在官,贵者禄厚而民亦困矣。"他认为,万物平等,"各附所安,本无尊卑也。君臣既立,而变化遂滋。

夫獭多则鱼扰，鹰众则鸟乱。有司设则百姓困，奉上厚则下民贫……百官备则坐靡供奉之费……民乏衣食，自给已剧，况加赋敛……关梁所以禁非，而猾吏因之以为非焉……此皆有君之所致也……无道之君，无世不有"。鲍敬言向往"曩古之世"。无君无臣，无荣无辱；穿井而饮，耕田而食；日出而作，日入而息；无忧无虑，无拘无束；自给自足，自由自在。无政府主义，理论上说不通，实践中行不通。但也不是毫无意义。它对改正政府的工作还是有帮助和启发的。政府不能不要，但绝非尽善尽美。

均田 □

均田制是中国古代一项有名的土地制度。北魏李安世是其创议者。背景是："时民困饥流散，豪右多有占夺。"原则是："雄擅之家，不独膏腴之美，单陋之夫，亦有顷亩之分。"目标是："同富约（贫）之不均，一齐民于编户……力业相称，细民获资生之利，豪右靡余地之盈。"（《魏书·李安世传》）文帝采纳了这一建议。均田制对稳定社会，恢复和发展北方经济，与南朝争雄等，功不可没。

节欲 □

《傅子》说："上欲无节，众下肆情，淫奢并兴，而百姓受其殃毒矣。"可见，中央提出作风建设，反对享乐主义和奢靡之风，是非常正确的。我们党除了人民的利益，没有自己的特殊利益。全心全意为人民服务是共产党人的宗旨。奢靡之风，伤害的是广大人民群众利益，损害的是党和政府形象，动摇的是党的执政基础。

经国 □

古人说："夫经国立功之道有二：'一曰息欲（私欲），二曰明制（法制）。'欲息制明，而天下定矣。"（《傅子》）现在看来，治理一个地方，还得靠这两条。一个地方搞不好，首先是干部有私心杂念，有贪欲，以致贪赃枉法，以致官商勾结权钱交易，以致坏了规矩；其次是没有规矩，没有明确的规矩，没有好的规矩。制定规矩，考验干部的能力；遵守规矩，考验干部的品德。

推己 □

"悟性"很重要。聪明智慧与否，首先看悟性。悟性，既体现智商，又体现情商。提高悟性，有很多方法。最根本的一条，是推己及人。"然夫仁者盖推己以及人也，故己所不欲，无施于人；推己所欲，以及天下。"（《傅子》）比如，自己取得一点成绩，希望别人肯定和欣赏，反过来，别人某些方面强，就不要嫉妒、恨；别人帮助自己，自己会很感激，反过来，别人有困难，就不要幸灾乐祸，而要雪中送炭；别人性格孤僻、尖刻，自己就要阳光、宽容。总之，推己及人，受益无穷。

财税 □

唐朝有优美的诗歌，也有精明的财税理论。刘晏、杨炎是对冤家，但都是理财高手。在他们当政时期，第一，资产税替代了人口税，"人无丁（23岁）中（18岁），以贫富为差"；第二，货币税替代实物税（复旦大学叶世昌教授考证说：货币税只限于户税，农业税并没有改为货币税）；第三，推行预算制，"量出以制入"（《新唐书》《全唐文》，叶世昌教授说：是一次性的，即在确定税额时量出制入，确定后原则上就不变了），而不是量入为出；第四，按农业收获季节（夏、秋）两次征收，故名两税法。这套办法，在唐代及以后朝代都遭到保守势力代表的批评、反对，但因为大方向正确，一直存而不废，明代一条鞭法，清朝摊丁入亩，主旨一脉相承。

守信 □

守信是一个人的基本品德。"君子履信而厥（其）身以立"，也是为政的基本要求，"去信须臾，而能安上治民者，未之有也"。要建诚信社会，首先要建诚信政府。"夫信由上而结者也。"（《傅子》）朝令夕改、有法不依……政之大忌。今天，依托计算机、互联网，建征信系统，记失信行为，惩恶扬善，实属必要、重要。

礼法

道德讲善恶，法律论是非。二者相辅相成、相得益彰。《傅子》说得好，"立善防恶谓之礼，禁非立是谓之法"。法治重要，德治同样重要。不搞形而上学，不走极端，不片面看问题。

概念

读书、研究、辩论，首先要弄清概念。概念清楚，逻辑清晰，观点新颖，就算一篇好论文。很多分歧、误解、争论、流派，源于概念不清，以至于片面理解、发挥。例如，儒、道两家对仁义道德四字定义不同，主张、评价也随之不同。老庄的道，是世界的本源和本质，是规律，是至高无上而又无处不在，是神秘而又神圣的。而在韩愈那里，道只是通往仁义最高境界的通道、阶梯。"博爱之谓仁，行而宜之之谓义，由是而之焉之谓道，足乎己无待于外之谓德。"（《原道》）

贫贵

人们常常把富和贵二字并提。其实，二者是可以分开的，甚至应该分开。否则，从政易贪钱，经商易干政，后患无穷。唐朝工部尚书郑权"家属百人，无数亩之宅，僦（jiù，租）屋以居，可谓贵而能贫，为仁者不富之效也。"（韩愈《送郑尚书序》）此为吾侪之楷模也。

岭南 □

唐代岭南对外交往频繁，贸易发达，在韩愈看来，不是特别能干的人，管不好这块地方。"外国之货日至，珠香象犀玳瑁奇物溢于中国，不可胜用，故选帅常重于他镇。非有文武威风，知大体，可畏信者，则不幸往往有事。"（韩愈《送郑尚书序》）当今，广东几任书记由中央政治局委员兼，良有以也。

货币 □

白居易不仅诗写得好，对策（回答皇帝询问政见）也属一流。例如，他对货币政策很有见解。第一，中央政府应该操控货币。"谷帛者生于农也，器用者化于工也，财物者通于商也，钱刀者操于君也。"第二，货币政策用于国家宏观经济调控。"君操其一，以节其三，三者和均，非钱不可也。"第三，货币政策的目标是稳物价，利产业。"敛散得其节，轻重便于时，则百货之价自平，四人（士农工商）之利咸遂。"（《策林·平百货之价》）

风气 □

做领导一定要自律。上行下效，社会风气就是这样形成的。"故上苟好奢，则天下贪冒之吏将肆心焉；上苟好利，则天下聚敛之臣将置力焉。雷动风行，日引月长，上益其侈，下成其私。"（白居易《策林·人之困穷由君之奢欲》）中央提出，反对享乐主义，反对奢靡之风，是完全正确的。干部贪图享受、醉生梦死，民间风气不正、是非不分，国家和民族就会陷入危险境地。

惠农 □

自古以来，中国农民都是最苦的。勤耕苦种，衣食不周。正像唐人李翱所述，"四人之苦者，莫甚于农人。麦、粟、布、帛，农人之所生也，岁大丰，农人犹不能足衣食，如有水旱之灾，则农人先受其害"（《平赋书》）。今天，中央取消农业税，鼓励工业反哺农业，强调城乡统筹，乡村振兴，不仅是正确的，而且是应该的。从经济学角度讲，"人皆知重敛之为可以得其财，而不知轻敛之得财愈多也"（同上）。用俗话说，要放水养鱼，不要竭泽而渔。减税减负，经济主体轻装上阵，走得更快、更稳、更远。

客观 □

佛教的世界观，有正确的一面，也有错误的一面。说万物源于"自然""不生不死"，是正确的；说天下"亦有亦无""生者言有，死者言无"（《百喻经》），又陷入唯心主义泥潭，是错误的。世界是客观存在的，它不以个人的意志为转移，也不以人之生死为有无。

百喻

《百喻经》（我把它叫作"佛教界的《伊索寓言》"）中讲的愚人故事，如愚人食盐、愚人集牛乳、以梨打破头、子死欲停置家中等，应该是编造出来的，现实中罕见。但其"喻"，不能不说有道理。如：渐修渐悟，自觉自悟，适可而止，有错必纠，言行一致，知其然还须知其所以然，"欲赞人德，不识其实，反致毁訾"，等等，发人深省。

品德

人品、人格、信义，最珍贵。君子爱名利、求富贵，必取之以正道。有人犯糊涂，"为半钱债，而失四钱（渡费），兼有道路疲劳乏困"，沦为笑柄。"世人亦尔，要少名利，致毁大行。苟容己身，不顾礼义，现受恶名，后得苦报。"（《百喻经》）贪污受贿、坑蒙拐骗，看似精明，实则糊涂之至，不知品德乃无价之宝也。

诚信

《旧杂譬喻经·赎沙门喻》以因果报应为理论依据，讲"债无多少，不可负，亦不任人也"。欠债还钱，天经地义。佛经故事虽持之荒谬，然言之有理。

节约 □

　　节约相对于浪费，不仅是好的习惯，更是好的品德。在古代，生产力水平低，"一粥一饭，当思来处不易；半丝半缕，恒念物力维艰"（《朱子家训》）。节约似乎是不得已而为之。今天，生产力水平已大幅提高，特别是自动化、流水线生产，使千百年形成的卖方市场一夜之间变成了买方市场，短缺变成了过剩，到处是促销。主张节约，似乎过时了、保守了。然而，当我们看到促销背后惊人的浪费，看到遍地垃圾和污染，看到资源紧张甚至枯竭，看到肥胖及其引起的疾病……一个个比饥寒还严重的社会问题、健康问题、生态环境问题时，我们就不得不重新审视自己的行为，重新提倡节约，反对浪费。

规律 □

　　《朱子家训》有很多合理的内容，如：黎明即起，即昏便息，尊重作息规律；讲卫生，反浪费，戒贪欲，重人品；未雨绸缪，顺时听天，诚实纳税，不卑不亢，言多必失；施惠无念，受恩莫忘；凡事当留余地，得意不宜再往；读书志在圣贤，非徒科第；为官心存君国，岂计身家；等等。当然，内中也有一些不对甚至糟粕的东西。如歧视女性、崇丑等。对传统文化，我们要一分为二，坚持扬弃，取其精华，去其糟粕。

贤文 □

《增广贤文》确系贤文。第一，集中了许多正确的思想方法。如：观今宜鉴古，无古不成今（历史分析法）；知己知彼，将心比心（类推法）；人心似铁，官法如炉（法制化）；若登高必自卑，若涉远必自迩（实践论）。第二，汇集了许多老练的处世哲理。如：相逢好似初相识，到老终无怨恨心（尊重、克己）；逢人且说三分话，未可全抛一片心（留余地）；路遥知马力，事久见人心（时间考验）；在家不会迎宾客，出外方知少主人（交友）。第三，看透人生、人性、人情。如：相识满天下，知心能几人；父母恩深终有别，夫妻义重也分离；易涨易退山溪水，易反易覆小人心；谁人背后无人说，哪个人前不说人；是亲不是亲，非亲却是亲；来说是非者，便是是非人。第四，释放一些正能量。如：钱财如粪土，仁义值千金；两人一般心，无钱堪买金；饶人不是痴汉，痴汉不会饶人；莫道君行早，更有早行人；一年之计在于春，一生之计在于勤；黄河尚有澄清日，岂可人无得运时。第五，编辑许多好的修身之道。如：责人之心责己，恕己之心恕人；再三须慎意，第一莫欺心；知足常足，终身不辱；人无远虑，必有近忧；惧法朝朝乐，欺公日日忧。总之，值得一读，值得慢慢品味。

尚俭 □

历代都有穷奢极欲的人和事，而魏、晋尤为突出。《洛阳伽（qié）蓝（寺庙、僧房）记》记载，高阳王元雍"嗜口味，厚自奉养，一食必以数万钱为限，海陆珍羞，方丈于前"。其实，人的一生，俭约、简朴更好。道法自然，吃穿住行，不必刻意追求。以奢为荣，以侈为乐，很低俗，于健康亦不利。

意识 □

反映论是马克思主义认识论的灵魂。就是说，观念的东西不过是物质的东西的反映。存在决定意识，意识不过是被意识到了的存在。南宋陆九渊不这样认为，他说："宇宙便是吾心，吾心便是宇宙。"这是典型的主观唯心论和主观主义世界观，是错误的，也是危险的，好比盲人骑瞎马，夜半临深池。

无耻 □

明朝最后一任内阁首辅魏藻德，状元出身，不可谓其无才。李自成攻陷北京城前三天，皇帝急切问魏，有什么对策，他老兄跪在地上，一声不吭。城破了，皇帝自杀了，他却投降了。李自成责问他，为什么不去殉死，魏说："方求效用，那敢死。"呜呼，无耻之徒，什么事都做得出来，什么话都说得出去。有才无德如此人者，谁敢再用他？其家破人亡，为天下笑，不亦宜乎！

约束

失败有很多原因，放纵是其中之一。孔子说："以约失之者鲜矣。"（《论语·里仁》）约，自我约束。自觉、自醒、自警、自律……是成功的要素。然而，要做到这些也不容易。否则，就不会有那么多人犯错误、吃后悔药。特别是面对名誉地位、金钱美色诸多诱惑，保持清醒实为不易。自我约束需要毅力。

董子

有人一辈子顺风顺水，平步青云；有人一辈子命运多舛，怀才不遇。但总体说，职级高低、财富多少、名气大小与智商、情商有一定关系。虽然不排除个别相反情况存在，董仲舒算一个。王充《论衡》说他"虽无鼎足之位，知在公卿之上"。有根据吗？有。秦朝皇帝说一不二但很快改朝换代。汉初君臣总结反思，其中，董仲舒就提出"屈君而伸天"，天人感应。让"天"（儒家理论）管束为所欲为的皇帝，不是很明智吗？又提出，独尊儒术，"邪辟之说灭息，然后统纪可一"（《汉书·董仲舒传》），不是很实际吗？

魏澂

魏徵是唐初名臣。为了国家长治久安，奉旨编了一本书，叫《群书治要》。"上始五帝，下尽晋年"，摘编成册以资政。他在序中说，这些典籍重点有两个方面，一是"昭德塞违，劝善惩恶"，告诉读者怎么做人；二是"懔乎御朽，自强不息，朝乾夕惕"，告诉读者怎么做事。事实的确如此。放在今天，扬善弃恶，遵纪守法，认真负责，勤勤恳恳，仍然是大众教育、干部教育的核心内容。

主旨 ☐

魏徵在《群书治要·序》中讲，写文章"虽辩周万物，愈失司契之源；术总百端，弥乖得一之旨"。什么意思？文以载道，不要漫无边际，面面俱到，要集中精力，阐述主要观点；方法很多，但正确的方法只有一个，不可迷失。

自戒 ☐

怎样看待不同意见，怎样面对难听话？一般人容易难受、难堪，甚至憋屈、生气、报复。还是《诗经》大序说得好，"言之者无罪，闻之者足以戒"。化被动为主动，有则改之，无则加勉，用胸怀换智慧，不是很好吗？

革新 ☐

因循守旧、故步自封是最要不得的。个人这样，不会进步；国家这样，势必落后。凡事要用发展的眼光看。唯有与时俱进、改革创新，才不会被时代抛弃。近代日本人明白这个道理。有个叫林信敬的日本学者校正《群书治要·序》说："古昔圣主贤臣，所以孜孜讲求，莫非平治天下之道，皆以救弊于一时，成法于万世，外此岂有可观者哉？但世迁事变，时换势殊，不得不因物立则，视宜创制。"其实，当时中国也有人明白这一点，可惜，未形成共识，上升到统治阶级意志。最后，日本明治维新成功了，而中国戊戌变法失败了。

听雨 □

人的一生，阶段不同、境遇不同，面对同样的人和事，感觉不同。就说听雨这事吧。少年、壮年、老年听的感觉，差别很大。蒋捷《虞美人·听雨》写得很好：

少年听雨歌楼上，红烛昏罗帐。壮年听雨客舟中，江阔云低断雁叫西风。

而今听雨僧庐下，鬓已星星也。悲欢离合总无情，一任阶前点滴到天明。

诗歌"好""坏"，不仅取决于诗歌本身的质量，也取决于读者的素养和心境。蒋捷这首词，年过半百的人会很喜欢，很有同感。从追欢逐乐的少年，到奔波劳苦的壮年，再到宁静淡定的老年，大多数人的一生就是这样。要想有作为，有成就，必须趁早，趁年轻。少壮不努力，老大徒伤悲。

税收 ☐

　　一般人都知道，收税是为了维持国家机器运转，为了养官、养兵等。唐末皮日休不一样，他明确指出："征税者非以率民而奉君，亦将以励民而成其业也。"（《皮子文薮》卷七）就是说，税政还可以帮助社会管理，励民成业，发展经济，实现国家产业政策目标。

借鉴 ☐

　　唐太宗说："以史为镜，可以知兴替；以人为镜，可以明得失。"（《旧唐书·魏徵传》）治国理政是这样，做别的事情也是这样。来龙去脉搞清楚了，问题找到了，解决问题的方法也就找到了。历史演变和目前的状况清楚了，未来的目标和方向也就明确了。所以，学历史很重要，读人物传记很重要；关注世事很重要，分析成功原因和失败教训很重要。

有道 ☐

　　一个人要出人头地，受人尊重，必须出类拔萃，有本事，有胸怀，有见识。一句话，有"道"。听他的不会错，跟他的有好处。唐太宗李世民说得好，"有道则人推而为主，无道则人弃而不用"（《贞观政要》）。社会如此，自然界亦如此。物竞天择，适者生存。"主"不是天生的，不是永恒不变的，不是封的、赐的，是打拼出来的，必须经得起各种验。

听劝 □

承认不足，承认错误，不是每个人都能做到的。它需要勇气、智慧和胸怀。大多数人喜欢别人夸赞甚至奉承，喜欢自我合理化，拒绝别人批评。唐太宗李世民不这样。他以人为镜，希望部下"举其愆过"，力求完美；认为"好自矜夸，护短拒谏"（《贞观政要》）的人会失败。忠言逆耳、良药苦口，道吾恶者是吾师。一句话，善于听取不同意见，集思广益，是李世民成就贞观之治的重要原因。

太宗 □

如果你想成为一个成功的企业家，或一个成功的领导人，你必须在选人聚人、识人用人方面下功夫。唐太宗李世民是这方面的专家，他的人才理论值得学习借鉴。《资治通鉴》是这样记录的，"此五者，朕所以成今日之功也"：

1. 见人之善，若己有之。
2. 弃其所短，取其所长。

3. 见贤则敬之，不肖者则怜之，贤、不肖
各得其所。

4. 正直之士比肩于朝，未黜责一人。

5. 夷狄中华，爱之如一。

唐太宗说：自古帝王多疾胜己者。对比自己能干的人"羡慕嫉妒恨"，即使已贵为帝王。唐太宗做到第一点，说明他自信、大气。做到第二点，说明他智慧，知用人之长。一般领导求贤若渴的同时，容易关心爱护甚至宠幸溺爱一部分人，而冷落得罪另一部分人。做到第三点，说明唐太宗很老练，善于调动一切可以调动的力量，形成合力。做到第四点，说明唐太宗是真正谦虚、开明、正直、宽容，以社稷为重。最后一点，说明唐太宗知道，平等是民族政策应该遵循的最高准则，是国家、组织的核心价值观。

佞谀 □

中国人常说某人是佞人，是谀臣。也说，谗佞之徒，国之蟊贼，君暗臣谀，危亡立至。看不惯"阿旨顺情，唯唯苟过"的谄谀作风。可是，何谓佞人？何谓谀臣？他们有什么特点呢？大家的概念和印象未必一致。西汉刘向《说苑》写得比较清楚。他说，这种人，"主所言皆曰善，主所为皆曰可。隐而求主之所好，即进之以快主耳目。偷合苟容，与主为乐，不顾其后害"（《臣术》）。就是说，凡是领导说的、做的都好都对。领导是绝对真理。让领导高兴、快乐比什么都重要。至于后

果，就甭管了。按照这个标准，今天还有不少佞人。怎么办？民主法治是硬件建设，作风转变是软件开发。

尚贤 □

古人说，"尚贤者，政之本也"（《墨子·尚贤》）。又说，"为政之要，惟在得人，用非其人，必难致治"（《贞观政要》）。问题是，人皆自以为贤，上司皆自以为得贤。自以为贤而未能任用，叫怀才不遇；自以为得贤而排除异己，叫用人唯亲。如果正确的理念不能落地，或者操作不当，歪嘴和尚念错经，势必南辕北辙。选贤任能是正确的，但一无客观标准，二无科学依据，三看少数人甚至主要领导个人意见，四将过去等同未来。简言之，方式方法不靠谱，选贤任能目标未必能实现。古代中国采用科举办法考定官员；近代西方采用民选办法票定官员。今天中国选干部，既不考，也不选，走的是推荐、考察、任命的路，这要求组织系统或上级领导更具智慧，更具胸怀、眼界和公正之心。

慎言 □

一言既出，驷马难追。平头百姓，恶语相加，伤害的是感情；领导干部，胡说八道，伤害的是权威。"君子居其室，出其言，善则千里之外应之……不善则千里之外违之。""言行，君子之枢机。枢机之发，荣辱之主也。"（《周易·系辞上》）慎言，不是妄言，也不是无言、寡言。慎言，就是讲原则，重依据，守底线。源于善意、出于公心、合情合理的话，还是可以说、可以大胆地说。

积善 □

善良是立身之本，也是传家之宝。《易传》说："积善之家，必有余庆；积不善之家，必有余殃。"这话听起来像咒语，但是事实，是历史经验和教训的总结。要记取，要践行。毋以善小而不为，毋以恶小而为之。

德位 □

《周易治要》讲得很好："夫位以德兴，德以位叙，以至德而处盛位，万物之睹，不亦宜乎。""不恒其德，无所容也。"我的理解是，金钱、名誉、地位，皆人之所欲，然必取之以法、以德，人无非议，心悦诚服，这叫位以德兴；有了位置，不谋私、不作恶，相反，更好地、更大规模地彰扬道德，为人民服务，这叫德以位叙。德位相称应成为一条原则，一项要求；裕德待时，应成为一种心态，一种修炼。处盛位而无至德，危乎高哉！

易经 □

《易经》这本书，算卦是形式，教育是实质。从大自然现象中寻求阐释修身、齐家、治国、平天下的道理，用心良苦，但方法牵强附会，方式拐弯抹角。例如，乾卦象征着天，"天行健，君子以自强不息"；坤卦象征着地，"地势坤，君子以厚德载物"，如此等等。劝人观察自然，从中汲取灵感；效法自然，从而修身养性，建功立业。

大有 □

中共中央党校（国家行政学院）地处北京市海淀区大有庄。"大有"什么意思？是不是源于《易经》卦名"大有"呢？该卦离上乾下，象曰："火在天上，大有。君子以遏恶扬善，顺天休命。"党校是培养党的干部的地方。培养什么？培养党性，培养执政能力。"遏恶扬善，顺天休命"，不是概括得很准确吗？看来，党校选址是有考究的。党校东边有个叫骚子营的地方，就不那么雅了。

谦柔 □

谦虚、柔顺是非常老练的处世哲学。《周易治要》讲，"人道恶盈而好谦""谦谦君子，卑以自牧也""劳谦君子，万民服也""柔得尊位""处尊以柔"。有人天生一副谦卑忠厚柔顺样，博得好感容易，其实表里未必一致；有人天生一副聪明智慧样，又不会装，不知不觉中遭嫉恨，得罪人，爬坡过坎，吃了不少苦。随着年龄增加，吃一堑长一智，有本事的人也知道谦虚了，有能力的人也知道柔顺了。一方面，他们看到了自己的不足；另一方面，这样做，可避免再遭人嫉恨，事业更顺，生活更愉快。

小人 □

对待小人，或畏避，名曰"惹不起还躲不起"；或斗争，结果两败俱伤。《周易》不这样。它说："君子以远小人，不恶而严。"第一，很威严，不怕他，相反，让对方知道敬畏；第二，不惹他，远离他，但也不得罪他，不恶声恶气地对待他。试一试，看看老祖宗这一招灵不灵。

品性 □

儒家把人分为君子、小人，并且断定二者品性截然相反。例如，"君子喻于义，小人喻于利"；"君子周而不比，小人比而不周"，等等。意在弃恶扬善，劝人做君子不做小人。动机是好的，但方式方法过于简单。首先，人不只两类，占星术讲十二星座，命理学讲属相生辰，将人分为两类应该说比占星算命的还简单；其次，人的本性是社会关系的总和，君子身上有小人品性，小人身上有君子潜质，在一定条件下，二者是可以转化的；最后，容易撕裂社会，容易彼此相互扣帽子、打棍子，人为制造紧张关系。

异同 □

《周易》睽（kuí，乖离）卦将对立统一的道理讲得很透，也很生动。"君子以同而异"，王弼释曰，"同于通理，异于职事"。就是说，分工不同，岗位不同，意见不同……但富民强国的目标相同。正像"天地睽而其事同也（化育万物），男女睽而其志通也（成家理事），万物睽而其事类也"（演变规律）。

不妄 □

做君子，很难，很累。知难而上，真君子。仅以《周易》为例，君子必须时刻注意自己的言行，"言有物而行有恒"（《周易·家人》），说话有根据有内容，做事讲原则讲规矩。并且从身边做起，从小事做起。"家人（居家行事）之道，修于近小而不妄者也。"（《周易治要》）

从善 □

"见善则迁，有过则改。"（《周易·益》）说起来容易做起来难。第一，要明白什么是好什么是坏，什么是对什么是错。利令智昏，权、色等东西同样会让人糊涂。第二，从善如流，也有"代价"，有机会成本，有付出。善，不能从天而降，唾手可得。例如，勤奋是好事是善，但要放弃某些安逸；廉洁是好事是善，但要放弃某些享受。第三，有过则改，需要勇气和胸襟。认错，不是一件愉快的事；改错，不是一件容易的事。尽管如此，改过、从善仍然是人生要义。

改革 ☐

《周易》革卦、鼎卦等讲变革的道理。"天地革而四时成"，大自然是这样。"汤武革命，顺乎天而应乎人。"社会也是这样。天人感应，天人合一，人民的意志就是天的意志。所以，革故鼎新不仅需要，而且要彻底。"君子豹变……小人革面。"《周易》这些言论，成为后世变法、改革者的理论根据和思想源头。

执政 ☐

《周易》兑（悦）卦对领导干部很有启发。一是正确处理刚、柔关系，"刚中而柔外，说以利贞"。例如，理想信念要坚定，方式方法要灵活。二是坚持为民，"顺乎天而应乎人"。人民对美好生活的向往就是执政者的奋斗目标。三是身先士卒，发挥先锋模范作用。"说以先民，民忘其劳；说以犯难，民忘其死。"

中庸 ☐

中正、中庸是儒家倡导的基本态度。中正、中庸，通俗地说，就是不走极端。以消费为例，儒家主张黜奢崇俭，但是，过于节俭，儒家也是反对的。《周易·节》指出："苦节不可贞，其道穷也。"王弼注曰："为节过苦，则物所不能堪也。物不能堪，则不可复正也。"艰苦奋斗是对的，但奋斗的目的不是艰苦而是幸福。苦不堪言，苦海无边，好东西就是不能吃，好衣服就是不能穿。为节过苦，谁都受不了。谁都受不了，谁还会相信你、跟着你？这不就"道穷"了吗？正确的方法是，"节以制度，不伤财，不害民"。即不铺张浪费，讲规矩，不伤害老百姓。

阳刚 □

男人要有阳刚之气，才能成就一番伟业。古人说："成大事者，必在刚也。"柔，细心，拘小节，只是避害而已。"柔而侵大，剥之道也""小事吉""不可大事"。要说明的是，《周易》讲的刚，不是一意孤行，不是粗暴，"刚而违悦则暴"。刚，是理想信念，是人生信仰，是赴汤蹈火、在所不辞的东西，是人类共同追求、人人喜爱（悦）的东西，是千锤百炼、矢志不渝的东西。

易简 □

外来文化本土化、通俗化，有两个中国人做得特别好。一个是六祖惠能，一个是共和国缔造者毛泽东。他们分别将佛教和马克思主义中国化、大众化。一个开辟了禅宗，一个创立了毛泽东思想。为什么本土化、通俗化能如此成功？《周易》分析得很透："乾以易知，坤以简能。易则易知，简则易从。易知则有亲，易从则有功。有亲则可久，可功则可大。可久则贤人之德，可大则贤人之业。易简而天下之理得矣。"把精神吃透，把精髓汲取，进得去出得来，本土语言讲得清楚，本地百姓听得明白。总之，容易、简单，"天下之理得矣"，大德可立，伟业可成！

同心 ☐

两人相处，痛苦莫过于话不投机，恶意曲解；快乐莫过于心心相印，善解人意。正如《周易》所说，"二人同心，其利断金。同心之言，其臭（芳香）如兰"。一般兄弟间、夫妻间，很难做到完全一致，总有这样、那样的矛盾，所以，有欢乐，也有痛苦。吵闹一辈子，凑合一辈子，斗而不破，争而不伤，就算好兄弟、好夫妻了。

慎密 ☐

在《周易》里，慎密有两个含义。一是思虑周密，言语谨慎，不乱说。"乱之所生也，则言语为之阶。"病从口入，祸从口出，管好自己这张嘴。二是保密。保密局的人高兴了。"机事不密则害成。"保密工作概括起来两句话：不泄密，防窃密。要真正做到这一点，思想意识、制度规章、物防技防都要跟上。君子坦荡荡，是对内部人说的。敌对势力存在，所以要保密。

君子 □

古往今来，大概没有人承认自己是小人，相反，都自认为是"君子"。《论语》和《周易》对"君子"的标准是相当高的，以下几条大家对照对照：

一、"君子上交不谄，下交不渎。"你能以同样的态度对待上司和下属吗？

二、"君子见几而作，不俟终日。"你能见微知著抓住机遇吗？

三、"君子安不忘危，存不忘亡，治不忘乱。"你有忧患意识吗？

四、"君子慎密。"你能守口如瓶、防意如城吗？

五、"劳而不伐，有功而不德。"劳谦君子，你能做到吗？

六、"君子居其室，出其言善，则千里之外应之。"你有这样的号召力吗？

七、"君子安其身而后动，易其心而后语，定其交而后求。"你有这样的定力吗？

八、"君子固穷。"你守得住清贫耐得住寂寞从来不被金钱财物打动吗？

……

可见，"君子"项下的要求很多，标准很高，全部做到很难。既然做不成君子，又不愿做小人，那怎么办呢？做普通人，做绝大多数人。记住：孔子心目中的君子、小人属小概率，切不可二选一，非此即彼，自寻烦恼。守住底线，争做好人、能人就可以了。

成语 ☐

　　成语是汉语中最精良的预制件，是中国传统文化的精髓，掌握并运用成语，受益无穷。成语，多源于古书。例如，《尚书》就有很多。如玩物丧志、功亏一篑、同心同德、满招损谦受益、兢兢业业等等。由于时代进步、风俗改变等原因，某些成语已变得令人费解，需要说明或改正了。如：土葬改火葬，"行将就木"就不好理解了；枪替代箭，"百步穿杨"就不算难了；有了飞机、高铁，"老骥伏枥，志在千里"难说志存高远了。

嗣位 ☐

　　事业总是要有接班人的。挑选、培养、确定接班人，是一件十分严肃、极其艰辛甚至危险、残酷的工作。即使在尧舜时代，这项工作也不是随随便便的。《尚书》说，"虞舜侧微，尧闻之聪明，将使嗣位，历试诸难"。如传布五典、摄理百官事务、迎来送往、巡视山林川泽等。舜过五关斩六将，经得起各种考验，德才兼备，然后，在太庙接受禅让。一般来说，地位越高，事业越重要，责任、权力越大，影响越深远、广泛，对接班人要求越近苛求。

明君 □

在古籍中，尧、舜、禹是君主典范。尧"聪明文思""钦明文思安安""允恭克让"。(《尚书·尧典》) 舜"聪明"，经得起各种考验，政绩显著。禹"正德、利用、厚生、惟和"(《尚书·大禹谟》)。事实上，他们都是原始部落首领，究竟怎么样，无法考证。与其说确有其事，不如说他们都是儒家理论人格化。

尚书 □

《尚书》讲了很多精彩的话，可以当作领导艺术来读。如："临下以简，御众以宽"，这一点特别适合基层工作；"罚弗及嗣，赏延于世"，这一点有利于巩固和扩大统一战线；"宥过无大，刑故无小"，这一点有利于干事创业，营造改革、创新宽松环境；"罪疑惟轻，功疑惟重。与其杀不辜，宁失不经"，这样做可以更好地避免冤假错案的发生；弗矜弗伐，谦虚谨慎；"人心惟危，道心惟微，惟精惟一，允执厥中"，不走极端，不生变故；"无稽之言勿听，弗询之谋勿庸"，不说无根据的话，不做没把握的事；"民惟邦本，本固邦宁"；"天作孽，犹可违；自作孽，弗可逭（逃）"；等等。真是微言大义，精彩绝伦！

忧愁 □

"愁"，人之常情。有别离相思之愁，有衣食不周之愁，有知音难觅、国破家散之愁。古往今来，描写这种情感的诗词特别多。比如，愁有多少呢？李煜说，"恰似一江春水向东流"。愁有头绪吗？李煜说，"剪不断，理还乱，是离愁"。愁能持续多久呢？冯延巳说，"为问新愁，何事年年有"；刘禹锡说，"九疑云物至今愁"；蒋兴祖女儿说，"百结愁肠无昼夜"。愁是一种什么感觉呢？冯延巳说，"愁心似醉兼如病，欲语还慵"。酒能销愁吗？李白说，"抽刀断水水更流，举杯销愁愁更愁"。如此等等，"怎一个、愁字了得"（李清照）。

角度 □

事物都是两面的。从正面看，欢喜；从负面看，讨厌。幸福很大程度上是心理满足，而不是物质满足。怎么看世界，看人生，看得失，很关键，很重要。南宋吕本中《采桑子》写得很有哲理："恨君不似江楼月，南北东西。南北东西，只有相随无别离。恨君却似江楼月，暂满还亏。暂满还亏，待得团圆是几时？"看，长相随，月亮多可爱！圆后缺，月亮多可恨！同是月亮，从不同角度看，感觉和感想不同。

思念 □

思念是痛苦的，也是幸福的。有情，有义，才有念。思念是一种复杂的情感，甜中有苦，苦中带甜。描述这种情感的诗词非常多。例如，韦庄"夜夜相思更漏残，伤心明月凭阑干"（《浣溪沙》），"劝我早归家，绿窗人似花"（《菩萨蛮》），讲夫妇之念。"凝恨对残晖，忆君君不知"（《菩萨蛮》），"如今俱是异乡人，相见更无因"（《荷叶杯》），讲初恋难忘。牛峤"乡思望中天阔，漏残星亦残"（《定西番》），讲士卒念家。毛文锡"偏忆戍楼人，久绝边庭信"（《醉花间》），讲家属想念边卒。思念，是神圣的，"换我心、为你心，始知相忆深"（顾夐（xiòng）《诉衷情》）。这种情感应该得到尊重和理解。

九德 □

《尚书·皋陶谟》讲，行有九德："宽而栗（谨慎），柔而立（独具见地），愿（忠厚）而恭，乱（干练）而敬，扰（驯顺）而毅，直而温，简（坦率）而廉（方正），刚而塞（实事求是），强而义（正义）。"很多人身上有明显的优点，但往往过头，也附有明显的缺点。正像某些效果明显的疗法，不注意"度"，有副作用一样。《尚书》试图避免这种情况，希望让好的品行发挥得恰到好处。

开诚 □

如何看待下属？对下属应该提出什么样的要求？舜帝很有感触。据《尚书·益稷》记载："帝曰：臣哉邻哉……臣作朕股肱耳目。"显然，舜帝没有把大臣当贼防，相反，当亲近的人，当自己人。他希望，君臣之间开诚布公，团结奋进，有缺点要当面指出，有错误要及时纠正。《尚书》是这样记载的："予违，汝弼。汝无面从，退有后言。"阳奉阴违、两面三刀，当面不说，背后乱说，是最要不得的。

合理 □

黑格尔讲，凡是存在的就是合理的，被马克思主义者认为这是在为资本主义制度辩护。马克思主义理论是革命理论，所以，他们反过来，认为只有合理的，才能存在。具体讲，不合理的资本主义制度一定会被合理的社会主义制度替代。《尚书》也是一本革命著作，它的"推亡固存，邦乃其昌"（《尚书·汤誓》）是其理论基础。经常有人误会，忠君就是对皇帝个人无条件忠诚。其实，在儒家看来，君主绝对不可以为所欲为，不可以"无道"。所以，孟子说，一个无道之君被杀，在他眼里，不算弑君，算替天行道。"有亡道则推而亡之，有存道则辅而固之。"商汤如此，周武王亦如此，所以有"汤武革命"。可见，追求真理，永远是革命者的口号！

整风 □

中国历代统治者把社会风气引导、官员作风建设看得很重。成汤去世以后，伊尹作《伊训》，希望君主"立爱惟亲，立敬惟长，始于家邦，终于四海"。根据他的说法，成汤制官刑，儆于有位。其中列举

"三风"，须坚决防止和惩戒。一曰"巫风"，表现是，恒舞于宫，酗歌于室；二曰"淫风"，表现是徇于货色，恒于游畋；三曰"乱风"，表现是侮圣言、逆忠直、远耆德、比顽童。以上"三风"，大家要对照检查，深刻剖析，认真整改。否则，"卿士有一于身，家必丧。邦君有一于身，国必亡。臣下不匡，其刑墨"。食邑没了，封国废了，换句话说，作风不改，饭碗都会砸了。做下属的人，不匡正领导，服墨刑，凿额涅墨。看来，古代整风一点不亚于当代。力度大，态度严肃、认真。

好问 □

学问，一学二问。学，从书本上学，从实践中学，从经验教训中学，从日常生活中学；问，每事问，不耻下问，刨根问底。学，一般人都比较主动；问，一般人碍于面子比较被动。其实，"知之为知之，不知为不知，是知也"。不懂装懂，有后患；困惑不解，有隐患。《尚书·钟虺之诰》说得好，"好问则裕，自用则小"。孔安国释曰："问则有得，所以足也。不问专固，所以小也。"敢于问、善于问，多问常问，疑惑越来越少，知识越来越丰富，不是很好吗？

胸怀 □

殷商高宗对傅说（yuè）说的一段话，既可以看作领导找助手的标准，也可以作为常人交友的参照。高宗说："朝夕纳诲，以辅台德。（导师）若金，用汝作砺（磨刀石）；若济巨川，用汝作舟楫；若岁大旱，用汝作霖雨。启乃心，沃朕心！若药弗瞑眩，厥疾弗瘳；若跣弗视地，厥足用伤。惟暨乃僚，罔不同心，以匡乃辟。"（《尚书·说命上》）一个国君，一个领导，一个普通人，如此虚怀若谷，愿意甚至渴望听取别人的不同意见和建议；如此开诚布公，愿意甚至渴望集思广益，岂有不能成功之理？

知行 ☐

知与行是对立统一的，所以，知行合一最好，但也要具体情况具体分析。在一个愚昧的时代，面对一帮无知的人，启蒙更重要。相反，在一个开放的时代，面对一帮聪明人，行动又更重要。正像《尚书·说命中》说的，"非知之艰，行之惟艰"。很多博士、"海归"替"土豪"打工，缺的不是知识，缺的是实践的勇气，缺的是行动。瞻前顾后，犹豫不决，前怕狼后怕虎，结果只能去打工，赚点儿稳靠钱。

品德 ☐

成败得失，最终取决于自己，取决于自己的智慧和品德。而品德尤其重要。《尚书·蔡仲之命》说得好，"皇天无亲，惟德是辅；民心无常，惟惠之怀。为善弗同，同归于治；为恶弗同，同归于乱……慎厥初，惟其终，康济小民"。为政如此，为人亦如此。助人者，人必乐于助之。仁者爱人，仁者无敌。

政术 □

《尚书》政术，精辟实用。如：预防，"制治于未乱，保邦于未危"；平衡，"庶政惟和，万国咸宁"；连续，"政贵有恒，辞尚体要"；深谋、力行，"慎乃出令，令出惟行，弗惟反"；公正，"以公灭私，民其允怀"；讲规矩、重程序，"议事以制，政乃弗迷"；立志、勤政，"功崇惟志，业广惟勤"；恭敬、俭朴、真诚，"恭俭惟德，无载尔伪"；做一个真实的人，一个有品德的人，"作德，心逸日休；作伪，心劳日拙"；用好人用能人，"推贤让能"；率先垂范，"尔惟风，下民惟草"；解决老百姓实际困难，"思其艰，以图其易，民乃宁"；注意团队建设，"慎简乃僚"……

忿疾 □

人们生气，原因五花八门。不看对象，一个标准要求人；或者，不将心比心，苛求别人，都能引爆脾气。《尚书·君陈》有句很老练的话，值得思考。"无忿疾于顽，无求备于一人。"孔安国解释说："人有顽嚚（yín）不喻，汝当训之，无忿怒疾之。使人当器之，无责备于一夫也。"对愚顽之人，要帮助、教育他，不必动辄生气，不要厌恶他。用人所长，不要求全责备。这样可以少生许多不该生的气。

纣王 ☐

　　"德才兼备，以德为先"，并不是中国共产党独有的选人用人标准，历史上，经验教训太多了，不这样做不行。以纣王为例，人很聪明，也有体力，但最终被推翻，自焚后还被人砍了头，根本原因是无道、缺德。据《史记》载，纣王"资辨捷疾，闻见甚敏；材力过人，手格猛兽"。但他品德差，不听劝、文过饰非，自视高，"以为（别人）皆出己之下"，奢侈淫乐，厚赋税，冷酷残暴……以至于众叛亲离，身首异处。

言论 ☐

　　言论，钳制不对，放任也不对。李斯说："今诸生不师今而学古（不实事求是，搞本本主义），以非当世，惑乱黔首。""闻令下，则各以其学议之。入则心非，出则巷议……率群下以造谤。如此弗禁，则主势降乎上，党与（羽）成乎下。"（《史记》）应该说，言论自由不等于胡说八道、煽风点火，影响稳定和发展。言论要管控。当然，不能用李斯的办法，焚书、弃市、株连。要引导，要传播正能量，要凝聚人心，弘扬正气。

独断 ☐

　　自古以来，刚愎自用、听不进别人意见，或者，自以为聪明，把别人当傻子的君主，结局都很惨，口碑也很差。商纣王如此，秦始皇亦如此。《史记》引侯生、卢生的话说："始皇为人，天性刚戾自用……以为自古莫及已……乐以刑杀为威……天下之事无小大，皆决于上。"结果，不可一世的秦王朝很快玩完了，皇子皇孙还特别惨。所以，真正的聪明人是那些善于集思广益、因势利导的人。

无德 ☐

指鹿为马的赵高是个超级烂人，胡亥用他、信他，足见其昏庸之至。史载，赵高策划，赵高女婿阎乐带吏卒千余人至望夷宫，数二世之罪曰："足下骄恣，诛杀无道，天下叛足下，足下其自为计。"二世说，能否见丞相一面？乐曰："不可。"二世说，我做个郡王吧？弗许。又说，做不了郡王，那就做个万户侯吧？弗许。最后，可怜巴巴说，"愿与妻子为黔首"。阎乐还是不答应。于是，"二世自杀"。（《史记》）呜呼！以帝王之尊，帝国之大，无德无能，窝囊到这个地步，不亦悲乎？

内斗 ☐

中国古代出了不少又聪明又能干的人，可惜脑子用歪了。由于体制、机制原因，特别是人治之下，他们先后成了彼此斗争、妒忌的牺牲品。在争权夺利甚至争宠的过程中，害人复为人所害。他们短于为国家、民族计，长于内讧；短于凝心聚力，化解矛盾，长于你死我活，以至于悲剧一个接着一个，看起来像一串串残酷的生物相食链。举一个例子：李斯害韩非，赵高害李斯、胡亥，子婴杀赵高，项籍杀子婴及秦诸公子宗族，刘邦逼项羽乌江自刎。再举一个例子：唐朝刘晏、杨炎、卢杞，都是聪明绝顶、位高权重的人物，然而，杨炎害死刘晏，后来自己又被卢杞所害。

亡秦 □

　　秦亡，见仁见智。太史公说，始皇骄傲自满，不民主是其重要原因。"秦俗多忌讳之禁，忠言未卒于口，而身为戮没矣。故使天下之士，倾耳而听，重足而立，钳口而不言。"（《史记》）社会越来越复杂，社会事务越来越多，一个领导人再聪明，精力再充沛，出发点再好，也无法应对一切，必须学会谦虚，学会民主。

愚民 □

　　《史记》说，秦始皇很牛，"鞭笞天下，威振四海"。也很专横，"废先王之道，焚百家之言，以愚黔首。隳名城，杀豪杰，收天下之兵（器）……以弱黔首之民"。其实，中国历代封建统治者谁没有愚民、弱民？甚至有过之而无不及。否则，中国近代不会沦落到亡国灭种的边缘。今天，我们要汲取历史教训，一定要记住：国家是一个抽象的概念，公民整体素质有多高，国家文明程度就有多高；公民个人有多富强，国家就有多富强。愚民、弱民，最终要误国误民、害人害己。

人情 □

人情，人之常情。常情，即多数人心理，一般人做法。管仲说，不近人情的人，不可任用，不可亲近，不可宠信。例如，易牙这种人，"杀其子以适君"；开方这种人，"背亲以适君"；竖刁这种人，"自宫以适君"。管仲说，三子所为，均非人情，不可近用。但是，齐桓公不听，亲近"三奸"，以至于堂堂国君死后竟然无人收尸，"尸虫出于户"。(《史记》)可见，对那些举止异常、冷酷无情、自残自虐的人，要特别小心；对那些不择手段实现个人目的的人，要特别提防。

修养 □

同样出类拔萃，出人头地，或腰缠万贯，或位高权重，或名满天下，有的受到尊重、仰慕，有的遭到唾弃、忌恨。为什么？关键在把控和修养，骄傲抑或谦虚。贵易友，一阔就变脸的人是有的，而且不在少数；富易妻，有钱就任性的人是有的，而且不在少数。这样的人，怎么会受到尊重和仰慕呢？别人又怎么会不唾弃、疏远他们呢？相反，周公贵而不骄，礼贤下士，其明智与修养为历代所称赞：

周公旦者，周武王弟也，封于鲁。成王使其子伯禽代就封于鲁。周公戒伯禽曰："我文王之子，武王之弟，成王之叔父，我于天下亦不贱矣。然我一沐三捉发，一饭三吐哺，起以待士，犹恐失天下之贤人。子之鲁，慎无以国（君）骄人。"(《史记·鲁周公世家》)

务实 ☐

齐威王是个明白人。视人才为国宝。而且，不偏听、不偏信，以问题为导向，用结果来说话。《史记》有一段精彩的记录：

齐威王初即位……九年之间，诸侯并伐，国人不治。于是威王召即墨大夫，而语之曰："自子之居即墨也，毁言日至。然吾使人视即墨，田野辟，民人给，官无留事，东方以宁。是子不事吾左右以求誉也。"封之万家。召阿大夫语曰："自子之守阿，誉言日闻。然使使视阿，田野不辟，民贫苦。昔日赵攻鄄，子弗能救。卫取薛陵，子弗知。是子以币厚吾左右以求誉也。"是日，烹阿大夫，及左右尝誉者皆并烹之。遂起兵西击赵、卫，败魏于浊泽而围惠王……于是齐国震惧，人人不敢饰非，务尽其诚。齐国大治。诸侯闻之，莫敢致兵于齐二十余年。

齐威王的办法是"整风"，即从严治吏，求真务实，讲正气，讲实绩，反腐败，反虚浮。政风正，民风纯，文治武功，威名远扬矣！

知人 ☐

鲍叔牙知人，管仲幸矣！齐国幸矣！管仲贫困时，贪小便宜，鲍叔不计较；政治上站错队，鲍叔营救他，还力荐他；当政以后，鲍叔"以身下之"。《史记》说："世不多（称赞）管仲之贤而多鲍叔能知人也。"

呜呼！纵有知人如鲍叔者，而心胸未必如其宽广。

相人 □

魏国人李克相人有术。他说，从五个方面就可以断定一个人的好坏、贤愚。《史记》是这样记载的：

魏文侯谓李克曰："先生尝教寡人曰：'家贫则思良妻，国乱则思良相。'今所置（宰相位置）非成（魏成子）则璜（翟璜），二子何如？"……李克曰："君不察故也。居视其所亲，富视其所与，达视其所举，穷视其所不为，贫视其所不取，五者足以定之矣，何待克（李克）哉？"文侯曰："……寡人之相定矣。"

平时看他与什么人亲近，富时看他跟什么人交往，做官后看他举荐什么人。俗话说，物以类聚，人以群分，这样看人是有道理的。又，人穷志短，穷则思滥矣，是一种普遍现象。只有君子，有底线，有骨气，即使穷困潦倒，亦有所不为也。由此可见品德的力量和信念的作用！

忘我 □

一个人能做到一心一意，心无旁骛，同时，凝聚人心，忘我奋斗，就没有实现不了的目标、完成不了的任务。司马穰苴就是这样一个人。他为齐景公去外患，复失地，尊为大司马，很重要一点，就是全神贯注，同仇敌忾，忘我工作。他说："将受命之日则忘其家，临军约束则忘其亲，援枹鼓之急则忘其身。"（《史记》）平时骄贵的庄贾喝酒迟到了，被司马穰苴诛杀。

亲和 □

同甘共苦，则情同手足，势如破竹。司马穰苴如此，吴起亦如此。《史记》说司马穰苴，"士卒次舍（安营）、井灶、饮食、问疾、医药，身自拊循（过问和照顾）之。悉取将军之资粮享士卒，身与士卒平分粮食，最比其羸弱者"。又说吴起，"与士卒最下者同衣食"。甚至，"卒有病疽者，起为吮之"。知道了吧？将军、领导是怎样炼成的，除了聪明智慧外，人格魅力，道德修养，一句话，群众路线是不可或缺的。你眼里有别人，别人心里才有你；群众、部下在你心中有多高的地位，你在他们心中就有多高的形象。没有亲和力，就没有号召力。

公心 □

廉颇和蔺相如同朝事赵。蔺在赵、秦外交场合，维护了赵王的面子和赵国的利益，之后，位在名将廉颇之上。廉颇很不服气，"不忍为之下"，想找机会羞辱蔺相如。蔺听了，"每朝时，常称病"，避免会上见；路上看到廉，亦引车避匿。身边的人觉得这样太窝囊。蔺说，回避不是害怕，强秦都不怕，"公之视廉将军孰与秦王"？不怕廉，怕什么呢？怕内讧，敌人乘虚而入。"吾所以为此者，以先国家之急而后私仇也。"这就叫大公、大局、大气、大度！廉闻之，"肉袒负荆"，上门谢罪。最后，相与欢，为刎颈之交。这就叫知错就改，以诚相待。同学、同事、同胞都能这样，又何惧外人欺负，内部矛盾、纠纷不能化解？

杀戒 ☐

对生命是否尊重，尊重程度是否高，是衡量文明的重要标尺。在古代，动辄杀人，是很恐怖和野蛮的。直言、暗讽，要杀；反抗、腹诽，要杀；甚至可恶亦必除之而后快！不肯缴税亦必大开杀戒！《史记》有一段记载：

> 赵奢者，赵之田部吏也。收租税，而平原君家不肯出租，奢以法治之，杀平原君用事者九人。

放在今天，怎么处罚，也不至于杀人。金钱有数，且能再赚；生命无价，不可复活。大德曰生，慎哉杀人！

赵括 ☐

赵奢之子赵括的教训是极其深刻和惨痛的。身死不说，"数十万之众遂降秦，秦悉坑之"。有哪些教训呢？第一，纸上谈兵，信奉本本主义。他爹久经沙场，但说不过他；第二，牛，官僚主义，严重脱离群众，刚做将军就"东向而朝，军吏无敢仰视之者"，自我感觉超好；第三，贪，喜欢金银财宝，田地房产；第四，"悉更约束，易置军吏"，随便改规矩、换人；第五，赵王糊涂，先是中秦国阴招（散布流言说，秦国最担心赵括为将），后是不听赵母劝阻（知子莫如母），终遣之，酿大祸！呜呼，俱往矣，而不以之为鉴，复为赵括害人害己，远乎哉？

痛苦 □

读秦观《八六子》，"怎奈何、欢娱渐随流水"，而"恨如芳草，萋萋铲尽还生"。知人生有欢乐有痛苦，有爱恋有遗恨，且痛苦、遗恨，相比欢乐、爱恋更持久，更刻骨铭心。

记得韩国前总统卢武铉讲，与欢乐相比，更多感受的是痛苦。还记得曹操《短歌行》，"对酒当歌，人生几何。譬如朝露，去日苦多"。名人尚且如此，编户齐民不用多说。夫妻吵架，说来说去，都是些伤心痛苦委屈愤怒的陈谷子烂芝麻。

伤逝 □

感时伤逝，是人们最普遍、最深沉的一种情感。秦观《江城子》："碧野朱桥当日事，人不见，水空流。韶华不为少年留，恨悠悠，几时休？"讲青春易逝，意中人难再聚。贺铸《半死桐》："重过阊门万事非，同来何事不同归？梧桐半死清霜后，头白鸳鸯失伴飞。"物是人非，悼念亡妻。陈与义《临江仙》："二十余年如一梦，此身虽在堪惊。"说靖康之难后的艰辛。曹勋《饮马歌》："泪湿征衣悄，岁华老。"埋怨没完没了的边战。岳飞《小重山》"白首为功名，旧山松竹老，阻归程"和陆游的《诉衷情》"胡未灭，鬓先秋，泪空流。此生谁料，心在天山，身老沧州"，都在感叹岁月无情，壮志未酬。

知音

自古以来，都说知音难觅。以宋词为例，岳飞说："欲将心事付瑶琴，知音少，弦断有谁听。"陆游说："自许封侯在万里。有谁知，鬓虽残，心未死！"知音难觅，或因志，或因道，或因情，高山流水，叹者甚众。然而，换个角度想，主动作为，利国利民，从者未必少。毛泽东读湖南一师时，曾公开征友，只得三个半人，可谓知音难觅矣。后来投身革命，缔造中华人民共和国，又可谓风起云涌，从者如潮矣。所以，与其坐而论道，不如起而行之，切不可将"知音难觅"作为借口，无所事事，虚度一生。

为政

为政难乎哉？不难。难在自律、自觉。《傅子》的话很有参考价值。他说，首先是正。"正己者，所以率人也。"领导是标杆，是表率。其次是公。"政在去私，私不去则公道亡。""夫能通天下之志者，莫大乎至公。"凡事出于公心，事情就简单、好办。三是自觉。"能自得，则无不得矣。"好的领导都有不一般的悟性。四是崇尚功、德。"爵非德不授，禄非功不与。"道德定高低，业绩论英雄。五是守信。"夫信由上而结者也。"去信须臾，而能安上治民者，未之有也。"朝令夕改，最伤公信力。六是"以举贤为急"。武大郎开店，个子高的不要，是开不下去的。七是"开其正道……塞其邪路"。引导是技术，也是艺术。八是重视基层干部管理。"最亲民之吏，百姓之命也……不可以不留意也。"

治国 □

《袁子正书》有一段话，很好地概括了古代中国治国之道的特点，即外儒内法，刚柔并济。既要德治，也要法治；既要教育，也要惩戒。原文是这样的：

故有刑法而无仁义，久则民忽（不重视）。民忽则怒（叛乱）也。有仁义而无刑法，则民慢（怠慢）。民慢则奸起也。故曰："本之以仁，成之以法，使两通而无偏重，则治之至也"。夫仁义虽弱而持久，刑杀虽强而速亡，自然之治也。

用人 □

如果说人和动物的主要区别，在于是否使用、制造工具。那么，伟人与常人的区别就在于是否会聚人、用人。关于用人，《袁子正书》有一段很经典的论述：

用人有四：一曰以功业期之，二曰与天下同利，三曰乐人之胜己，四曰因才而处任。以功业期之，则人尽其能；与天下同利，则民乐其业；乐人胜己，则下无隐情；因才择任，则众物备举。

以问题为导向，用结果来说话，干得好，德才兼备，群众公认，这样的干部就要提拔，这不是封官许愿，这叫"以功业期之"。相反，拉帮结派，出于私心，为了私利，暗箱操作，内部交易，不论业绩、品行任免干部，就不是以功业期之，要不得。此外，用人者还须为公，为公者才有号召力；胸襟开阔，开阔者才有亲和力；因才任职，任职者才能用人所长，发挥比较优势。

公正 □

人皆有私心私利，以有身、有亲故也。唯独执政者不可有私心私利，因其易致不公，自毁也。除法律规定的利益，如工资、福利外，绝不可以权谋私、权钱交易，否则，为官不廉，为富不仁，何以正天下、禁奸邪呢？故为政以公，虽入虎穴、进狼窝，复何惧之哉！《袁子正书》讲得很好：

夫治天下者，其所以行之在一，一者何也？曰公而已矣。故公者，所以攻天下之邪，屏谗慝（tè，邪恶、阴气）之萌，以仁聚天下之心，以公塞天下之隙（私心、猜疑）……一公则万事通，一私则万事闭。

话讲得够明白、够直接了。一个地方再复杂，一个单位再烂，无私则明争止，一公则暗斗休。公平、公开、公正，是化解矛盾、凝聚人心最好的办法。所有的权术、心术都是多余的。

考能 □

《袁子正书》讲，治国有四个要点，即尚德，考能，赏功，罚罪。论交情，讲资历，"而求下之贵上，不可得也。赏可以势求，罚可以力避，而求下之无奸，不可得也"。从实践看，赏罚有依据，易操作。德能评估，相对复杂，标准模糊，容易陷入论资排辈，亲疏有别。不过，只要听从大多数人意见，用业绩说话，坚持能上能下，能进能出，还是可以避免的。

公心 □

十八大以来，我们党反腐力度明显加大，"苍蝇""老虎"一起打，贪官污吏纷纷落马。尽管原因很多，案情也不一样，但归根结底，当事人私心太重，为官而无公心，公器私用，遂一己之私欲，是最根本、最普遍的原因。《袁子正书》说得好："唯公心可以有家，唯公心可以有身。身也者，为国之本也。公也者，为身之本也。"以权谋私、权钱交易者，最终身败名裂甚至家破人亡，不是反证了这句古训吗？而最高执政者也没有别的办法。"治国之道万端，所以行之在一。一者何？曰：公而已矣。唯公心而后可以有国。"领导一方面要带头为民，务实、清廉，打铁必须自身硬；另一方面，要坚决反腐，否则，真可能亡党、亡国。

富国 □

《袁子正书》提出的富国八政，基本上囊括了古代中国主要经济思想。这八政是：

一、消费政策。"俭以足用。"

二、农业生产。"时以生利。"

三、产业政策。"贵农贱商。"

四、就业政策。"常民之业。"

五、财政政策。"出入有度。"

六、金融政策。"以货均财。"

七、干部政策。"抑谈话之士。"

八、队伍建设。"塞朋党之门。"

今天看来，袁八条似过于简单，个别条款也比较片面，但在小农经济时代，还只能这么做。

法治 □

《袁子正书》谈依法治国很精辟。首先讲立法的重要意义。"国之治乱，在于定法。定法则民心定，移法则民心移。"其次讲公正的重要意义。"法者，所以正之事者也……法出而不正，是无法也。"也就是说，公正是法律的生命和灵魂。最后讲司法的重要性。"法正而不行，是无君也。"政府作为行政机关，要主动执法，带头守法。要依法履责，不能让社会处于无政府状态。

舆论 □

东汉哲学家仲长统在《昌言》中写道："君臣士民，并顺私心，又大乱之道也。"就是说，国家体现的是集体意志、集体荣誉和集体责任，它必须高于个人意志、个人利益和个人取向。否则，一盘散沙，国家任人宰割，民族毫无战斗力。亲者痛，仇者快。所以，舆论宣传必须管控好，尤其要防止敌对势力混淆视听，煽风点火，导致某些人牢骚满腹，自我贬损，私欲膨胀，乱象丛生。

交士 □

《昌言》讲为人子、为人臣，近于仆，不尽可取。爱、敬是双向的，平等的。人世间的权利、义务是相对的，不是单向的、绝对的。但讲为人友还是可取的，许多话可谓经验之谈，老练之至：

人之交士也，仁爱笃（诚笃）恕（推己及人），谦逊敬让，忠诚发乎内，信效著乎外，流言无所受，爱憎无所偏。幽暗则攻己之所短，会同则述人之所长。有负我者，我又加厚焉；有疑我者，我又加信焉。患难必相及，行潜德而不有，立潜功而不名。孜孜为此，以没其身，恶有与此人交而憎之者也。

真理 □

儒家讲忠孝，绝非讲盲从。真理（道义）才是儒生的毕生追求。舍身求义，是他们的非凡气度和崇高气节。圣人、君子是人格化的儒家理论、理想，其地位高于世俗的君主、父母。情感必须服从理性。一起读读《昌言》中的一段话吧：

父母怨咎人不以正，己审其不然，可违而不报也……父母欲为奢泰侈靡以适心快意，可违而不许也；父母不好学问，疾子孙之为之，可违而学也；父母不好善士，恶子孙交之，可违而友也；士友有患故，待己而济，父母不欲其行，可违而往也。

套用一句话，吾爱父母，吾更爱真理。顺不顺从父母，"其得义而已也"。对，则听从；不对，是父母也不能听从。

受谏 □

人们最不愿意接受的事实是，比别人傻。可以比别人穷，可以比别人地位低，可以比别人名气小，但绝不可以比别人傻。承认比别人傻，等于自信心全部失去，等于彻底的自卑。所以，一般人都不会轻易承认自己的错误，接受别人意见建议，尤其是批评意见。其实，谁都不是天才，谁都不是全才。寸有所长、尺有所短。贤人兼听则明，智者博采众长。虚心听取别人意见建议，不仅证明不了自己比别人傻，相反，证明自己心胸开阔，比别人聪明，会借脑。让我们重温苏轼一段话吧！

自古聪明豪杰之主，如汉高帝、唐太宗，皆以受谏如流，改过不惮，号为秦汉以来百王之冠也。孔子曰：君子之过，如日月之食焉。过也，人皆见之；更也，人皆仰之。圣贤举动，明白正直，不当如是耶？所用之人，有邪有正。所作之事，有是有非。是非邪正，两言而足，正则用之，邪则去之；是则行之，非则破之。此理甚明，犹饥之必食，渴之必饮，岂有别生义理，曲加粉饰，而能欺天下哉！（苏轼《论时政状》）

伪化 □

人要面子，更要实力、实绩。否则，就会弄虚作假，欺世盗名，让明眼人瞧不起。领导好名，下属作假，则天下无诚信可言矣。《体论》说得很好："人主之大患，莫大乎好名，人主好名，则群臣知所要矣。夫名所以名善者也，善修而名自随之，非好之之所能得也。苟好之甚，则必伪行要名，而奸臣以伪事应之，一人而受其庆（作假得好处），则举天下应之矣（跟着作假）。君以伪化天下，欲贞信敦朴，诚难矣。"以伪化天下，则天下伪矣。实事求是的人痛心，埋头苦干的人伤心，弄虚作假的人开心，最终害人害己，误国误民！

虚伪 ☐

《体论》作者杜恕是个正派人。遭贬后著书立说，最恨虚伪。他说："色取仁（表面上仁爱）而实违之者，谓之虚。不以诚待其臣，而望其臣以诚事己，谓之愚。虚愚之君，未有能得人之死力者也。"现实生活中，这样的人、这样的领导还不少：伪善、挑拨离间、搞小圈子，最终，被人识破，遭人鄙视。

体论 ☐

领导是一门艺术。这门艺术要点是什么，见仁见智。《体论》提到以下几点，很有参考价值。

1. 设官分职，即编制分工。

2. 委任责成，即派工督办，目标管理。

3. 好谋无倦，即规划未来，谋划辖区。

4. 宽以得众，即心胸开阔，善于团结。

5. 含垢藏疾，即容忍羞辱，埋藏痛苦。

6. 不动如山，难知如渊，即信念坚定，不轻易表态。

7. 记人之功，忘人之过，即为政择人，总其大略。

图国 □

"图国不如图舍，是人主之大患也。"（《体论》）把公家不当家，把公事不当事，也是当今中国一些人身上存在的一大毛病。因此，不上心，不用心，得过且过，敷衍了事，到处都有"豆腐渣工程"，有铺张浪费，有为官不为。这种作风必须改变，特别是公务员，必须以国为家，尽心尽力，用做家事、私事那股劲、那种态度，做公事、国事。"公家之利，知无不为也""谋事不忘其君，图身不忘其国"否则，工作一定被动，终生无所作为。

禁忌 □

《体论》说，"使贤者为之，与不肖者议之；使智者虑之，与愚者断之（决断）；使修士履之，与邪人疑之，此又人主之所患也"。领导身边围了很多人，人有这样那样的不同，是正常的，关键要宽容，要用人所长避人所短，要善于团结，民主公开。

下属 □

领导毕竟是少数，如何做部下，对绝大多数人来说更实际、更有意义。《体论》认为，一个合格的部下应该具备以下几点："智虑足以图国，忠贞足以悟主，公平足以怀众，温柔足以服人。不诽毁以取进，不刻人以自入，不苟容以隐忠，不耽禄以伤高。通则使上恤其下，穷则教下顺其上……进不失忠，退不失行。"

粮税 □

李觏是北宋思想家。他在《富国策》中指出："民之大命，谷米也。国之所宝，租税也。"他把粮食生产和储备看得很重，把租税看得很重。一个关系到百姓生存、社会稳定，一个关系到政府运转、行政国防。放在今天，这话还是对的。饭碗必须牢牢端在自己手里！

义利 □

真正的儒生是明智的，只有迂腐的、浅陋的人才会一叶障目，片面极端。以义利为例。君子爱财，取之以道；所欲不逾矩，这是儒家的真主张。而存天理、灭人欲，仁义而已矣，何必曰利？是个别人的偏激看法。正像北宋思想家李觏所说："利可言乎？曰：人非利不生，曷为不可言？欲可言乎？曰：欲者人之情，曷为不可言？言而不以礼，是贪与淫，罪矣。不贪不淫，而曰不可言，无乃贼人之生，反人之情！"（《李觏集·原文》）

双面 □

古人看上去极其谦虚、极其谦卑以至于有自贬、自损之嫌；而欣赏、表扬对方时，又像阿谀拍马，曲意奉承。以王安石为例，这位被列宁称作中国11世纪的改革家，自称"天变不足惧，人言不足恤，祖宗之法不足守"的人，在其《上仁宗皇帝言事书》中，开篇即自贬"愚不肖""不自知"，然后大肆吹捧皇上，有德有才，勤政自律，仁民爱物，选贤任能。"此虽二帝三王之用心，不过如此而已！"据我观察，古人的内心世界，其实是很自信、很强大的，而对对方所作所为未必真欣赏、真佩服。因此，有率真的一面，也有矫情、虚情的一面。

虚愚 □

班长与班子的关系既简单又复杂。真诚即简单，虚伪就复杂。三国魏杜恕《体论》说得好："色取仁而实违之者，谓之虚。不以诚待其臣，而望其臣以诚事己，谓之愚。虚愚之君，未有能得人之死力者也。"一个人无论怎么伪装，都有原形毕露的时候。而一旦暴露，受害人不会再相信他、追随他。受害人越多，伪善的人就越没有市场，越被人鄙视。

左右 □

《体论》曰："为政者必慎择其左右，左右正则人主正矣，人主正则夫号令安得曲耶？"外资、民营公司董事会、经营班子的组建容易做到这一点，机关、国企相对难。西方人采取选举和组阁办法，较好地解决了班子内部团结问题，而中国采取自上而下任命和调配方法，带班子就成了各地一把手最重要的工作，众口难调也要调啊。

简政

在基层工作，与普通老百姓打交道，再高深的理论也要通俗化、本土化。古人说："善政者，简而易行。"2014年，我在广东省增城市工作，决定大力推进乡村休闲旅游，发展周末经济，让农民切身感受"绿水青山就是金山银山"的道理。我提出两句话，第一句叫"一间房，两张床，三顿饭，留下几百元，农民收入翻一番"；第二句叫"增城处处是您家——万家旅舍"。实践证明，效果非常好。空心村、闲置房利用起来了，死资产复活了，农民收入大大提高了，农村面貌迅速改变了。

民本

群众路线的本质就是对群众发自内心的尊重。一切为了群众，一切依靠群众。从群众中来，到群众中去。它的基本判断是，群众乃政权之基础，力量之源泉。正像《体论》所说："民者卑贱而恭，愚弱而神。恶之则国亡，爱之则国存。"

诚实

　　儒家在仁慈与残暴中选择了仁；法家在宽容与严厉中选择了严；道家在人为与自然中选择了自然；佛教在善良与邪恶中选择了善；朱熹在天理与人欲中选择了天理；《焚书》作者李贽在真与假中选择了真。《体论》呢？在虚伪与诚实中选择了诚——

　　夫诚，君子所以怀万物也……诚者，天地之大定，而君子之所守也。

定心

　　一个人可以没有地位、金钱、名声，不可以没有信念、原则、智慧和行动。没有地位、金钱、名声，不妨碍做一个普通的人；没有信念、原则、智慧和行动，就会沦落为烂人、小人。《体论》讲得好："君子心有所定，计有所守；智不务多，务行其所知；行不务多，务审其所由；安之若性，行之如不及。小人则不然，心不在乎道义之经，口不吐乎训诰之言，不择贤以托身，不力行以自定，随转如流，不知所执。"

庸人

　　什么是庸人？没有标准的答案。《体论》的定义是这样的："夫不忧主之不尊于天下，而唯忧己之不富贵，此古之所谓庸人。"主，指君主，也可以指国家、民族、政府。如果一个公务员没有忧患意识，没有民族大义，没有富民强国的使命感和责任心，整天琢磨自己升官发财，在我看来，不独为庸人，亦或为罪人也。

名誉 □

好面子，重荣誉，本身没有错。但不择手段去争，诸如弄虚作假、结党营私，就不对了。有人工作上没想法、没办法，碌碌无为、得过且过。数据上作假，统计局攻关，却肯下功夫，肯用心。先是自吹自擂、自欺欺人，接着厚颜无耻、跑官要官。古人讲："夫名不可以虚伪取也，不可以比周争也。"（《体论》）还是要练内功、重品行，要谦恭礼让、自强不息。

守义 □

人生道路有无数岔口，不小心就变成了小人。例如，是直道耦世还是枉行取容，是掩人之过还是毁人之善，是宽贤容众还是微讦怀诈，是不耻下问还是耻学羞人，这些都是君子小人的分叉点。但是，最重要的一点，是基于道义还是基于私利。《体论》说："由乎利则失为君子，由乎义则失为小人。"

偏见 □

俗话说，女人是祸水。《典论》更加武断，"三代之亡，由乎妇人"。《管子》讲："妇言人事，则赏罚不信；男女无别，则民无廉耻。"为什么中国自古以来，对女人怀有偏见？在一个高度集权的时代，皇帝、国君控制资源，掌握人民生杀予夺大权，万民特别是官僚集团争宠，进而争权夺利，无论亲疏、贵贱、男女。男人受宠，或被指为奸臣、佞人。女人受宠，外戚得势，则被指为牝（pìn）鸡司晨，朝野不祥。所以，与其说作者对女人怀有什么偏见，不如说，他们找到了与女人、与外戚争权夺利的借口。相反，在一个人民当家作主的年代，在一个人人都可以掌控自己命运的国土，女性作为平等的公民、国民，她们又怎么会成为祸水呢？

天下 □

孙中山说，天下为公。肯尼迪说，Don't ask what your country can do for you, but what you can do for your country。今人说，为人民服务。古人说：

天下非一人之天下，乃天下人之天下也。同天下之利者则得天下，擅天下之利者则失天下。（《六韬》）

我每次读这段话，都很激动，像找到了知己。从这段话里，我看到了古代民本主义原貌，看到了现代民主思想的源头，看到了中国共产党人毕生追求的共产主义的中国传统和中国土壤。

爱民 □

为政玄乎哉？爱民而已。"故善为国者，驭民如父母之爱子，如兄之爱弟。"（《六韬》）今天，生产力进步了，饥寒劳苦少了，但爱民之情不能少，不能变。例如，审批制度不改革，简政放权工作推不动，效率低下，吃拿卡要，门难进脸难看事难办，则民必心累甚于身疲。又如，虽然人民总体生活水平提高了，有的甚至很富了，但仍有部分人生活困难，穷困潦倒，需要救济帮扶。"免人之死，解人之难，救人之患，济人之急。"（《六韬》）这样的德政还要专门的部门—主要是民政部门去实施。

票选 □

在一个盛行拉帮结派的地方或单位，"民意"很容易变成帮派的意见。在帮派主义者眼里，只有帮派，没有好坏、智愚、忠奸。他们党同伐异，甚或黑白颠倒。在推选官员时，容易产生"多党者进，少党者退""群邪比周而蔽贤，忠臣死于无罪，奸臣以虚誉取爵位"（《六韬》）现象。这给了我们很好的警示。今天，领导识人用人，组织部门推选干部，一定要注意这一点。

益民 □

有人说，群众工作越来越难做。据我观察和体会，不是这样。做有益人民的事，人民怎么会反对呢？古人说："利天下者天下启之，害天下者天下闭之。"（《六韬》）难道不对吗？

强大 □

何谓强大？并非尽人皆知。有人说，知识就是力量，所以，智者强大；有人说权倾天下，富可敌国，所以，有钱、有权的人强大。其实，个人的力量是有限的，历史是人民创造的，只有团结一切可以团结、调动一切可以调动力量的人，才是最强大的。《六韬》说得好："所谓大者，尽得天下之民……所谓强者，尽用天下之力。"中国历代开国之君深谙此道。

识人 □

《六韬》识人、用人很有一套。书中提出"八征""九差"，对识人用人很有帮助。"八征"是指：

1. 问之以言，以观其辞；

2. 穷之以辞，以观其变；

3. 与之间谍，以观其诚；

4．明白显问，以观其德；

5．使之以财，以观其廉；

6．试之以色，以观其贞；

7．告之以难，以观其勇；

8．醉之以酒，以观其态。

"九差"是指"人才参差大小"分九级，从整天骂骂咧咧、说长道短的市井小人到百姓拥戴的天下之主，什么人做什么事，什么事配什么人，有讲究。"犹斗不以盛石（一石等于十斗），满则弃矣。非其人而使之，安得不殆？"

分寸 □

《六韬》讲"将有五材十过"。将，可以理解为将军，也可以理解为领导。"五材"指勇、智、仁、信、忠。"十过"指分寸把握不好，优点也可能变成十大缺点。例如，勇而轻死（"左"倾盲动），仁而不忍（"右倾"投降），智而心怯（缺胆识），信而喜信人（轻信），廉洁而不爱人（苛刻）等。敌人、对手看出破绽，就很容易采取一些办法击败他。例如，激怒勇而轻死者，胁迫智而心怯者，欺骗诚信而轻信者。所以，一个合格的领导人，美德是必要的，但不是充分的。分寸把握体现的是领导能力和领导艺术。情感不能替代理智，德治还须法治。

陶冶 □

王安石这个人心高气傲，对多数官员的素质、品行、能力，都看不上眼。他在《上仁宗皇帝言事书》中说得特别极端："今以一路数千里之间，能推行朝廷之法令，知其所缓急，而一切能使民以修其职事者甚少，而不才、苟简、贪鄙之人，至不可胜数。其能讲先王之意以合当时之变者，盖阖郡之间往往而绝也。"怎么办？王安石说，关键在"陶冶"，即教育、培养、选取、任用得法。其实，一个国家能否强大，官员很重要，但起决定性作用的还是民众。官员的品行也很重要，但起决定性作用的还是体制、机制、规则、规矩。

养廉 □

对官员既要严格要求，又要关心爱护。王安石提出，"饶之以财，约之以礼，裁之以法""人之情，不足于财，则贪鄙苟得，无所不至"。所以，最底层的官员，其禄亦足以代其耕，"由此等而上之，每有加焉，使其足以养廉耻而离于贪鄙之行"。活着的时候，于父子兄弟妻子之养，婚姻朋友之接，"皆无憾矣"；死了，有世禄安排，于子孙无不足之忧焉。在此基础上，对官员约之以礼，裁之以法，哪怕小节上出了毛病，犯了错误，也不姑息。"加小罪以大刑，先王所以忍而不疑者，以为不如是，不足以一天下之俗而成吾治。"（《上仁宗皇帝言事书》）此所谓恩威并济，胡萝卜加大棒，吏治可焕然一新矣。

信念 □

为官做人难乎哉？心中有国家，则格局大矣；心中有人民，则境界高矣。看看清代两个福建人是怎么说的、怎么做的。一个福建人叫蓝鼎元，做过广东普宁知县、广州知府，他在《论南洋事宜书》中讲，"天下利国利民之事，虽小必为；妨民病国之事，虽微必去"。例如，对外贸易和交往，他坚决提倡"以海外之有余，补内地之不足"。更为可贵的是，他已察觉西方列强威胁，"其舟坚固，不畏飓风，炮火军械，精于中土"。可惜，康熙晚年及以后，朝廷根本听不进去。闭关锁国，夜郎自大，蓝氏只能"旁观窃叹"，毫无办法。一百年后，另一个福建人，吃尽苦头，使刀的干不过使枪的，心有余而力不足，他叫林则徐。虎门一怒销鸦片，战败含冤戍边陲。但林氏无怨无悔，还口占一首示家人，"苟利国家生死以，岂因祸福避趋之"。蓝、林二人虽隔一个世纪，而信念前后一也，可歌可泣，可敬可佩！

恒产 □

清初有个叫张英的安徽人，官至文华殿大学士兼礼部尚书，写过一本专论地主家庭经济的著作，叫《恒产琐言》。声称"典质、贸易、权子母，断无久而不弊之理。始虽乍获丰利，终必化为子虚。惟田产、房屋二者可持以久远"。对张英这段话，后人有不同的理解和评价，我认为，至少有两点启发。一是他能按风险高低区分产业，把金融、贸易划为高风险行业，把农业视作可靠行业；二是他能按虚实区分财产，认为货币财产保值增值不如地产、房产。事实证明，是有一定道理的。

明察 ☐

俗话说，兵熊熊一个，将熊熊一窝。一个地方、一个单位，掌舵的人昏庸无能，即使有明白的部下，因位卑言轻，也无法改变这个地方或单位衰败的命运。以清朝为例，早在鸦片战争前一百年间，福建漳浦人蓝鼎元就明确指出："惟红毛、西洋、日本三者可虑耳。""东方之国，日本最为强大，其外皆尾闾。""极西则红毛、西洋为强悍莫敌之国，非诸番比矣……皆凶悍异常……性情阴险叵测，到处窥觇图谋人国。"（《鹿洲全集》）可惜，满朝官员充耳不闻，坐井观天，一而再，再而三，贻误时机，铸成大错，几近亡国灭种。

天道 ☐

古人说，"天道无亲，唯德是辅"。又说，"爱出者爱反，福往者福来"（《群书治要·贾子》）。问题是，天道亦须人为，唯无私者公平，志同者道合，知恩者图报。因此，有人有时会怀疑这话的真实性。但是，我的看法，尽管世间有这样或那样的不公，甚至有令人失望、生气的人和事，作为人生信念，坚守道德和仁爱，终归有利无弊。

厮役 ☐

人们通常瞧不起奴才，看不惯溜须拍马的人。可是，这些人一旦转而在自己面前卑躬屈膝、言听计从、阿谀奉承，态度可能就变了，原来感觉很舒服嘛。古人是这样描述奴才、马屁精的："柔色伛偻（yǔ lǚ），唯诶之行，唯言之听，以睚眦（yá zì）之间事君者，厮役也。"并指出："与厮役为国者，亡可立而待。"（《群书治要·贾子》）

从近年国家查处的严重违纪、违法干部案例看，绝大多数"领导"身边都有这样一批"厮役"，让他们得意忘形，一步一步走上犯罪道路。

亲民 ☐

"故夫民者，至贱而不可简（怠慢）也，至愚而不可欺也。故自古而至于今，与民为仇者，有迟有速，而民必胜之矣。"这是《群书治要·贾子》中的一段话。老百姓是不是真的低贱，是不是真的愚蠢，我们姑且不论，但是不可简、不可欺却是不争的事实。毛泽东讲过，哪里有压迫，哪里就有反抗；哪里有剥削，哪里就有斗争。与民为仇的政权，脱离群众的政府，历史反复证明，或迟或早，会被推翻。

尊重 ☐

人们追求权力、金钱，无非要个面子，自己觉得牛，别人觉得棒。其实，地位和财富并不等于必然受尊重。只有真正为人类谋福祉，为别人排忧解难，为社会作贡献的人，才会获得人们发自内心深处的尊重。"故纣自谓天王也，而桀自谓天子也，已灭之后，民以相骂也。以此观之，则位不足以为尊，而号不以为荣矣。故君子之贵也，士民贵之，故谓之贵也；故君子之富也，士民乐之，故谓之富也。"（《群书治要·贾子》）如果说桀、纣是古代反面教材，那么，雷锋、焦裕禄就是现代学习榜样。他们职位不高，也不富有，然而他们却在人们心目中树起不朽的丰碑。

用人 □

人才没有绝对的标准，有用必有才。天下无无用之人，关键看怎么用。《淮南子》有一段话很精彩：

贤主之用人，犹巧匠制木。大小修短，皆得所宜；规矩方圆，各有所施。殊形异材，莫不可得而用也。天下之物，莫凶于奚毒。然而良医橐而藏之，有所用也。是故竹木草莽之材，犹有不弃者，而又况人乎？

调动多少人的积极性，因势利导，使多少人竭忠尽智，是衡量领导能力强弱和领导艺术高低的重要指标。发现别人特点并扬长避短，十分重要。

环境 □

环境很重要。自然环境恶劣，则动植物难以生存；同样，社会风气坏，政治生态差，则好人都容易学坏。反之，坏人都想学好。《淮南子》讲得对，"世治则小人守正，而利不能诱也；世乱则君子为奸，而刑不能禁也"。

举贤 □

物以类聚，人以群分。选派德才兼备、公道正派的人，担任一个部委或省市县一把手、组织部长，这个部委或省市县才有可能风清气正、群贤毕至。古人说：

凡人各贤其所说，而说其所快。世莫不举贤，人无不举与己同者，以为贤也。或以治，或以乱，非自遁也。求同于己者，己未必贤，而求与己同者也，而欲得贤，亦不几（近）矣。（《淮南子》）

本身未必贤，而同己者举，悦己者荐，乌龟举王八，癞蛤蟆荐青蛙，这个团队能好到哪去呢？所以，选派一把手很重要！

天下 □

要说民主，没有比《六韬》说得更精练的了："天下者非一人之天下也，唯有道者得天下。""天下者，非一人之天下也，莫常有之，唯贤者取之。""天下非一人之天下，乃天下人之天下也。同天下之利者则得天下，擅天下之利者则失天下。"

要说平等，没有比清初思想家颜元说得更实在的了："或谓人众而地寡耳，岂不思天地间田宜天地间人共享之。"（《四存篇》）要说自由，没有比《击壤歌》（中国歌曲之祖）更朴实，同时也更浪漫的了："日出而作，日入而息，凿井而饮，耕田而食，帝力于我何有哉？"

内斗 □

中国古代上层政治结构可以用1和0来表示。皇帝是1，大臣们都是0，只有取得皇帝的信任，大臣才能做点大事。所以，争来争去，就是要争得皇帝的信任。按照司马光的说法，"虽周成王之信周公，齐桓公之任管仲，燕昭王之倚乐毅，蜀先主之托诸葛亮"，都比不上宋神宗信任王安石。可惜"安石既愚且愎"，神宗"不幸所委不得其人"。王安石变法，司马光反对。神宗听王安石的，司马光没办法。"恐朝夕疾作，猝然不救，乃豫作遗表。"没想到"宫车晏驾"（《遗表》），神宗死在自己前头。哲宗即位，新皇帝信任司马光，于是新法尽废。历史上类似案例不胜枚举。宋代是一个宽容的朝代，言者无罪。其他朝代不是这样，始于争论，终于争斗，拉帮结派，你死我活。千百年来，不知民主协商为何物，不知票决为何用，唯知明争暗斗，置对方于死地，确系古代中国政治之悲哀。

流通

　　沈括这个聪明且精明的浙江人，是世界上最早意识到货币流通速度问题的人。他在一次与宋神宗的对话中说："钱利于流……贸而迁之，使人飧十万之利，遍于十室，则利百万矣。迁而不已，钱不可胜计。"换句话说，货币流通量等于货币发行量乘以货币流通速度。从商人角度看，资金周转速度越快，成本越低，利润越大。从宏观经济角度看，适度通胀，赤字财政，有利于刺激经济，创造就业，调动资源。

教化

　　《管子》说："仓廪实则知礼节，衣食足则知荣辱。"从经济基础与上层建筑、意识形态之间的关系论，这话没有错。但从现实生活中观察，从逻辑学上分析，仓廪实了，衣食足了，未必人人知礼节，个个知荣辱。没有经济基础，一切都是空谈，有了经济基础，仍然要宣传教育，要自觉自律。一句话，有饭吃、有衣穿不等于有修养、有廉耻。

民心

　　《管子》说："政之所兴，在顺民心；政之所废，在逆民心。"这个道理很多人都懂，文字表达不同而已。可是，何谓民心？民心如何收集？如何取舍？如何将绝大多数人的意志变为法律、政策？很少人去思考、设计、实践，甚至争取。想当然，自以为是，即使出于善意，也未必代表民心。如果不能将人民代表会议制度日常化、世俗化，或者说，将公共事务纳入人民代表会议议程，去公开辩论并表决；如果让行政机构权力过大，事务过杂，既定规则又实际操作，所谓顺民心，也只是主观愿望罢了，具有很大的不确定性。

孔子

孔子是很世故、很老练的。他不会像天真、浅薄的人那样，容易为花言巧语所迷惑，为假装和善者所欺骗。他能透过现象看本质，不会等到吃亏上当后才明白。他说："巧言令色，鲜矣仁！"（《论语》）好其言语，善其颜色，皆欲令人悦之，很少有仁爱之心。甚至，据我观察，这样的人很虚伪、很计较、很刻薄，挑事、自负、两面三刀，妒忌心强。所以，要牢记孔子教导，提防这种人。

学问

学问不等于学历、学位。世事洞明、人情练达，也是学问。甚至，在子夏看来，"事父母，能竭其力；事君，能致其身；与朋友交，言而有信。虽曰未学，吾必谓之学矣。"（《论语》）可见，学问之事大矣。书本知识，社会经验，道德修养，悟性……都是学问。

威严

团结紧张，严肃活泼，这是一个团队的理想状态，也是一个成员尤其是领导人的应有之义。孔子说："君子不重则不威。"（《论语》）威严源于严肃认真。否则，吊儿郎当，哪里有威信！

决心

学好、学坏，都是很容易的事，一念之差而已。佛教讲，立地成佛。孔子说："仁远乎哉？我欲仁，斯仁至矣。"（《论语》）很多事情是这样，只要有心，只要下定决心，再难的事都可以克服，再遥远的目标都可以实现，从点滴做起，从近处入手，从现在开始。

助人

助人为乐，成人之美，既是一种品德，也是一种情怀和胸襟。孔子说："君子成人之美，不成人之恶。小人反是。"（《论语》）一些伪君子，一些见不得别人好的人，一些妒贤嫉能的人，是没有这种品德和胸怀的。人的口碑就是在成人之美的过程中逐渐树起来的。

信仰 □

　　有信仰，才有希望。信仰是一个民族的脊梁，是一个国家的灵魂，是每一个公民共同拥有的精神家园。信仰体现在《宪法》等法律、法规中。尽管各国确定的信仰不完全一样，但可以肯定，没有一个国家会把个人利益置于国家和民族利益之上，会推崇极端利己主义。孟子说："上下交征（取）利，而国危矣。"（《孟子》）

非人 □

　　日常生活中，经常会听到"某人不是人"这类抱怨、批评、指责的话。按照孟子的说法，"无恻隐之心，非人也；无羞恶之心，非人也；无辞让之心，非人也；无是非之心，非人也"。一句话，不讲仁、义、礼、智的人，不是人。

慎子 □

　　战国时有个叫慎到的人，主张"事断于法"（《慎子》），抱法处势，依法治国。与其他法家人物不同的是，他不是专制独裁的鼓吹者，相反，他同时倡导民主。他说："立天子以为天下也，非立天下以为天子也；立国君以为国也，非立国以为君也；立官长以为官也，非立官以为长也。法虽不善，犹愈于无法。"（《慎子》）同样，放在今天，设一个职位，任命一个干部，也不能因人设岗，出于照顾，必须考虑事业需要，把国家利益、集体利益、人民利益放在首位。

势位 □

个人的能力和影响是有限的。个体间的差别其实是很小的。但为什么有些人如日中天，有些人默默无闻呢？有些人雄心勃勃，有些人心灰意冷呢？关键在组织和势位。这一点，古人看得很清楚：

> 故腾蛇游雾，飞龙乘云，云罢雾霁，与蚯蚓同，则失其所乘也。故贤而屈于不肖者，权轻也；不肖而服于贤者，位尊也。尧为匹夫，不能使其邻家，至南面而王，则令行禁止。由此观之，贤不足以服不肖，而势位足以服不肖，而势位足以屈贤矣……此得助则成，释助则废矣。（《慎子》）

从政、治军、经商办企业，都离不开组织，离不开势位。组织越严密，团队越强大，势位越显赫，个人的作用和影响就越大。科研、文体，相对来说，个人天赋和勤奋成分较大，但离开组织和势位，成功的难度会大很多，知名度也会大打折扣。

团队 □

队伍建设极其重要。领导和公务员队伍的关系，就像指挥和乐队的关系，相辅相成，相得益彰。天下兴亡，匹夫有责。把功、过归于一人，既是不对的，也是有害的。《慎子》讲得特别精彩：

亡国之君，非一人之罪也；治国之君，非一人之力也。

故廊庙之材，盖非一木之枝也；狐白之裘，盖非一狐之皮也。治乱安危，存亡荣辱之施，非一人之力也。

良法 □

《慎子》讲："上下无事，唯法所在。"《慎子治要》释曰："法令者，生民之命，至治之令，天下之程式，万事之仪表。"应该说，依法治国、依法办事，一点也没有错。问题在法本身，有良法、恶法之分，有执法、枉法之别。按照马克思主义观点，法律是统治阶级意志的体现。而统治阶级并不永远代表先进和进步，代表时代趋势和大众意愿。所以，变革乃至革命是合理的和必然的。只有代表先进生产力发展的需要，代表最广大人民的利益诉求，代表先进文化理念的法律，才是"生民之命，至治之令，天下之程式，万事之仪表"，才是良法。立法是基础是前提，司法是过程是保障。立法需要一大批德才兼备的人，司法需要一大批铁面无私的人。

所染 □

墨子论"所染",分"当"与"不当"。当,则功成名就;不当,则国残身死,为天下戮。我以为,君王如此,平民百姓也不是什么人都敢交。当然,身正是根本,染是外因。墨子讲法仪、法度,主张"法天"。天,博大无私,为而不居,久而不衰。"天必欲人之相爱相利,而不欲人之相恶相贼也……爱人利人者,天必福之;恶人贼人者,天必祸之。"我以为,道理是这样,但在阶级社会,在短缺经济时代,墨子的想法也只是美好的愿望罢了。爱、恨都有缘故,也都很正常。

风气 □

墨子将享乐主义("必厚作敛于百姓,暴夺民衣食之财,以为宫室台榭曲直之望、青黄刻镂之饰"),主观主义("自以为圣智而不问事,自以为安强而无守备"),官僚主义("臣慑而不敢谏")和奢靡之风("夫以奢侈之君,御好淫僻之民,欲国无乱,不可得也")列为国家之大患,的确有先见之明。

除害 □

监管机构本质上是专业领域警察机构。维护专业领域秩序,保护当事人合法利益,惩罚违规者,是其基本职责。正像庄子所说,"夫为天下者,亦奚以异乎牧马者哉?亦去其害马者而已矣"。以证券市场监管为例。打击内幕交易，惩罚虚假信息，防止证券欺诈，避免操纵市场……一句话，维护市场秩序，保护投资人合法权益，清除害群之马，是证监会首要任务。

老子 ☐

老子有很多观点，你不一定同意。例如，圣人之治，"常使民无知无欲"。又如，"不尚贤，使民不争""不敢为天下先"。但其朴素辩证法，你不能不服。某些人生哲理，你也不能不服。例如，"生而不有，为而不恃"的洒脱，"功成、名遂、身退"的自觉，"见素抱朴，少私寡欲"的心境，"曲则全，枉则直"的胸怀，"自见者不明，自是者不彰，自伐者无功，自矜者不长"的发现，"知其雄，守其雌……知其白，守其黑……知其荣，守其辱"的明智，"去甚、去奢、去泰"的简朴。

富贵 ☐

富贵，人之所欲也。富贵者，人或羡慕嫉妒恨。富则赈贫，贵则怜贱，明智！"富贵而骄，自遗其咎"，当然！"故物或损之而益，或益之而损""故贵以贱为本，高以下为基"（《老子》），高见！

无为 □

道家讲无为，并非懒政怠政。不自以为是，不固执己见，不乱作为而已。道家的无为，重更改，贵因循，百姓心之所便，因而从之。老子说："圣人无常心，以百姓心为心。"以人民需要为目标，以人民追求为方向，顺风而呼，顺水推舟，则事半功倍，无为而无不为。

细节 □

细节决定成败。从大处着眼，从小处下手。这些道理没有比老子说得更早、更精辟的了。例如，"图难于其易，为大于其细。天下难事，必作于易。天下大事，必作于细"。又如，"为之于未有，治之于未乱。合抱之木，生于毫末；九层之台，起于累土；千里之行，始于足下"。

规矩 □

无规矩不成方圆。规矩，可以是法律、法规，也可以是日常礼节。人们见微知著，以所见知所不见，即使你有心做大事，也不可以不拘小节。晏子说："上若无礼，无以使下；下若无礼，无以事上。夫人之所以贵于禽兽者，以有礼也。"（《晏子》）俗话说，礼多人不怪。

爱恨 □

　　身份不同，爱恨不同。作为自然人，"顺于己者爱之，逆于己者恶之"，是可以理解的；作为公民，特别是，作为各级政府和各部门的负责人，这样做，叫感情用事。正确的做法是，"利于国者爱之，害于国者恶之"（《晏子》）。

终善 □

　　据《晏子春秋》记载，齐景公将观于淄上，喟然叹曰："呜呼！使国可长保而传于子孙，岂不乐哉！"余读书至此，禁不住笑，多少帝王有同样的想法啊！然而，正如晏子所说，"明王不徒立，百姓不虚至……能长保国者，能终善者也"。换句话说，立国为民，始终如一，民惟邦本，本固邦宁。脱离群众，与民为敌，必国破身死。

动机 □

　　想做官，想做大官，并没有错。关键是动机要纯。《尸子·明堂》说，"夫高显尊贵，利天下之径也，非仁者之所以轻也。何以知其然耶？日之能烛远，势高也，使日在井中，则不能烛十步矣。舜之方陶也，不能利其巷下；南面而君天下，蛮夷、戎狄皆被其福"。就是说，动机纯，为民、务实、清廉，职位越高，权力越大，作用越明显。相反，则必祸国殃民。

敬士 □

《尸子》说："故度于往古，观于先王，非求贤务士，而能立功于天下，成名于后世者，未之尝有也。"人才是事业的基础。可是，人才不是召之即来的，"夫士不可妄致也。覆巢破卵，则凤凰不至焉；刳胎焚夭，则麒麟不往焉；竭泽涸鱼，则神龙不下焉。夫禽兽之愚，而不可妄致也，而况于火食之民乎？是故曰：待士不敬，举士不信，则善士不往焉；听言，耳目不瞿，视听不深，则善言不往焉"。环境很重要，尊重很重要，悟性很重要。武大郎开店，个高的不要，能成什么气候？

劝学 □

孔子、荀子、韩愈、张之洞，都是劝学能手。其实，尸佼也不错。他说，"学不倦，所以治己也""夫学，譬之犹砺也""今人皆知砺其剑，而弗知砺其身。夫学，身之砺砥也"。(《尸子·劝学》) 不断学习，不断提高修养。高山仰止，景行行之，虽不能至，然心向往之。

仁本 □

《司马法》是中国一部古老的兵书。作者提出以仁治军和以仁义为宗旨的战争观，初步意识到军事斗争、战争是政治斗争的最高形式和最终手段。"以仁为本，以义治之"，所以，"杀人安人，杀之可也；攻其国，爱其民，攻之可也；以战止战，虽战可也"。强调战争的正当性和正义感。师出无名，或名不正言不顺，谓之好战，"故国虽大，好战必亡"；反过来，"天下虽安，忘战必危"。备战不好战，不惹事、不怕事。

机遇 □

在古代中国，要做官，要功成名就、出人头地，除了才华，还要机遇。机遇，遇贵人的概率。所谓命好、命不好，实为这种概率之大小。对多数人来说，概率一定偏小。官僚体系形似金字塔、牛角尖，越往上爬，概率越小。所以，历代自认为怀才不遇者多如牛毛，渴望被发现、被重视的人不计其数。从李白"大道如青天，我独不得出"（《行路难》），到刘基"鸡鸣风雨潇潇，侧身天地无刘表"（《水龙吟》），都明显表现出这种心理。其实，人生有多种选择，为国家、为人民作贡献的方式、方法，也不仅限从政。诗人李白比官僚李白，贡献更大、影响更深。

修史 □

中国人隔代修史，或许看得更清，描述得更客观，忌讳更少。以《三国志·吴书》为例，讲孙权，信任校事吕壹。吕壹是个什么人呢？"吹毛求瑕，重案深诬，辄欲陷人以成威福……狱以贿成，轻忽人命，归咎于上，为国速怨。"虽然吕壹后来伏诛，"权引咎责躬"，但识人用人错误，史家没给孙权抹掉。还有孙休，优柔寡断；孙皓"粗暴骄盈，多忌讳，好酒色，大小失望……或剥人之面，或凿人之眼"，最后亡国投降。

张温 □

三国时，吴国有个叫张温的人，"容貌奇伟"，"征到延见，文辞占对，观者倾竦，权改容加礼"。后来，事业受阻。据同情他的骆统说，"务势者妒其宠，争名者嫉其才，玄默者非其谭（谈），瑕衅者讳其议……疾之者深，谮之者巧也"。据《吴志》记载，张温称美蜀政，孙权不高兴，又嫌他声名太盛，众庶炫惑，恐终不能为己用，便借机找碴将他"斥还本郡，以给厮吏"。读史至此，深知妒忌之可怕，低调之重要，亦知行车在前，追尾在后，有什么办法呢？

无私 □

晏子不只是一个有智慧的人，也是一个品德高尚的人。"行己而无私，直言而无讳。"（《晏子春秋》）自古以来，无私者品自高，德自广。除了规定的利益，他们不会有自己的特殊利益。他们看上去清贫，但内心充实、愉悦，精神富有无与伦比。相反，那些自私的人，因为贪婪而永不满足，因为卑劣而终日惶恐，因为计较而整天烦恼。一个高尚的人，一个无私的人，一个献身于全世界的人，最终，全世界都属于他。

一心 ☐

　　高子问晏子曰："子事灵公、庄公、景公，皆敬子。三君之心一耶？夫子之心三邪？"对曰："婴闻一心可以事百君，三心不可以事一君。故三君之心非一也，而婴之心，非三心也。"《晏子春秋·外篇上》这段对话，真是精彩！不仅很好地解释了官场"不倒翁"现象，也简明扼要地指出了人间正道，即一心为国（"利于国者爱之，害于国者恶之"）、一心为民（"谋必度于义，事必因于民"）。

民本 ☐

　　以人为本，源于《管子》和《后汉书》。《管子·霸言》："夫霸王之所始也，以人为本。本理则国固，本乱则国危。"《后汉书》："明政之大小，以人为本。"《管子》的原意，人民是成就霸业、实现稳定的根本；《后汉书》的原意，政事以用人为根本，与此不尽相同。"以人为本"，强调尊重人，关心人，以满足人的需要为执政兴国的出发点和落脚点。

物欲

象征

差异

认真

知音

纯洁 情感

真爱 互助

下篇

怀疑   情感   文化

本性   进步

西学   金钱   读书

读诗   仪表

灾难   ...

物欲 □

摩尔根说："财产的观念……对于作为积累的生活资料之代表物的财产占有欲的热望，从在野蛮时代的零点出发，现在则变成为支配着文明种族的心灵的主要热望了。"（《古代社会·序》，1877年）物质、财产、收入、消费等概念，既有联系，又有区别。财产、收入（货币化财产）是消费的物质基础，这是无疑的。但是，财产占有欲与人类多层级需求相关，而与狭隘的消费需求或者说生存需要没有函数关系，因为生存需要是天生的、有限的、客观的、完全可以满足的。支撑财产占有欲膨胀的，不是狭隘的消费需求，而是广义的消费需求，例如虚荣心的满足。思想史上许多争论的产生和思想家们的互不适应，源于一些基本概念的混淆和误解。

认真 □

做人、做事、做学问，诀窍就两个字：认真。毛泽东同志讲过，世界上怕就怕"认真"二字。因为，你认真了，办法就出来了，问题和困难就少了、没了。读书、做学问，最忌一知半解，望文生义，想当然，不够认真。俗话说，"半桶水"。例如，早期有人将银河（the Milky Way）译成牛奶路。同样，我相信今天会有人将煮熟家禽的尾部肉（parson's nose）译成牧师的鼻子；将败家子（the black sheep of the family）译成家里的黑羊。

差异 □

中西方文化差异是有的，但远没有你想象的那样大。人们对生活的体验和感受，对人性的观察和思考，对美好事物的向往和追求……表现出的，更多是共同点。例如，中国人说，良药苦口利于病，忠言逆耳利于行。西方人说，好话中听不中用（Fine words butter no parsnips）。中国人说，貌似忠厚，内藏奸诈。西方人说，装出一副老实相（Look as if butter wouldn't melt in one's mouth）。并且，中西方语言都很生动形象。

情感 □

人类的情感因境遇不同而不同。比如，爱，因为它而幸福、快乐的人，会觉得无限美好；相反，因为它而受伤的人，会觉得苦不堪言。电影《泰坦尼克号》主题曲*My Heart Will Go On* 中"Love can touch us one time / And last for a lifetime / And never let go till we're gone"，唱的就是正面影响；而《西雅图夜未眠》主题曲*When I Fall In Love* 中"Love is ended before it's begun"，以及歌曲*That's Why*（*You Go Away*）中"Love is one big illusion, I should try to forget"，唱的就是负面情绪。

象征 □

电影《毕业生》插曲*Scarborough Fair*是一首极其优美的抒情歌曲。有一段时间，北京首都机场天天放这首歌，估计会让不少旅客平添许多离愁别恨。我也很喜欢这首歌。但有两点困惑：第一，那么多蔬菜、花草，为什么单挑欧芹（Parsley）、鼠尾草（Sage）、迷迭香（Rosemary）、百里香（Thyme）四种植物捎信给心爱的人？在西方，会不会一如中国人，将某种精神层面的东西赋予某种植物，比如，牡丹象征富贵、莲象征清廉、竹象征气节等。第二，千言万语，为什么专给心爱的人说那三件事：做衬衣（to make me a cambric shirt without no seams nor needle work）、找块地（to find me an acre of land between salt water and the sea strand）、收割打包（to reap it with a sickle of leather and gather it all in a bunch of heather）？有什么特殊含义吗？

印象 □

最初的印象，往往最深、最久（狄更斯：First impressions are the most lasting），也最表面。因此，随着时间的推移，接触的增加，了解的深入，没想到甚至被蒙蔽的感觉会有的；越了解，越陌生的感觉会有的。正像电影《蝙蝠侠》主题曲*Kiss From a Rose*中"The more I get of you, the stranger it feels"。当然，也有相反的情形。

纯洁 □

《廊桥遗梦》是一部有关中年人刻骨铭心而又理智克制的爱情故事片。男女主人公的爱，是自然的、纯粹的、不带任何附加条件的爱；是偶然中包含着必然性的爱；是激烈而又有节制的爱。主题曲*Nothing's*

Gonna Change My Love for You 中，有这样一句反复吟唱的歌词：One thing you can be sure of / I'll never ask for more than your love。与那些权色交易、钱色交易，因爱生恨、反目成仇的男女相比，这是多么难能可贵啊！

真爱 □

《老子》说："道可道，非常道；名可名，非常名。"同理，言语可以表达、描述的情感，也不是永恒不变的情感。这不，"君生日日说恩情，君死又随人去了"；这不，到处都有痴心女子负心汉。真正的、矢志不渝的爱是深沉的、无法用言语表达的。电影《留住有情人》主题曲 *More than I Can Say* 唱的就是这个意思。

互助 □

自立是每个人的基本愿望，但不是每个人都能做到，所以，相互帮助很重要。Audrey Hepburn said, "as you grow older,you'll discover that you have two hands,one for helping yourself and the other for helping others." 过去，我们的印象是，西方人极端自私和冷酷，但随着阅历增加和眼界打开，发现这有些片面。人类情感和价值取向，有区别，更有共同的地方。

偏见 ☐

为自己活还是为别人活？为个人活还是为社会活？为生理需要活还是为伦理道德活？有人说，这是东西方及其文化的一个重要分歧点。且以《十五的月亮》、*A Dear John Letter*两首歌为例。前者歌颂军嫂甘于寂寞、勇于担当，顾大局、识大体。相反，后者为自己活，坦言不再爱还在前线的男友，要求他寄还她的照片，and tonight I wed your brother, dear John。哦，原来她要嫁给他的弟弟了。其实，两首歌写的都是个别情况、极端例子，不可以偏概全，上升到人种和文化差异。

知音 ☐

英文有26个字母、48个音标，通过排列组合，形成英文和英语，足够人们表达一切。而音乐只有1234567，所以它的表达方式注定是极其抽象的。知音难觅，是完全正常的。《轻歌销魂》（*Killing Me Softly with His Song*）唱道：Strumming（弹奏）my pain with his finger / Singing my life with his words / Killing me softly with his song。要算名副其实的知音了。

当下 ☐

有人生活在过去，像个古董；有人生活在未来，像个疯子。唯有生活在现在的人最实在、最洒脱、最聪明。Today这首歌唱得好，它劝我们重视今天，活在当下。"...I can't be contented with yesterday 's glory / I can't live on promises summer to spring / Today is my moment and now is my story..." 过去的就让它过去，既不怨恨也不怀念。未来毕竟是未来，既不期盼也不畏惧。珍惜当下，耕耘今天吧!

虚荣 □

衣锦还乡，应该说是中西方人的共同心理。失败或落魄，无颜见父老乡亲。项羽如此，于勒叔叔也一样。*FiveHundred Miles*是这样唱的：Not a shirt on my back / Not a penny to my name / Lord, I can't go back home this a-way. 其实，真正能出人头地、非富即贵的人是少数，绝大部分人是为了生计闯荡世界。人要有理想，但不要有虚荣。

爱情 □

爱，是人类最美好的情感。"问世间情为何物，直教人生死相许。" 爱，可以与生命相提并论。猫王Elvis Presley唱的一首歌*Love Me Tender*，对爱的特征的描述相当简洁，同时相当完备。它们是温柔（tender）、甜蜜（sweet）、真诚（true）、长久（long）和深情（dear）。它让生活美满（make life complete）、梦想实现（all dreams fulfill），它发自内心（take me to your heart）、直到永远（till the end of time）。

惜时 □

　　日月光华，旦复旦兮。一寸光阴一寸金，千金难买少年时。这些古语、俗话告诉人们，珍惜时光，尤其是年轻时，要勤学苦练、奋发有为。若什么事都推到"明天"，"明日复明日，明日何其多。我生待明日，万事成蹉跎"。届时，后悔都来不及。20世纪60年代美国流行歌《时不我待》（*It's Now or Never*），既有及时行乐的负面倾向，也有珍惜当下抓住机遇的积极意义。It's now or never / Come hold me tight / Kiss me my darling / Be mine tonight / Tomorrow will be too late / It's now or never / My love won't wait. 爱如此，机遇、青春同样如此。

自由 □

　　1941年，罗斯福总统在国情咨文中系统阐述了四大自由和自由的本质。四大自由是：freedom of speech and expression, freedom of every person to worship God in his own way, freedom from want（免于匮乏的自由），freedom from fear。总而言之，freedom means the supremacy of human rights everywhere，即人权至上。其实，不同国家和地区对自由理解不同，不同时期和不同的人对自由理解也会有区别。在中国人看来，丰衣足食，宁静淡泊，是最大的自由。

珍惜 □

拥有未必珍惜，失去才知可贵。正像歌曲*The Day You Went Away*唱的："Why do we never know what we've got till it's gone？"爱情如此，友情、亲情亦如此；生活如此，工作、职位、金钱、权力亦如此；青春如此，健康、自由、平安亦如此。让我们重温一下英国谚语吧：True friendship is like sound health, the value of which is seldom known until it be lost。

情绪 □

人的情绪会受到外界环境的影响，包括得失成败，包括春花秋月。反过来，外界环境又会因人的情绪不同而表现出不同影像和变化。例如，杜诗"感时花溅泪，恨别鸟惊心"。再如，歌曲*The End of the World*唱的：Don't they（太阳、大海、小鸟、星星、心脏、眼睛）know it's the end of the world?It ended when I lost your love。其实，世界是不以个人意志为转移的，是客观存在的。天下雨，人落泪，没有必然的联系。Nothing is really wrong / Feeling like I don't belong（歌曲*Rainy Days and Mondays*）消沉、忧郁，失去爱、失去方向、无处安心，是最主要的原因。而找一本书读，约一个朋友聊，参加一次体育运动，都是不错的排解方法。

悲欢 □

　　毛泽东同志说，应该为悲伤、死亡开个庆祝会，庆祝辩证法成功、胜利。是的，有幸福就有悲伤、有生就有死。"No joy without annoy." 富勒先生（Mr. Fuller）的这句话，很像道家的格言，祸兮福所倚，福兮祸所伏。矛盾双方对立统一，在一定条件下可以相互转换。Everybody knows one / Song Sung Blue / Every garden grows one / Me and you are subject to the blues now and then. 歌曲 *Song Sung Blue* 指出，人人都有不快乐的时候，处处都有痛苦的事情。欢乐与痛苦共同构成完整的人生。聪明的人善于排解负面情绪，积聚正能量。但不会向不幸的人诉说自己的幸福，"Don't speak of your happiness to one less fortunate than yourself." 布劳塔奇先生（Mr. Plutarch）非常世故地提醒大家。

爱情 □

　　关于爱，西方有很多名言。相对来说，中国人要含蓄隐晦得多。英国人说，爱情是藏不住的（Love and a cough can't be hid）；德国人说，爱情可以化陋室为宫殿（Love can turn cottage into a golden palace）。贺力克（Herrick）和班纳（St. Bernard）看到爱的派生效应，班纳说，Love me, love my dog。贺力克说，Love begets love。有点像中国人说的爱屋及乌。狄更斯看到爱情的力量，Love makes the world round。莎士比亚指出爱情道路上坎坎坷坷，The course of true love never did run smoothly。戴里斯体味到爱情的特殊感觉，Love is a sweet torment。歌曲 And I Love You

So的作者相信，唯有爱是永生的，All but love is dead / That is my belief. 歌曲*I Don't Like to Sleep Alone*的作者认为，有了爱就有了一切，Nothing's wrong when love is right……

朋友 □

万物生长靠太阳。朋友，按照法国人的说法，就是人生的太阳。A life without a friend is a life without a sun.过去，我们误以为，西方人都是极端个人主义者，人际关系冷若冰霜，金钱是唯一的纽带。现在看来，对友谊的渴望是人类的普遍心理，与体制机制没有必然的联系。人是群居动物、政治动物，既要保留动物的基本特性，又与动物截然不同，具有社会性。朋友和敌人的划分，选择和朋友在一起，体现了人的社会属性。

和平 □

*Where Have All the Flowers Gone?*是Pete Seeger写的一首歌。看似在宣传轮回说——花落何处？姑娘摘了；姑娘去哪儿？找小伙子去了；小伙子去哪儿？当兵去了。兵去哪儿？魂归墓园。墓园在哪儿？开满了花！——实则是歌颂和平，谴责战争，意义深远。

差异 □

文化，受经济发展水平和生产力水平、科技水平、社会制度影响较大的那一部分，空间上的差异本质上是时间上的差异。无论哪个民族哪个国家，现代许多观念与中世纪不同，甚至截然相反。但在相同阶段，或者，暂时落后的地区，一旦进入先进地区某个阶段，文化的空间差异很少。文化，受经济发展水平、生产力水平、科技水平、社会制度影响较小的那一部分，即纯内心感受、纯人性观察那一部分，除了表达方式，几乎看不出任何差别。例如，中国人说，轻诺寡信。法国思想家卢梭说，He who is the most slow in making a promise is the most faithful in the performance of it. 中国人说，淡泊明志，宁静致远，安心为天下第一难事。歌曲Green Fields 唱道，You can'tbe happy while your heart's on the roam……

幸福 □

热爱每一天，享受每一天，感恩每一天。正像爱默生所说的，Write it on your heart that everyday is the best day of the year. 但要做到这一点，并不容易。据我观察，幸福快乐的前提是：行善、自律、循规蹈矩；勤劳、廉洁、问心无愧。

共识 □

　　无论东西方，也无论什么社会制度，都有人成功有人失败，有人受尊重有人遭唾弃。这说明，放之四海而皆准的人生哲学是存在的。例如，西方人讲，Where there's love, there are always wishes；中国人说，仁者无敌。西方人讲，Don't pray for easy lives, pray to be stronger man；中国人说，铁肩担道义。西方人讲，Don't give up, just be you, because life is too short to be；中国人说，鞠躬尽瘁，死而后已。西方人讲，If they throw stones at you,don't throw back, use them to build your own foundation instead；中国人讲，化腐朽为神奇，化悲痛为力量，变坏事为好事。

亲情 □

　　曾祖父（老家人叫"太公"）的样子，我至今清晰记得。爷爷、奶奶、外公（外婆在我出生前已去世）、姑爷、姑奶的形象，仍历历在目。父亲、姑姑、舅舅更是不能忘怀。然而，现在，他们都已离开人世，他们活在我的心中。"人生代代无穷已，江月年年只相似"，让我们珍惜亲情、友情吧：They say nothing lasts forever / We're only here today。（歌曲 *Take Me to Your Heart*）

民主 □

　　何谓民主政体，伯里克利（Pericles）在殉国将士葬礼上的演说中指出：Its administration favors the many instead of the few; this is why it is called a democracy。按照这个标准，历朝历代都可以自称为民主政体。所以，不能看统治阶级说得怎么样，而要看他们做得怎么样；不能看政策文件写得怎么样，而要看事实怎么样。历史告诉我们，任何一个政权都不敢宣称自己是少数人的政权，任何一个政府都不敢与绝大多数人为敌，那样做，它会自取灭亡的。所以，要长治久安，政府必须为大多数人谋利。换句话说，民主是政权的生命。

宽容 □

　　"言者无罪，闻者足戒。"（《诗经》）这是一种理想状态和模糊概念。事实上，言者不客观，闻者不宽容，情况会变得相当复杂。否则，造谣、诽谤、诬陷……也不会受到惩罚。所以，言必客观，言必符合事实，言必有据。在此基础上，言者无罪，可矣。但是，历史上，因为直言，因为真相，因为独立思考而献出生命的，大有人在。希腊哲学家和演说家苏格拉底就是其中一个。他在临终辩诉（apology）中幻想，In another world they do not put a man to death for asking questions:assuredly not。这就要求闻者有胸怀，有公心，尊重事实、科学和真理。

爱国 ☐

狄摩西尼（Demosthenes ）是古希腊哲学家、演说家。他把确保国家独立与自由视作雅典人的精神特质。The athenians never were known to live contented in a slavish though secure obedience to unjust and arbitrary power. 他们不会忍受被人奴役。They had the spirit to reject even life,unless they were allowed to enjoy that life in freedom... and things those insults and disgraces which he must endure, in a state enslaved, much more terrible than death。(The Public Spirit of the Athenians) 这种爱国主义，这种追求国家独立与自由的精神——注意不是狭隘的个人独立与自由，在国家消亡之前，不会消亡，相反，会被强化和崇尚。天安门广场人民英雄纪念碑纪念的，就是中国近现代为民族解放、国家独立、人民自由而英勇牺牲的人们。

纯朴 ☐

费奈隆（F.Fenelon）是法国著名神学家、作家。1689年做过路易十四孙子的老师。他认为，纯朴（simplicity）是灵魂中一种正直无私的素质，与真诚（sincerity）不同，比真诚更高尚。它存在于适当之中，Simplicity consists in a just medium。真正的纯朴，That freedom of the soul,which looks straight onward in its path, losing no time to reason upon its steps, to study them, or to contemplate those that it has already taken, is true simplicity。即无拘无束，面向未来。用中国人的话说，纯朴是一种自然状态，是中庸之道，是豁达。

高尚 □

　　马丁·路德（1483—1546）是德国新教派的创立人及领袖，从青年时代就激烈反对罗马天主教。1520年被教皇驱逐出教会，1521年在Diet of Worms 受审。我读过他受审时的讲话，有三点印象特别深。一是他承认自己是个凡人。Yet,as I am a mere man, and not God.二是他承认自己易犯错误，但绝不屈从，相信证据。For it can not be right for a christian to speak against his conscience. 三是勇于担当，不忘公民责任。But I wish to acquit myself of a duty that Germany has a right to expect from her children. 与那些平时神化自己、在胁迫利诱面前不敢坚持真理的人相比，马丁·路德的言行，是多么高尚啊！

平等 □

　　John Ball是英国牧师、社会改革家。1376年被逐出教会，1381年在伦敦附近向农民发表演讲，言辞激烈、极具煽动性。同年，被捕并受酷刑而死，成为无数为人类自由、平等而牺牲的先烈之一。他在演讲中指出，When Adam delved and Eve span, Who was then the gentlemen? From the beginning all men by nature were created alike, and our bondage or servitude came in by the unjust oppression of naughty men。他告诉农民，大贵族、法官、律师、贪得无厌者和一切压迫平民百姓的人，就是坏人！只有像铲除莠草一样铲除他们，平民百姓（the commons）才能获得平等和自由。如此直白与革命，难怪统治者恨之入骨，必置之死地而后快。让我们一起缅怀John Ball先生，缅怀所有为人类自由平等而献身的人，倍加珍惜今天来之不易的点点滴滴。

异化 □

从11世纪开始，罗马天主教为了收复圣地耶路撒冷，先后进行了十次十字军东征。第二次出征前，法国教士、罗马教皇顾问St.Bernard向军队布道。从这篇布道词中，我看到某些教士的片面、狭隘和偏激，也看到他们所谓正义背后的欲望、宽容背后的残暴。他们把自己眼中的灾难、邪恶，归咎于自己心目中的异教徒，号召人们"To avenge His glory and His name...abandon then the things that perish,to gather unfading palms,and conquer a kingdom which has no end"，祈愿基督徒世界回响起先知的预言，cursed be he who does not stain his sword with blood!读过房龙《宽容》的人都知道，一旦信仰与权力、利益合二为一时，异化现象就必然产生。换汤不换药，谁也不比谁好多。

进退 □

1066年，黑斯廷斯战役爆发，诺曼底人征服英国。战前，Duke William of Normandy对士兵发表演讲，称，Normans! Bravest of nations! 不仅征服凡人，也能战胜魔鬼。他把英国人说得不堪一击:A people accustomed to be conquered,a people ignorant of war,a people even without arrows。的确，英国人这次败了。可是，公爵是否想到，几百年后，大

英帝国成了"日不落帝国"，称雄世界？当然，人们会说，英国现在又让位美国了。是这样，不进则退。个人如此，国家、民族亦如此。与时俱进，不断创新，方能屹立于世界先进队列。

真善 □

公元597年，意大利人Augustine到英格兰传教。时任国王Ethelbert出面接待并致欢迎词：Your words are fair, and your promise... what you yourselves believed to be true and good, you wish to impart to us. 因此，他不会干预、阻止传教，相反会支持。唯其如此，Ethelbert成为第一个信奉基督教的英格兰国王。实际上，所有宗教在创立和传播过程中，都必须言之有理、持之有据，都必须宣传和弘扬真与善。否则就没有市场。

法律 □

因为行贿、受贿，公正执法变得困难甚至不可能。在中国，这叫"贪赃枉法"。历史告诉我们，法律面前人人平等，并非理所当然、与生俱来。它是那些崇尚秩序、追求平等的人长期斗争的结果，也是人类社会对执法不公导致社会混乱和民族灾难的深刻反思。中国人说，王子犯法与庶民同罪。根据逻辑推理，其他人包括有钱人，自然不在话下。罗马著名政治家、哲学家M.T.Cicero在元老院对西西里总督Verres的控告中早已指出：An opinion has long prevailed, Fathers, that, in public prosecutions, men of wealth, however clearly convicted, are always safe. This opinion, so injurious to your order, so detrimental to your state, it's now in your power to refute. 能不能真正阻止金钱力量对司法的影响，姑且不论。无规矩不成方圆，有法必依、违法必究，法律面前人人平等，的确是人类社会持续而普遍的追求。

谦虚 □

中国人说，得意忘形。又说，满招损，谦受益。古罗马政治家、将军加图（M.P. Cato）在为洛迪安人申辩时也这么说：I know that most men in the hour of success and prosperity become exalted in spirit and feel excessive pride and haughtiness. 然而，逆境（adversity）使人清醒，顺境（prosperity）容易使人偏离冷静思考和可靠判断的道路。可见，无论中外，骄傲都是要不得的，都是有害的。越成功，越要谦虚谨慎；越取得成绩，越要客观冷静。

民本 □

历史上，无论中外，都有一批人像狄摩西尼说的那样，以人民的观点为自己的观点，以国家的爱憎为自己的爱憎。"For my objects are the same with those of mycountryman; I have no interest separate or distinct." 他们能做到与人民同呼吸共命运，没有个人特殊利益和目的。先天下之忧而忧，后天下之乐而乐。他们是国家的栋梁，民族的脊梁。但也总有一些人口是心非，说一套做一套，私心杂念重，投机钻营勤……他们是国家的败类、人民的公敌。两类人在一起，矛盾和斗争是不可避免的。不是所有的政治斗争都邪恶，为人民和国家的利益而奋斗，是光荣的、正确的。

实力

人类生存空间争夺是最残酷的。它遵循的是弱肉强食的丛林法则，而不是温情脉脉的人权理论。它诉诸武力，而不是口舌。它相信实力，不相信眼泪。以美洲大陆为例。印第安人世居于斯，根本不是什么从天而降的新大陆。正像萧尼族酋长Tecumseh说的，That it then all belonged to red men。西方人却用武力将他们驱赶、追杀、围剿、征服，几近灭种，野蛮占有他们的土地和家园。Once a happy race, since made miserable by the white people, who are never contented but always encroaching. 西方人所谓平等、自由、私有财产神圣不可侵犯，等等，都是有前提的，即由他们主宰世界。印第安人退而求其给予平等的共同的占有土地的权利都不可能，Those who want all, and will not do with less。印第安人只有抗争，可是弓箭哪能干过枪炮。And oh! That I could make that of my red people, and of my country, as great as the conception of my mind, when I think of the Sprit that rules the universe. 酋长的心愿难道不是一切受屈辱、受压迫民族的共同心愿吗？他们悲惨的历史难道还不足以启迪后人发愤图强吗？

写作 ☐

　　1871年，英国教育家、历史学家G.Smith（史密斯）在沃尔特·司各特爵士诞辰一百周年纪念会上说，司各特点亮了小说写作的七盏明灯，这就是，The lamp of reality, ideality, impartiality, impersonality, purity, humanity, chivalry。其中谈到公正之灯时，他说，He must see everywhere the good that is mixed with evil, the evil that is mixed with good。谈到无我之灯时，他强调，Personality is lower than partiality。对此，各有各的看法。但你不能不承认，史密斯对司各特小说的评论是认真的，对读者是负责任的，对文学青年的提醒是真诚的。

文学 ☐

　　文学，似乎是一项"要命"的事业。长寿的像哈代（88岁）、雨果（83岁）、托尔斯泰（82岁）少，英年早逝的多。奥地利卡夫卡只活了41岁，苏格兰彭斯37岁，俄国契诃夫44岁，乌克兰玛丽·巴什科采夫26岁，法国福楼拜59岁、巴尔扎克49岁、莫泊桑43岁，德国海涅59岁，英国简·奥斯汀42岁、狄更斯58岁、拜伦36岁、济慈26岁、雪莱30岁、夏洛蒂·勃朗特39岁，美国爱伦·坡40岁……尽管如此，文学像鸦片，吸上瘾者大有人在。明知要命，还是痴迷。人是情感动物，喜怒哀乐，非文学无以表达、沟通。

政府 ☐

　　林肯在Gettysburg发表的演说，很好地诠释了美国及其政府的性质。美国是一个什么样的国家呢？林肯说，A new nation, conceived in liberty, and dedicated to the proposition that all men are created equal。美国政府是一个什么样的政府呢？ And that government of the people, by the people, and for the people, shall not perish from the earth。当然，事实如何，另当别论。但当我们讨论自由民主时，一定要想到自由绝非为所欲为，它是有边界的；民主绝非各自为政，它是有程序的。当我们讨论政府性质时，同样，即使民有、民治、民享，也不是无边无际的。按绝大多数人意志办事，同时，也要尊重而不是打击少数人。

权力 ☐

　　林肯在他的第一次就职演说中，深刻而又明确地指出，权力源于人民。他说，This country, with its institutions, belong to the people who inhabit it。任何时候，他们只要对现政府感到厌倦，便可以行使宪法赋予的权利改造政府，或使用革命的权利推翻政府。他说，The chief magistrate derives all his authority from the people。并且，包括总统在内的人民公仆（Public servants）权力严格受限，不能为非作歹。再加上任职有期限，只要人民保持道德情操和警惕戒备，任何行政管理人员，纵使极端腐败或愚蠢，亦不能在四年的短期中对政体造成严重损害。读完林肯的演说稿，我突然想起伊拉克的萨达姆和利比亚的卡扎菲。他们俩都曾宣称本国人民百分之百拥护他，说得比林肯还漂亮。结果，死得很惨，很不体面，可见，政府是不是人民的政府，官员是不是代表人民的利益，人民心中最清楚。强奸民意，自吹自擂，是没有用的。

自由 ☐

培根说，位高权重的人没有主宰自我的自由，他们是君主的仆人；没有随意言行的自由，他们是名誉的仆人；没有支配时间的自由，他们是自己事业的仆人。在他看来，牺牲自由或自我追求权力，令人莫名其妙、不可思议。我的看法不同，当官须自律。官员失去的是低层次的普通的自由，得到的却是高层次的特殊的自由。他是君主的仆人，但同时是普通人的主人；他不能随意言行，但其他人连话语权都没有；他追求事业，因为事业是其人生的基石。

从政 ☐

争权者未必都为私利，从政可以作恶，也可以为善。权位应当是德政之所在，这是培根的看法。行善之权力是正当的、合法的憧憬之所在。善意虽好，如不能行动，则如好梦一场。而行善，培根强调说，非得有权有势作为其后盾和令箭不可。他很赞同西方一句古话："当官便知其为人。"当了官，有为人更好的，也有为人更差的。更好的，说明其人格高尚，心胸宽阔。我的体会是：为一己之私利而争权者，天下鄙视；为天下之利而争权者，高山仰止。

伪善 □

立场决定观点。F.Douglass，美国著名的废奴主义者。父亲是白人，母亲是黑人。1852年7月4日，他在纽约罗彻斯特市国庆集会上宣称自己站在美国奴隶的同一立场，指出Slavery-the great sin and shame of America！强烈谴责沾满鲜血、极端腐朽的黑奴制度，深刻揭露美国统治阶级和西方文化的虚伪。太精彩了，我把原文抄录如下：

To him, your celebration is a sham; your boasted liberty, an unholy license; your national greatness, swelling vanity; your sounds of rejoicing are empty and heartless; your denunciation of tyrants, brass-fronted impudence, your shouts of liberty and equality, hollow mockery; your prayers and hymns, your sermons and thanks-givings, with all your religious parade and solemnity, are, to Him, mere bombast, fraud, deception, impiety, and hypocrisy a thin veil to cover up crimes which would disgrace a nation of savages.

伪善者最怕言行对照，最怕求真务实。宗教讲善恶，李贽和弗雷德里克·道格拉斯讲虚实、真伪。世界上有不少双面人、伪装者，他们最怕言行一致，就像细菌害怕阳光。

奸佞 □

中国古代读书人，不管从政与否，都想用儒家伦理塑造君主，期望皇帝选贤任能，近君子，远小人，走正道，除奸佞。然而，他们一次又一次失望。皇帝身边总有小人、坏人。一些忠心耿耿、正直善良、忧国忧民的人受到排挤、冷遇，甚至诬陷、打击、处死。这是为什么呢？到底是君主自身的原因，比如，昏庸、愚蠢、残暴、刚愎自用，还是制度本身的问题？如果中国古代读书人早已听说罗马史学家C.Sallust、法国红衣大主教Richelieu的有关论断，或许就放弃幻想，放弃苦口婆心而又好比牛头不对马嘴式的劝说，像大众一样苟且偷生了。萨氏说，Kings can not get along without rascals; on the contrary, they should fear to trust the honest and upright。黎氏说，Kings should always avoid using the talents of thoroughly honest men。换句话说，又正派又有才的人，德才兼备的人，在君主制下，不可能长期且大规模常态化受到重用。相反，儒生眼中的乱臣贼子恰恰是某些君主心目中理想的专制工具。

青年 □

G.Mazzini是意大利爱国者，革命家。1848年，他在米兰对意大利青年发表讲话，纪念反抗奥地利入侵牺牲的爱国志士。这篇讲话有三点我印象深刻。一是关于理想。And love, young men,love and venerate the ideal. The ideal is the word of God. High above every country, high above humanity, is the country of the spirit, the city of the soul. 二是关于原则。But principles belong to the people alone,and their oppressors can find no arms to oppose them. 三是关于良心。Respect above all things your conscience.

青年　☐

1940年，罗斯福在宾夕法尼亚大学演讲，深刻阐述了国家对青年与未来的期待：

We cannot always build the future for our youth, but wecan build our youth for the future.

青年是国家的未来，但未来未必都属于青年。青年，只有奋斗，才有未来。国家要创造条件，但只能是普遍的、一般性的条件。成就大小，与个人努力分不开。

门罗　☐

今天，中国人说，不干涉别国内政，尊重各国人民在发展道路、社会制度等方面的不同选择，尊敬各国文化、传统差异。一些美国人可能会嗤之以鼻，冷嘲热讽。事实上，美国建国之初，领导人就是这么倡议和坚持的。让我们一起重温1823年James Monroe总统致国会的年度咨文吧。We should consider any attempt on the part to extend their system to any portion of this hemisphere as dangerous to our peace and safety... not to interfere in the internal concerns of any of its powers... meeting in all instances the just claims of every power, submitting to injuries from none.这就是所谓门罗主义（The Monroe Doctrine）的核心理念。如果今天的美国执政者还能牢记并奉行门罗主义，我相信，美国会更受尊重，世界会更安宁。

行动 ☐

1815年，滑铁卢战役失败后，拿破仑被流放于St.Helen。行前他向旧日侍卫队告别，自称l have sacrificed all my interests to those of the country。又说，Her（法国的）happiness was my only thought。我相信，皇帝都敢这么说，哪一个国家领导人和统治者不敢这么说呢？关键看行动和结果。听其言，观其行。国家是否强大，人民是否幸福，社会是否安定，是衡量领导人个人能力大小和品德高低的核心指标。

文明 ☐

文明并非与生俱来，亦非一蹴而就。中西方都经历过荒谬的时代。有些事，真是惊人相似，荒唐不相上下。例如，中国古代有腹诽、莫须有、可恶罪。西方呢？罗马皇帝们不断扩大不敬君主罪或革命罪的范围，以至无人可以幸免。卡米耶·德穆兰是这样写的：The slightest action was a state offense, a simple look, sadness, compassion, a sigh, or even silence became lese-majeste and disloyalty. One must show joy at the execution of a parent or friend lest one should perish. 这叫什么法律、什么世道？天理何在！分明是恶霸整人，欲加之罪，何患无辞！

君主 □

　　到目前为止，我还没有看到谁比C.Desmoulins对君主制剖析得更深刻。德氏是法国大革命时雅各宾派领袖，因反对罗伯斯比尔，被送上断头台。1788年，巴士底狱攻占前两天，他发表文章"Better to die than not live free"，指出君主制与共和制两点区别。民主政体下，人民可能受骗，但至少他们珍爱美德。It is merit which they believe they put in power as substitutes for the rascals who are the very essence of monarchies. The vices,concealments,and crimes which are the disease of republics are the very health and existence of monarchies.这是第一点；第二，君主制下，Everything gives umbrage to a tyrant. 受人爱戴的人会成为君主的敌手，会引起内乱，因此是可疑分子。隐士、富人、一无所有者、生性阴沉忧郁或是不修边幅的人……都是可疑分子。德氏此论，让我们彻底明白，君主制下人民不可能自由地生活，防民如防贼是常态，相信奴才，任用没有信仰和原则的坏人是必然的；绝大多数人诚惶诚恐、战战兢兢、如履薄冰、如临深渊是必然的。

血性 □

　　P.Henry，北美律师、政治家。北美独立前，主张请愿、和谈以减轻英国压迫的人不少。亨利不同，他坚决主战，反对妥协。1775年3月23日他在弗吉尼亚州州议会发表著名演讲：...Almighty God! I know not what course others may take; but as for me,give me liberty or give me death!

面对压迫、剥削，面对奴役、不公，应该起来斗争，应该以暴制暴……不自由，毋宁死！这是亨利的心声！也是所有仁人志士应有的血性和铮铮铁骨！

尊重 □

1879年，O.W.Holmes七十寿辰，Mark Twain为他祝寿并致辞。其中说，For I knew one thing, for a dead certainty, that a certain amount of pride always goes along with a teaspoonful of brains。这份傲气保护着他，使他不致有意剽窃别人的思想。然而，我却由此想到，人人都要面子，个个都有自尊。要学会尊重每一个人，即使对方只有一茶匙头脑。不要指望别人像奴才低三下四，摇尾乞怜。更不要自以为了不起，盛气凌人，不可一世。

良知 □

向伏尔泰学习，向伏尔泰致敬。1878年，伏尔泰逝世一百周年，法国文学家V.M.Hugo在其纪念会上高度评价极力颂扬了他。说他肩负着最荣耀也最艰巨的责任即培育良知，教化人类。说他既被旧时代诅咒，又被未来祝福。说他靠一支轻若微风、重如霹雳的笔战斗。说他不仅是一个人，更是整整一个时代。说他把黎民百姓提到有尊严的地位。说他比国家元首更高，是各派思想的元首。Henceforth, no other sovereignty than the law for the people, and the conscience for the individual... to exercise one's right, that is to say, to be a man; to perform one's duty, that is to say, to be a citizen. 伏尔泰比乾隆皇帝大17岁，早死21年，都活了80多岁，基本上算同时代的人，然而，乾隆时代，我没有找到一个伏尔泰式的人物，没有读到一句伏尔泰式的言论。学者都钻到故纸堆里去了。想想中国共产党人把中国引领到今天，殊属不易！

中西 □

1881年，Wendell Phillips 在哈佛大学发表演讲说："We all agree in the duty of scholars to help those less favored in life, and that this duty of scholars to educate the mass is still more imperative in a republic, since a republic trusts the state wholly to the intelligence and moral sense of the people." 在这次演讲中，菲利普斯特别强调群众自觉、群众教育和实践知识的重要性。（法国政治家里昂·甘必大在谈到法国农民教育问题时也提出过类似观点。）他说，理想的美国人，双手比别人的大脑更善于思考。当然，他并不否认大学训练的价值。菲利普斯说这话的时候，中国正在"中学为体，西学为用"思想指导下搞洋务运动，绝大多数有学识的人，还在为读书做官而奋斗，为治人而不是治于人而努力。普遍贫穷和愚昧，不是摆在他们面前需要改变的任务，而是自己博取功名的动力和个人荣华富贵的参照物。这难道不是清末的悲哀吗？

致敬 ☐

　　恩格斯称马克思为"当代最伟大的思想家"。历史唯物主义和剩余价值学说，是他一生的两大发现。同时，马克思是一个革命家，Fighting was his element… and, consequently, Marx was the best hated and most calumniated man of his time。恩格斯说，他可能有许多对手（Opponents），但未必有一个私敌（Personal Enemy）。我完全相信恩格斯的话，一个全心全意为人类工作的人，一个本性正直、善良的人，一个道德高尚的人，就是这样。向马克思致敬!

奋斗 ☐

　　没有人能随随便便成功，没有事能毫无障碍完成。百折不挠，愈挫愈勇，是成功者的特质。1886年，Whitelaw Reid称，自由党领袖格莱斯顿是英国最伟大的领导人，To a leader of that sort defeats are only stepping-stones, and the end is not in doubt。用中国人话说，吃一堑长一智，皇天不负苦心人。

道德 ☐

　　一校一训，各有千秋。有人说，中国大学校训偏重道德层面，西方大学偏重自然探索，并以此自我贬损。其实，自然科学也是为大众服务的，即离不开道德，是增进人类福祉的手段之一。听听A.T.Hadley校长在耶鲁大学二百周年校庆纪念会上是怎么说的吧：

The most important part of the teaching of a place like Yale is found in the lesson of public spirit and devotion to high ideals which it gives.

理想信念是方向是目标，制度和科技是手段。

正途

《马太福音》有一句话，Ye are the salt of the earth。据我所知，对这句话解释得最好的人之一，是Henry van Dyke。他在1898年对哈佛学子讲，这是基督的一个物喻，希望门徒（disciples）净化、美化尘世，使它免于腐败，给世界带来新的更健康的气息。他告诫大家，don't be sponges, be the salt of the earth。做一个有力量、有影响的人，努力成为社会上行善的积极分子，把文化用于正途，扶正祛邪，净化人类，而不是自私自利。

自尊

一个人要获得别人的尊重，首先要自尊、自重。要战胜别人，首先要战胜自己。这一点，古今中外，概莫能外。1909年，林肯诞生100周年，B.T.Washington校长在纪念会上说了类似观点：

We should keep in mind that no one can degrade us except ourselves; that if we are worthy, no influence can defeat us.

自尊，坚强。内化于心，外化为行，不亦悦乎？

守约 □

孔子说，人而无信，不知其可也。纵观历史，真正懂得并且始终践行这句话的不乏其人。英国政治家D.L.George算一个。1914年，针对德国人的奇谈怪论，即条约只在有利该国时才有其约束力，他坚决予以驳斥，并深刻而又生动地阐述了守信的必要性和重要意义。他说，英镑，What are they made of？Rag! What are they worth? The whole credit of the British Empire！又说，汇票（bills of exchange）承载着商人的信誉。条约呢？乔治说，Treaties are the currency of international statesmanship。守约与否不是小事，它关系到一切公共法律的根本问题，关系到整个文明世界的运行。与德国政客相反，乔治说，不是有利才守约，而是守约才有利。

完美 □

1890年，美国慈善家和社会活动家F.E.C.Willard在一次演讲时说，除了物质领域中的发明之外，天下没有什么新东西。希腊哲学家和早期的基督教神父早已一劳永逸地为后人指明了方向。显然，这个说法片面、极端、有害，完全不承认社会科学进步。但她同时讲，历史研究对未来预测和现实工作有重要意义。讲最正常、最完美的人，是那些最专业、最利群的一帮人：the most normal and the most perfect human being is the one who most thoroughly addresses himself to the activity of his best powers,gives himself most thoroughly to the world around him, flings himself out into the midst of humanity, and is so preoccupied by his own beneficent reaction on the world that he is practically unconscious of a separate existence...现实生活中，品德败坏者有，以权谋私者有，业务能力差者有，按照威拉德的定义，这样的人不正常不完美，不是很好理解吗?

反思 □

以色列人尤瓦尔·赫拉利的《人类简史—从动物到上帝》(*A Brief History of Humankind*)，让我大开眼界。他的渊博知识，让我佩服。他的一些观点，发人深省。例如，他说，"拥有神的能力，但是不负责任、贪得无厌，而且连想要什么都不知道。天下危险，恐怕莫此为甚"。又说，人类中心主义，把智人变成极具破坏力的怪兽，结果给地球生态带来了一场"毁天灭地的人类洪水"。还说，资本主义、殖民主义、帝国主义，消费主义、男性霸权等等，只对强者有利，因此，"历史从无公正"。可喜的是，他说，人类正在向"全球帝国"演进，某些不良现象，将受到不同程度抑制。

学佛 □

每一种文化都有它独特的魅力。既不要妄自尊大，也不必妄自菲薄。当我们醉心于西方文化时，别忘了也有不少西方人对东方文化痴迷。1979年出生的释常闻，是一个地地道道的美国人。《报告师父，我要出家》既是他的自传，也是他的佛学心得。一个欧美人，要成为佛家弟子，按照这位西洋僧的经验，首先要对东方文化极具兴趣。其次天性好静，不怕孤独自处。再次，除了信佛，找不到别的解决内在忧虑的方法。复次，断定外在世界出现的种种问题，源于"人们心灵的疾病"。最后，佛教教义，如祛除心中的妄念，让自己感到"生活更加踏实"，内心更加宁静。

正义 ☐

第一次世界大战初期，美国宣布中立，但美国船只不断被德国潜艇击沉。1917年，伍德罗·威尔逊总统要求国会对德宣战。他的逻辑是，The right（正义）is more precious than peace。当美国人的财产和生命受到威胁和伤害，他说，We will not choose the path of submission and suffer the most sacred rights of our nation and our people to be ignored or violated。今天的美国人应该牢记这些话，并且将心比心，推己及人，在涉及别国核心利益和国民生命财产安全等重大问题上，不要指望对方屈服。

专政 ☐

西学东渐，真正扎根于中土并开花结果的理论，是马克思列宁主义。过去，有人把马列主义当作静止不变的绝对真理，当作教条，出了问题。今天，有人故意贬低它奚落它歪曲它，同样是不对的。以民主和专政（dictatorship）为例。列宁说，民主形式必然随着统治阶级的更换而有所改变。政权首次由少数剥削者手中转到多数被剥削者手中，是人类历史上最深刻的革命。无产阶级专政与其他阶级专政有相同的地方，也有不同的地方。暴力镇压（to forcibly suppress）反抗，是相同之处；而不同的地方，在于地主和资产阶级专政是用暴力镇压绝大多数劳动人民的反抗，无产阶级专政是用暴力镇压极少数剥削者的反抗。明白了吧！不要一听"专政"就反感。

正义 □

1921年，法国元帅福煦在拿破仑墓前讲的一番话，读后印象深刻。一是他说，有些本性，如惊人的天才、不甘守成和好大喜功，有利于战争，but dangerous to the equilibrium of peace。用中国人的话说，创业与守成，打天下和治天下，是两码事。战争年代，一些人表现特别出色，到了和平时期，反而在政坛上销声匿迹了，原因就在这里。二是他说，拿破仑走下坡路，not for lack of genius, but because he attempted the impossible。例如，武力征服世界，与公理作对，用战争换本民族的繁荣，等等。福煦说，正义应在一切地方受到尊重。和平应高于战争。的确，很多人失败，不是败在才学上，而是败在错误的理念上。这些错误的理念，动摇了文明的基础，违反了公众的意志。

甘地 □

在甘地看来，过去所有国家的斗争方式都是野蛮的。只有他领导的印度民族运动采用非暴力方式。他说，他宁愿等几个世纪，也不愿用流血手段使国家得到自由。

The means adopted are not violence, not bloodshed,not diplomacy as one understands it nowadays,but they are purely and simply truth and non-violence.

革命成功的方式多种多样。印度民族独立与自由证明，纯粹的真理和非暴力也可以战胜邪恶与残暴。

平静 □

萧伯纳是英国戏剧家。1926年，他在七十寿辰宴会上讲的一番话，让人如梦初醒。他说：

There are no great man... there are no great nations or great states.

我们之所以一会儿自负，一会儿自卑，不正是因为我们一会儿觉得比别人牛，一会儿觉得别人比自己牛。我们之所以羡慕嫉妒恨，不正是因为外在的差别与内心的不甘之间的矛盾吗？如果像萧伯纳说的，内心自然就平静了。

奉献 □

丘吉尔受人尊重，除了智慧、胆识、勇气、坚韧外，甘于奉献是重要原因。1940年5月，他被任命为首相，他对议会说：

I have nothing to offer but blood, toil, tears and sweat.

向丘吉尔学习！学习他为国家为民族勇往直前甘于奉献的精神。

力量 □

Daniel Webster曾任美国国务卿。1826年，他发表了有关美国的革命传统的演说。从这篇演说中，我看到促成美国独立的三股力量。一是正义的力量。It's true, indeed, that in the beginning we aimed not at independence. But there is a divinity which shapes our ends. The injustice of England has driven us to arms.二是人民的力量。The people-the people, if we are true to them, will carry us, and will carry themselves, gloriously through this struggle.三是信念的力量。If it be the pleasure of heaven that my country shall require the poor offering of my life, the victim shall be ready at the appointed hour of sacrifice, come when that hour may. But while I do live, let me have a country, or at least the hope of a country, and that a free country.同样，中国革命的成功也离不开类似三股力量。

伤逝 □

还是那间酒馆（tavern），还是那帮朋友，少年相聚、中年相聚、老年相聚，变化巨大、感觉迥异。年轻时，大家精力充沛，个性张扬，有理想、有信心……GeneRaskin是这样写的：where we used to raise a glass or two / remember how we laughed away the hours / and dreams of all the great things we would do / … 人到中年，回到现实，得过且过，甚至困惑迷失，then the busy years went rushing by us / we lost our starry notion on the way. 到了老年，似乎更惨，in the glass I saw a strange reflection / was the lonely woman really me … we are older but no wiser。唯有回忆！唯有往日情怀。在我看来，*Those Were the Days*这首歌，与中国宋代词人蒋捷《虞美人·听雨》有一比，既伤感又美好，既真诚又老练。

克己 □

罗斯福说，仅仅战胜敌人是不够的。We must go on to do all in our power to conquer the doubts and the fear, the ignorance and the greed, which made this horror possible. 根除战争，才能永久和平。而转变观念，相互信任和理解，增强信心，克制、知足，又最重要。

历史 ☐

　　牢记历史，不是为了报复，而是为了吸取教训，让悲剧不再重演。1945年8月15日，日本投降，时任美国总统杜鲁门发表广播演说，其中讲：

The evil done by the Japanese warlords can never be repaired or forgotten.

　　2015年，中国举行纪念抗日战争暨世界反法西斯战争胜利七十周年大阅兵，日本政要不参加，还勉强可以理解；美国政要也不参加，就匪夷所思了。难道他们忘记了杜鲁门的话了吗?

个性 ☐

　　近代以前，人们普遍相信或默认专制、独裁必要且重要。认为个性解放个人自由无异于无序、无礼和散漫。只有到了商品经济高度发达的资本主义社会，自由与个性的意义才得到人们充分认知。正像杜鲁门所说：

We now know that spirit of liberty, freedom of the individual, and the personal dignity of man, are the strongest and toughest and most enduring forces in all the world.

　　中国人，如司马迁、严复等，都看到这种力量。

良知 □

　　1961年，肯尼迪发表就职演说。从这篇演说稿中，我看到一个有独到见解的总统形象。他说，一个自由社会如果不能帮助众多的穷人，也就不能拯救少数的富人。要把说好话变成做好事。他说，专制、贫穷、疾病、战争等是人类共同的敌人。他告诫他的美国同胞，Ask not what your country can do for you，ask what you can do for your country。他说，良知是我们唯一可靠的报酬，历史是我们行为的最后裁判。让我们共同记住并且践行这些话吧，做一个乐于助人，甘于奉献的人；做一个有良知、负责任的人。

践行 □

　　1969年，尼克松就任美国总统。他在就职演说时说，The laws have caught up with our conscience... our destiny offers not the cup of despair, but the chalice of opportunity。富有讽刺意味的是，1974年因"水门事件"，他被弹劾辞职，终究昧心。命运给他的，也不是机会之杯，而是失望之酒。看来，知之难，行之更难。

安遇 □

　　设定并追求不切实际的目标，恰如捕风捉影，夸父追日，心想而事不成，烦恼自然丛生。快乐的人，既要努力奋斗，又要随遇而安。正像英国诗人Colley Cibber《盲孩》一诗所揭示的那样："我听见你们一次又一次/ 为我的不幸而叹息：唉……""then let not what I cannot have / my cheer of mind destroy /..."看见光，对盲孩来说，是个不可能实现的目标。但是盲孩不想因此而沮丧，他要歌唱，做一个快乐的人。

快乐 □

英国人说，长大是件可怕的事。多数人的经验，越小越快乐，越大越烦恼。正像美国诗人H.W.Longfellow《孩子们》一诗所描述的那样：In your hearts are the birds and the sunshine / In your thoughts the brooklet 's flow / But in mine is the wind of Autumn / And the first fall of the snow。然而，据我观察，快乐不是拥有得多，而是计较得少，与年龄没有必然的联系。

诗歌 □

诗歌既可以表达温柔的情感，也可以表达严肃的政治诉求。例如，英国宪章派诗人Ernest Jones写的 *The Song of the Wage-slaves* 深刻地指出，由于生产资料占有的不平等，剥削与被剥削的存在，with labour's arm, what labour raised / for labour's foe to spend。造成分配、再分配和消费的不平等，贫富悬殊，社会严重不公。Each asks, "the rich have got the earth / and what remains for me?"留给我什么呢？不言而喻，只有贫穷、怨恨、愤怒、抗议乃至革命！

淡泊 □

Emily Dickinson1830年出生于美国马萨诸塞州。家境富裕，却终身未嫁。32岁起足不出户，亦拒人来访。一生写了1800首诗，但死后才被发现。她以路边little stone为喻，歌颂其单纯自然，宁静淡泊；以青蛙为戒，讽刺那些名利场上的人：I'm nobody... how dreary to be somebody / how public −like a frog −/ to tell your name the lifelong June / to an admiring bog. 一些人为了出名，削尖脑袋，费尽心思，不顾一切，唯恐别人忘了自己。

无常 □

A.E.Houseman的诗 "when I came last to Ludlow/ amidst the moonlight pale/ two friends kept step beside me / two honest lads and hale/ now Dick lies long in the churchyard / and Ned lies long in jail / and I come home to Ludlow / amidst the moonlight pale" 让我想起唐人崔护的《题都城南庄》："去年今日此门中，人面桃花相映红。人面不知何处去，桃花依旧笑春风。"物是人非，情何以堪！世事无常，惟泰然处之。

情愁 □

乔叟被誉为英国诗歌之父。他在《特罗勒斯的情歌》中，对恋人的心理和感觉的描述，可谓惟妙惟肖。其风格类似《红楼梦》中的《枉凝眉》。他是这样写的："假使爱不存在，天哪，我所感受的是什么？／假使爱存在，它究竟是怎样一件东西？／假使爱是好的，我的悲哀从何而降落？／假使爱是坏的，我想却有些稀奇，／哪管它带来了多少苦难和乖戾；／好似生命之源，竟能引起我无限快感／使我愈喝得多，愈觉得口里燥干……呀，这是一种什么奇特的病征／冷中发热，热中发冷，断送我生命。"

乔叟 □

　　好的诗人，应该像乔叟那样，其作品不仅文字精美，而且哲理深刻。例如，他在《诗跋》中，告诫女人"不要害怕男子……再用嫉妒把你丈夫系住／可使他们慑伏，像一只鹌鹑"。在《幸运辩》中，乔叟显得更老练、更世故。他写道："虽然世事沧桑／正好叫我学得聪明，不上你的当／人能掌握自己，就不会对你买账！""谁都不会倒霉，除非你自认无能／凡人能自有把握，方得事事如意。""我曾教过你认清真实的朋友／一个假献殷勤的人最不可靠。"在《高贵的品质》中，他则完全像个哲学家。"原来有德才有荣，假如／行为不正，我敢肯定说，就一无可观／哪怕你戴上了法冠、皇冕或花环。""如果存心不仁／即使金玉满堂，却与高贵不相干／哪怕你戴上了法冠、皇冕或花环。"

真情 □

大爱无声，真情无语。读宋词，"执手相看泪眼，竟无语凝噎"，知中国人如此。读Walter Raleigh 诗 *TheSilent Lover*，方知英国人亦如此。Passions are likened best to floods and streams / the shallow murmur, but the deep are dumb / ... they that are rich in words, in words discover / that they are poor in that which makes a lover. 可见，人类情感是真正可以在时空隧道中穿越的。

苦甜 □

Edmund Spenser（1552—1599）的*Sweet Is the Rose*是一首哲理诗。它告诉我们，美好的东西，都不是轻而易举取得的。"玫瑰多美呵，可每朵长刺/ 杜松多美呵，可枝丫锐利……"而唾手可得的东西，人们都弃之若敝屣。why then should I account of little paine / that endles pleasure shall unto me gaine. 用中国人的话说，何不先苦后甜苦尽甘来呢？

韵律 □

英诗韵律与汉诗韵律有很大差别。例如，汉诗绝句韵律是aaba，七律韵律是aabacada，而英国"皇家曲调"的韵脚，按ababbcc排列。"斯宾塞诗体"，则按ababbcbcc排列。莎士比亚十四行诗韵律是abab cdcd efef gg，司各特的《行猎歌》采用叠句形式，即aa bb cc…… 形式，极富民谣风味。中西诗歌韵律的差异，是双方读者彼此难以欣赏、接受对方诗歌之美的重要原因。只能求同存异，互相尊重，萝卜咸菜各有所好了。

莎翁 □

威廉·莎士比亚（1564—1616）的神来之笔，令人叹为观止。例如，描写美貌，have eyes to wonder, but lacktongues to praise。描写真情，that in black ink my love maystill shine bright。又如，for thy sweet love remembered, suchwealth brin / that then I scorn to change my state with kings'。描写挚友，you live in this（诗歌），and dwell in lovers eyes. 又，but if the while I think on thee, dear friend / all losses are restored, and sorrow end。如此等等，不一而足。他的朋友本·琼森称他为诗神、时代的灵魂、戏剧元勋、诗界泰斗。说他的作品超凡入圣，雄健的笔力可以折服所有前辈。莎翁"他不属于一个时代而属于所有的世纪"，除了天才，"工夫也有份"。

婚嫁 □

"男大当婚，女大当嫁"，这是中国人的传统。其实，这也是西方人的传统。看看罗伯特·赫里克《劝女于归》最后一节是怎样写的吧：Then be not coy, but useyour time / and while ye may, go marry / for having lostbut once your prime / you may for ever tarry。青春易逝，早结良缘吧。法律规定的结婚年龄，可不是胡编乱造的。

良知 □

历史上，总有那么一些人，不为金钱所诱，不为权位所动，不为名誉所惑。坚守底线，老实做人，扎实做事。他们崇尚道义，看重品德，热爱真理，珍惜友谊。他们以劳动为荣，以智慧为宝。他们对为富不仁者嗤之以鼻，对尸位素餐者不屑一顾。正像苏格兰诗人彭斯（Robert Burns）在《不管那一套》（*A Man's A Man for A' That*）一诗中所吟颂的，他们是人类的良知，历史的脊梁骨。

语言 □

语言文字千差万别，但形成过程有迹可循。例如，象声词，中英文有惊人的相似。中文布谷鸟，英文cuckoo；中文妈妈，英文Mama等。再如，中文的偏旁，近乎英文的前缀、后缀和词根，有归类作用。中文的成语、俗话，英文的格言、俚语，背后都有故事和生活经验支撑。诗歌要求押韵，尽管韵律不一样。一篇好的文章，除了内容，要符合人的呼吸规律，也要有乐感和节奏感。中文中的村、庄，表示农村人聚居地，市、镇表示城里人集聚区。英文后缀tun或ton表示居住点，wich意为市场或贸易中心，leigh或ley意为林地、原野。在维京人曾占领的地区，地名又多为丹麦语后缀by或thorpe。

拜伦 □

　　大学本科期间，我读过拜伦的诗，觉得他是一个情种。年过半百，重读拜伦，知其不幸之至、悲伤之极。虽少袭爵位，然英年早逝。生前备受上层人士毁谤攻击，28岁，妻子要求分居。孑然一身，病死于异国他乡。内心之悲戚，恰如其诗句，My greatest grief is that I leave / nothing that claims a tear。心灰意冷，哀莫大焉！

诗人 □

　　雪莱、济慈、拜伦都是英国著名诗人，生前彼此相识（雪—济，雪—拜）相知，也都早逝（30、26、36），两个病死，一个溺亡（雪）。拜伦的《希腊群岛》（*Theisles of Greece*）很有血性；雪莱的《西风颂》（*Ode to the West Wind*）则充满激情，最后一句，更是尽人皆知，If Winter comes, can Spring be far behind?很多曾经在苦难中煎熬，在绝望边缘奋斗的人，深受其鼓舞、激励。济慈呢？这位多愁善感的才俊，在《夜莺颂》（*Ode to A Nightingale*）似乎泄露了天机：Darkling I listen; and, for many a time / I have been half in love with easeful death。

不公 □

　　过去读李绅《悯农》一诗，对农民的辛劳深表同情，对社会的不公极为不满。近读英国人托马斯·胡德《衬衫之歌》，知制衣厂女工之艰辛及遭遇的不公，不亚于李绅笔下的农夫。兹摘抄几行：with fingers weary and worn / with eyelids heavy and red / a woman sat, in unwomanly rags / plying her needle and thread / stitch!stitch!stitch / in poverty, hunger, and dirt ... sewing at once, with a double thread / a shroud as well as a shirt ... oh! God !that bread should be so dear/ and flesh and blood so cheap!正如马克思所说，劳动给富人创造财富、宫殿和美，却给自己留下贫穷、寒窑和畸形。这是多么不公平呵！

赏诗 □

有些英文诗句，也能带给中国人美的享受和深深的思考。例如，雪莱的诗《致》，one hope is too like despair / for prudence to smother；济慈的《希腊古瓮颂》最后一句，beauty is truth,truth beauty −that is all / ye know on earth,and all ye need to know；爱德华·菲茨杰拉德的I came like water,and like wind I go；等等，都发人深省。而H.W.朗费罗的《金色夕照》，美得让人想起王勃的《滕王阁诗序》：the cloud −like rocks,the rock −like clouds / dissolved in glory float ... the sea is but another sky / the sky a sea as well。

痛苦 □

欢乐、痛苦、平平淡淡，构成真实的人生和世界。没有一个人敢宣称，自己从未体味过痛苦。也没有一个地方敢宣称，那儿就是天堂。面对痛苦，一要坚定信心，The longest day has an end。二要忍耐，Time cures all things。三要反思，He is not laughed at that laughed at himself first。人贵有自知之明。知错就改，回头是岸。

差异 □

东西方文化的差异，最明显的表现，是语言文字本身，而不是其表达的思想和情感。某些句子，一翻译就失去原味，不再令人发出"妙哉！"之类的感叹。如刘禹锡的"东边日出西边雨，道是无晴却有晴"，英文中找不到一个同音词，既有"晴"的意思，又有"情"的意思。同样，英国人说，seven days without water make one weak。中文中找不到一个同音词，既有"周"的意思，又是"弱"的意思。

捏造 □

有两则幽默，一则叫*A Cow Grazing*，一则叫*The Latest Masterpiece*，讽刺某些画家令人费解的想象和近乎荒唐的逻辑。内容是这样。艺术家拿出*an expanse of canvas*，一则说画的是牛吃草。或曰，草在哪儿？对曰，牛吃进肚子了。或曰，牛在哪？对曰，草尽，牛不走，傻乎？一则说画的是犹太人过红海。或曰，海在？对曰，流回。或曰，犹太人在哪？对曰，已过去。显然，这是笑话。但现实生活中，无中生有，空穴来风者有之；指鹿为马，颠倒黑白者有之；道听途说，以讹传讹者有之；欲加之罪，何患无辞者有之……显然，这又不是笑话。

奉承 ☐

　　阿谀奉承，溜须拍马，中国人厌恶，西方人也不喜欢。有一则笑话，叫*Flattering*。评论家说："呵！这是什么？多好！多气魄！表现力真强！"画家说："是吗？那是我擦笔的地方。"人生一世，不是任何场合都可以说真话的，但可以保持沉默，不说假话。

诙谐 ☐

　　双关语幽默诙谐。中文如此，英文亦如此。试举几个例子。天文学家说，"My business is looking up"，可以理解为他的工作性质，也可以理解为他的买卖在好转。香烟制造商抱怨说，"Mine is going up in smoke"，可以理解为他的工作性质，也可以理解为他的企业就要倒闭。同样，作家抿着嘴轻声地笑，"Mine is all write"，裁缝评论说，"Mine is just sew,sew"，可以理解为各自的工作性质，也可以理解为生意状况。因为write与right谐声，sew与so谐音。

挣脱 ☐

　　《报告师父，我要出家》是一位法号常闻的美国出家人写的一本修行笔记。其中讲道，"我花了很长一段时间，学习着如何挣脱别人对我的看法，这是一种持续性的修行，因为习气的能量是非常强烈的"。我相信他这话是真的。众生烦恼，原因很多。在意别人的看法，即其中之一。要真正挣脱，一要自律，二要自信。自律者不惧流言，自信者不贵溢美。心静如水，我行我素。

冷淡 ☐

释常闻到台湾修行，发现"很多人看起来都很冷淡""彼此之间的距离似乎很遥远""外表看起来不开朗，内在也是一样——低沉而平淡""我看不到熟悉的美国式的友善态度，商店老板常常带着笑脸，街上不认识的人也会亲切问候"。是啊！或许这就是中西文化类似建筑、长相最直观的区别之一。这位西洋僧之所以"震撼"，是因为一时不了解中国悠久而多难的历史，不了解中国人生活空间之狭窄以及长期而普遍的贫穷。当人的生命和财产经常受到威胁时，他怎么会不警觉呢？当人言可畏、祸从口出成为人生的经验、教训时，他怎么会敞开心扉，对人友善呢？

烦恼 ☐

在西洋僧释常闻的心目中，标准的佛教徒应该是专注的、谦卑的、谨慎的，也应该是放松的、平和的、幽默的。他们和平常人一样有烦恼，不同的是，他们知道如何对付它，"每当烦恼生起，一瞬间就不见了"。

焦虑 □

美国人安德鲁·杜布林说："用金钱、地位来定义成功会让人陷入焦虑，职业生涯的终极目标应该是心理成功。"（《心理学与工作》）这话对吗？未必。在商品经济社会，金钱不是衡量成功的最佳尺子，但也找不到比它更好的工具；在非商品经济社会，权位不是衡量成功的最佳尺子，但也找不到比它更好的尺子。尽管一直有人劝谕大家，知足常乐，但是很少有人听从，绝大多数人还是在那里争权夺利，争荣斗富，宁愿痛苦也要比来比去。马克思说，存在决定意识。除非消灭特权和两极分化，实现真正意义上的平等、均富，否则，焦虑是必然的，知足也是骗人的。

谣言 □

中国人注重定性分析和心理分析。西方人也注重，但同时注重定量分析和模型构造。例如，讲到谣言，法国人会用一个公式来概括，"谣言=（事件的）重要性×（事件的）含糊不清"。

成功 □

吴官正在《闲来笔潭》一书中，分析以色列人（犹太人）成功的原因有三条：一是反对偶像崇拜，敢于对权力说真话。二是非常重视学习，重视教育。占世界人口总数不到0.3%，20世纪获诺奖占比达22.3%！

三是对法律有一种超越社会学意义的认识，守信、自律。我完全赞同。压制与禁锢下，难有创新；暴力说了算，则智力作用有限；契约精神缺乏，则商业成本高。

征地 □

随着城市扩张，工业化进程加快，农村土地不断被征用，政府与农民的矛盾、纠纷甚至冲突越来越多。这看起来像是中国独有的现象，其实不然。《1491》的作者查尔斯·C.曼恩告诉我们，加拿大原住民到现在为止，还在为争取土地所有权而起诉政府，说他们祖先从未同意放弃其土地。古典经济学家威廉·配第说过，土地是财富之母，劳动是财富之父。原住民对土地的依恋和依赖不是很好理解吗？

宪法 □

《1491》是一本很有价值的书。作者没有蔑视美洲原住民及其文化，相反，他甚至认为美国民主、自由、平等范式，美国宪法，美国政体，源泉之一是原住民文化，特别是豪德罗索尼文化。为了一致对外，消除内战，英雄德甘纳威达组建了易洛魁联盟，制定了豪德罗索尼宪法即和平大律法，列举了新联盟运营规则。"和平大律法直接激发了美国宪法的产生。"今天崇尚自由、民主、平等的人们，"都是豪德诺索尼人及其邻人的孩子"。

自信 ☐

　　基辛格先后访问中国50多次。他在《论中国·序》中说，"如同几百年来前往中国的众多访客一样，我日益钦佩中国人民，钦佩他们的坚韧不拔、含蓄缜密、家庭意识和他们展现出的中华文化"。然而，改革开放后，一方面中国综合实力迅速提升，另一方面，某些人的自信心却逐渐丧失。一段时间，民族虚无主义盛行，言必称欧美，把自己的国家和文化，说得一钱不值，毫无是处。可悲啊！习近平总书记讲，增强做中国人的骨气和底气。说得真是时候，醍醐灌顶，发人深省！

思想 ☐

　　人，既是动物，又不是动物。人有深刻的思想，有复杂的情感。人的行为受制于思想。基辛格在《论中国》一书中说，中国古代帝制得以延续千年，靠的是儒家学说，而不是皇帝的镇压。《论语》"有点像中国的《圣经》和《宪法》的混合体"。有道理，治国必先治心，治心务求共识。

英国 ☐

　　1900年前后，大清帝国风雨飘摇，祖先留下的国土不断被蚕食，民不聊生。而此时大英帝国版图近乎占世界的四分之一。是什么原因促使相当于中国一省人口和土地的英国如此强大呢？从C.Daniell的《A

Traveller's History of England》一书中能找到部分答案。如：开放与融合，正像吉卜林说的，"我们是撒克逊人、诺曼人、丹麦人"。强大的工业基础，早于中国100年的大规模城市化，民主、自由、平等，等等。

雷同 □

古人，无论中外，干的某些事，不约而同，惊人相似。例如，英国的祖先们，同样喜欢用精美的物件陪葬，这些陪葬品成了现代博物馆的部分珍藏。同样，出于防御需要，一次又一次修筑"长城"。同样，为了权力和利益，打来打去，你死我活，甚至同室操戈、兄弟相残。同样，为了显示自己的高贵，不惜牵强附会，说某个伟大的人物就是自己的祖宗。同样，为了发泄不满和娱乐，给某些大人物取绰号。可见，在人类社会发展过程中，时间差异远远大于空间差异。

兴衰 □

读西雅图酋长给美国政府的答复信，我的心情久久不能平静。19世纪上半叶，美国政府要将当地土人驱逐到"保留地"（Reservation）定居。西雅图酋长不惧压力，大悲不悲，大怒不怒；不卑不亢，不慌不忙。从他的答复里，我读到飞扬的文字，诗一般的语言，深刻的哲理，清晰的逻辑，丰富而又真挚的情感和作为弱者的无奈与自信。他相信，白人永远不会独占这个地方，The dead are not powerless。他相信，白人也有衰落、灭绝的一天。Tribe follows tribe, and nation follows nation, like the waves of the sea.It's the order of the nature, and regret is useless. Your time of decay may be distant, but it will surely come, for even the White Man whose God walked and talked with him as friend with friend, can not be exempt from the comm on destiny. We may be brothers after all.We will see.

这话说得多好啊！既像预言，又像咒语。那些恃强凌弱的人仔细听着！

大学 ☐

中世纪之黑暗，教士之虚伪、冷酷，宗教裁判所之恐怖，是文艺复兴时期作品留给我们的印象。如果论及大学，这个印象或许要适当改一下。大约在中国南宋后期，教会创办了牛津大学和剑桥大学。1230年，牛津大学学生即达1300人！牛津、剑桥可是世界名校，难道教会真的一无是处？

历史 ☐

历史，既有必然性，也有偶然性。必然中有偶然，偶然中有必然。某些偶然事件影响之大，以至于人们根本无法从记忆中抹去。例如，欧洲黑死病（1348—1380）造成人口锐减，英国过了200年，人口才恢复到瘟疫前水平。再如，法语曾是英国宫廷语言，百年战争导致其式微，并最终被英语取代。

成功 □

伊丽莎白一世统治英国45年（1558—1603），充满了辉煌和荣耀。她的成功，除了她自己说的"更加谨慎，更加博爱"外，就是面对复杂的问题，避免作出明确的决定，希望通过长期的推延让问题自动化解。不知道她这样做放在今天是好是坏。或许不同人有不同回答，不同体制有不同评价。

寿命 □

平均寿命反映当时经济发展水平、日常生活状况和医疗技术水平。古代英国人寿命与同期中国人相差无几。例如，莎士比亚（1564—1616）52岁，汤显祖（1550—1616）66岁；伊丽莎白一世（1533—1603）70岁，詹姆士一世（1566—1625）59岁，万历皇帝（1563—1620）57岁。这五位基本上算同时代人，应该能代表当时朝野状况。人生七十古来稀，看来在古代是很普遍的现象。然而，据《逃离不平等》的作者说，过去一个世纪，富裕国家的人均预期寿命增长了30岁，并且还在以每10年增加2—3岁的速度发展。

做事 □

有三棱镜就有透镜，这叫对立统一。但白光不是单色光，而是由七种具有不同色彩的光线按一定比例组合起来的复色光，所以，世界又没有二分法那么简单。这是牛顿光学给我们的启发之一。他还说："世界上的事，只要肯做，就没有做不成的！"我体会，科学研究，办企业，可能是这样。从政未必。金字塔式官僚体系，注定绝大多数人不可能爬到峰顶。越往上爬，概率越低，不是肯做不肯做的问题。

目标

日本女作家盐野七生在《我的朋友马基雅维利》一书中讲，"对作家来说，有人阅读他的书比什么都好"。她提醒了我们，友人送书，特别是他自己的著作，要好好读，以示尊重，以备交流。但我对马基雅维利主义不敢苟同。在我看来，目标要高尚，手段也要正当。不择手段追求权力、维持权力，是没有意义的、可耻的。相互尊重、群策群力比互不信任、独断专行更利于国家稳定和人类进步。

寓言

西方寓言（Fables）大致有两种。一种是伊索（Aesop）式的，画龙点睛。先讲故事，再说哲理。一种是托尔斯泰式的，寓教于故事本身。两种方式，各有千秋。故事虽系虚构，做人、做事的道理却是真的。加上短小精练、通俗易懂、生动活泼，寓言因此深受读者喜爱。

教训 □

伊索讲，狼在山坡下徘徊，正值落日斜照，看见自己的影子变得又长又大，以为胜过狮子，应该被公认为百兽之王。没想到一头狮子猛扑过来，一口把它咬死。狼死前后悔地哀叹："Wretched me!This over-estimation of myself is the cause of my destruction." 同样，某些官员、商人，被虚名谀辞迷惑，被权力金钱放大，过度膨胀，无所敬畏，结果像狼一样，身败名裂，追悔莫及。奉劝世人，还是谦虚好，还是不忘本好，还是不卑不亢好!

道理 □

伊索寓言描述的现象近在眼前，揭示的道理浅显易懂。然而，也容易被漠视、被忽略，要历练或吃亏上当后才真正关注、明白。例如，《狐狸和狮子》讲，Familiarity breeds contempt;《狗和狐狸》讲，It's easy to kick a man that is down;《病狮》讲，Affairs are easier of entrance than of exit; and it is but common prudence to see our way out before we venture in;《骡子和强盗》讲，I am indeed glad that I was thought so little of, for I have lost nothing, nor am I hurt with any wound; 等等。

情义 □

有人宣称，西方人自私自利，没有什么亲情、友情。其实不然。他们的主流文化也是重情、重义的，对那些leave their friends in the lurch 的人是唾弃的。伊索《旅行者和熊》可以佐证这一点。《圣经》很多故事说教也可以佐证这一点。有的西方人甚至说，There are feelings which are life itself, and which may not end but with life。这句话让我想起李商隐的《暮秋独游曲江》："荷叶生时春恨生，荷叶枯时秋恨成。深知身在情长在，怅望江头江水声。"人都是有感情的，这一点，古今中外没有区别。

本性 □

俗话说，江山易改，本性难移。有一只猫爱上一个青年，求神把它变成一个漂亮的姑娘嫁给青年，谁知猫性不改，见鼠即扑食之。神怒，重新将她变回原形。伊索写道，what is bred in the bone, will never out of the flesh。事实就是这样，识人、用人、与人交往，必须看本性。本性善良的人才可以交往，才可以任用。不要指望坏人会变好，也不要轻信好人变坏。本性是先天性的东西。

金钱 □

很多人对金钱的认识存在偏差。例如，货币拜物教信众看到的是货币作为价值尺度和交易媒介的功能，以年轻人、富人居多。守财奴看到的是货币作为贮藏手段的功能，以老年人、穷人居多。伊索笔下的守财奴（the miser）就是这样一个人，变卖一切，换成一大块金子，藏在地洞里不用。伊索说，the worth of money is not in its possession, but in its use。要明白这一点，信心是必备的，大彻大悟是必需的。

团结 □

一个家庭、一个企业或单位，乃至一个国家和民族，成功与失败，繁荣与混乱，原因有很多，但最根本的一条是团结与否。中国人说，家和万事兴。伊索说，the quarrels of friends are the opportunities of foes。他讲，有三头公牛和睦地吃草，狮子无从下手，于是他开始暗地里散布谰言，挑拨离间，弄得公牛们相互猜忌，分头吃草，结果被狮子逐个吃掉。呜呼哀哉！

贿赂 □

一个小偷来到一户人家偷东西，为了让狗不再吠叫，就扔给它一块面包。狗说："你滚吧！起初我还只是有点怀疑，但你这样过分礼貌却使我断定你是个坏蛋。"伊索随后写道，a bribe in hand betrays mischief at heart。我们一些干部，忘记自己的身份，没有好处不办事，有了好处乱办事，受贿索贿，结果身陷囹圄，追悔莫及，其才智、品性和判断力还不如伊索寓言中的狗！

政体 □

美国人安格斯·迪顿在《逃离不平等》中说："中国一党执政的模式有时候会很有效，因为它可以强力推进执行某些公共卫生政策……"现在你明白了吧，为什么中国的公共卫生政策充分彰显了中国的制度优势。"一方有难，八方支援"，坚持全国一盘棋，集中力量办大事难事。

习惯 □

美国人查尔斯·都希格在《习惯的力量》中引用杜克大学研究报告称，人每天有40%的行为并非真正由决定促成的，而是出于习惯。他说，习惯始于点滴，长于循环重复。好习惯可改变命运，成就梦想；坏习惯能毁掉前程，每况愈下。为此，要志存高远，痛下决心，持之以恒，周而复始，形成习惯，再利用"习惯的力量"，积小胜为大胜，实现一个又一个目标，直到成功。

科斯 □

Ronald H.Caose，新制度经济学鼻祖，产权理论创始人，1991年诺贝尔经济学奖得主。"在完全竞争条件下，私人成本等于社会成本"，被命名为"科斯定理"。他和助手王宁写的《变革中国》，系统阐述了中国改革开放后30年惊心动魄的变革。其中提到改革开放前的一种现象，"尽管所有人看上去无动于衷地活在惰性和冷漠之中，但他们的内心早已坠入了失望的深渊"。在中国历史上，尤其是每次变革前夕，此种情况反复呈现。这既是一种悲哀，也是一种征兆，变革的征兆。

情商 □

哈佛大学心理学博士丹尼尔·戈尔曼在《工作情商》（*Working with Emotional Intelligence*）中说，"在我们生活的时代中，前途越来越依赖自我管理能力以及巧妙解决人际交往问题的能力"。他认为，智商基本上在十几岁就定了，而情商总有提高的余地。他说，要在工作中出类拔萃，情商比智商或技术专长更重要。他说，工作能力建立在自我管理的基础上，包括主动性、诚信可靠、自信、企图心等。关键的技能包括同理心、政治敏感、集思广益的能力、团队合作精神和领导能力等。简言之，情商就是悟性，就是成熟度，就是人类美好品质的发挥。

伟人 □

在基辛格看来，毛泽东既强势又冷峻，是诗人也是战士，是预言家也是旧制度的破坏者……对此，我完全赞同。毛主席的气质和性格，生动诠释了他的《矛盾论》。

义利 □

儒家的义利观被某些极端主义者视为迂腐，并断定为妨碍中国经济发展的思想根源之一。事实上，有远见的政治家，有良知的商人，都不这样认为。即使在市场经济高度发达、"铜臭熏天"的西方，人们也不这样认为。《钱商》作者Arthur Hailey说："献身于金钱、商业、利润等等，本身都是无可厚非的，但这种献身不是盲目行为，而且献身的同时始终得考虑到道义、财富的合理分配和银行的道德准则。"

创新 □

生产力（科技）决定社会平均生活水平，生产关系（制度）决定社会分化程度。生产力落后，即使斗来斗去，还是普遍穷困。从马克思的《资本论》到托马斯·皮凯蒂的《21世纪资本论》，都侧重生产关系研究。虽然占领了道德高地，也为化解相对贫困提供了一条思路，但并未解决绝对贫困问题。彼得·蒂尔不这么认为。他的《从0到1》开辟了一场新的思维运动，特别重视生产力（科技）进步，重视创新，推崇从无（0）到有（1），看不起简单复制（从1到n）。易宝支付联合创始人余晨用一张表，清晰列举两种创业（发展）模式的不同，即从0到1的特点是，创新、质变、垂直、蓝海、垄断、唯一、非零和、厚利；而从1到n的特点是，复制、量变、水平、红海、竞争、第一、零和、薄利。

经济 □

市场经济不是最理想的经济，但也找不到比它更好的形态；计划经济可能是理想的，但人算总是不如天算，计划永远不周全。它从一开始就低估了人性的弱点，高估了人性的优点，从而导致灾难性后果。邓小平很伟大，他说，计划经济可以有市场，市场经济也需要计划，对立统一，各有千秋，无须争来争去。美国经济学家乔治·阿克洛夫和罗伯特·席勒合著，复旦大学教授张军翻译的《钓愚》对此持有类似的看法，他们推崇有监管的市场经济。因为传统的理性人假设在现实中并不真实。只能由监管者扮演公共理性人角色，防止防不胜防的欺诈和陷阱，避免"钓愚"。

众创 □

大众创业，万众创新，应该说，是一个美好的愿望。事实上，正如比兹·斯通在《自传》中所说："创业是一件非常困难的事情……以创新为名做出的最大跨界就是无拘无束，但这或许并不适合于每一个人。""创立公司之初，你可能除了一个好点子之外一无所有，甚至连一个好点子都没有，你所拥有的只是超级自信，相信自己有朝一日总会想出一个好点子。"而绝大多数人习惯于稳定、安逸，缺乏自信和勇气。

秩序 □

读基辛格《世界秩序》序言，有两点我印象深刻。一是他讲，杜鲁门希望后人铭记他，"是因为美国与敌人实现了和解，而不是战胜了敌人"。大家知道，战胜只需要实力，而和解不止于此，还需要宽容、远见和令人信服的价值观。和，比战更难。二是他讲，"任何一种世界秩序体系若要持久，必须被视为是正义的，不仅被各国领导人所接受，也被各国公民所接受。它必须反映两个真理：第一，没有自由的秩序即使靠一时的鼓噪得以维持，最终也会制造出反对自己的力量；第二，没有一个维持和平的秩序框架，就不会有自由，即使有也难以长久"。就是说，世界需要有自由的秩序和有秩序的自由。自由与秩序是对立统一的。关键在度的把握。用儒家的话说，中庸之道，不走极端。世界上没有放之四海而皆准的秩序，也没有亘古不变的框框，多元、多极，互相尊重最重要，人民幸福最重要。

统分 □

基辛格讲，大多数文明的历史都是一部帝国兴衰史。而欧洲大陆没有类似的经历。罗马帝国的统治结束后，欧洲秩序的最大特征就是多元化。大多数文明都有天下归一的渴望。欧洲却因分裂而兴盛，并欣然接受了自身的分裂。在这一机制下，每个民族的利益、完整性和自主权均得以保全。秩序源自平衡，自我认同感源自对大一统的抵抗。基辛格这些论述，并非人人都能接受。但有一点，基辛格承认，"欧洲君主只是缺乏把自己的意志强加给他人的实力",不是不想！其实，分裂与统一是一对矛盾。正像所有的矛盾一样，你中有我，我中有你，相持复相依，关键在度的把握。大一统有边界，分裂有限度。不存在孰优孰劣。统、分都存在整体与个体、全部与局部的关系处理问题。利益平衡，内部和谐，社会进步，国民的积极性、创造性能否最大限度地发挥，是衡量体制机制好坏的唯一标准。

利益 □

19世纪英国政治家帕默斯顿说，"我们没有永恒的盟友，也没有永恒的敌人，只有永恒的利益。我们的义务就是维护这些利益（国家利益）"。读了这段话，我很有感触。儒家耻言的利是小利、私利，他们追求的仁是天下利益和长远利益，近似帕默斯顿的想法。但儒家崇尚的忠、义、信等理念，又与帕默斯顿不同，会妨碍外交的灵活性，容易把敌、我看作永恒，忘记国家利益的重要性。

哲学 □

哲学家未必是文学家，但文学家必须是哲学家。曹雪芹写《红楼梦》，中心思想是无常。村上春树写《挪威的森林》，中心思想是无奈。《于勒叔叔》讲势利，《羊脂球》讲伪善。阿Q身上承载着旧时代中国国民的部分劣根性……总之，懂哲学的人，才能搞文学。哲学是世界观、方法论，具有普遍指导意义。不懂哲学的人，看不远、想不透，高度和深度都达不到要求。学哲学、用哲学，才能举重若轻，游刃有余。小说人物有血有肉，还有灵魂。

需要

生于1908年愚人节的马斯洛，是一个非常聪明的人本哲学家，杰出的心理学家。他的新观点据说源于他对"黑脚印第安人"的研究和对初生女儿的观察。他怀疑行为主义看法，关注与生俱来的一些需求。并将人的需要分为五个层次，即生理的需要、安全的需要、归属与爱的需要、尊重的需要和自我实现的需要。指出，只有低层次的需要得到满足或部分得到满足以后，高层次的需要才有可能出现。他提出的高峰体验理论、自我实现理论、无动机理论等，至今仍在帮助人们更好地了解自身、更大地发挥潜能。

人性

如果说弗洛伊德看透了人性病态的一面，那么马斯洛就揭示了人性健康的一面。这两个犹太人对人性的理解真是入木三分。马斯洛告诉我们，完美人格是可以塑造的，抑郁可以克服，潜能存在并且可以挖掘，树立崇高目标很重要很必要，自由地选择生活路线，摆脱虚假的自我，增强自信，创造美好的人生境界，实现自我价值，等等。总之，马斯洛的心理学是积极的、正面的、理性的、健康的，对事业有帮助。要领会，要践行。

存在 ☐

马丁·海德格尔是德国著名存在主义大师。他认为，"存在"是最普遍的概念，但不可定义，它是自明的概念。存在总是某种存在者的存在。据说，他的理论不仅影响此后哲学的发展，其他领域也受益无穷。实事求是地讲，他的理论晦涩难懂，从中受益者当属高人。搜索发现，存在主义核心思想有三点，即存在先于本质；世界是荒谬的，人生是痛苦的；自由选择。它的积极意义在于，肯定人的主观能动性，尊重自我，藐视陈规陋习，崇尚自由，用行为而不是身份评价人。

荣格 ☐

荣格是瑞士著名心理学家。小时候性格特别，古怪而忧郁。一生在研究精神分析，如潜意识、集体无意识等方面见识卓绝。其性格哲学更是享誉世界。他说，性格是人最本质的特征；性格决定命运；性格既具有确定性，也具有可变性。他指出"无意识"的伟大力量。在荣格看来，从外界获得的力量是不会持久的。"无意识"是一种化险为夷、转危为安的能力，一种尽智、合众实现奋斗目标的能力。历史上，体力、特权、资本都充当过力量的源泉，但是，今天，荣格告诉我们，特殊而迷人的性格是力量的最大源泉之一。此外，荣格还谈到，创造情感协调，增强感染力，保持微笑，建立同感，用自信催发潜力，铸造完美个性等的重要性。

罗素 □

　　罗素因为智慧、长寿而被称为"世纪智者"。因为在哲学、文学、数学、历史等多个领域有研究、有建树而被称为"百科全书式"思想家。也曾因婚姻方面问题而被美国地方法院认为在"道德上"无法胜任教授一职，取消教授资格。不过，罗素的道德哲学却很有名。他的一些论述至今仍发人深省。例如，他说，美好的人生是由爱所唤起，并为知识所引导的。道德的实际需要产生于欲望冲突。谨慎是美好人生的一部分。爱之所以比恨好，是因为爱能使人们的欲望变得协调，而非冲突。在两个相爱的人中，成败与共；而在两个相恨的人中，一方的失败是另一方的成功。不论男女，最快乐的人是对金钱不关心的人。如此等等，不一而足。爱因斯坦讲，"阅读罗素的作品时是我一生中最快乐的时光"。

人格 □

　　阿德勒，现代自我心理学之父，人格理论先驱。这位从小身患先天性残疾，决心日后当一名医生的奥地利人，不仅梦想成真，而且声名远播。他的人格哲学揭示了许多道理，例如，他说："生命遭遇最大的困难，以及造成他人最大的伤害的，是那些对人类没有兴趣的个体，就是这类个体导致了人类所有的失败。"他说，灵魂决定人类的心理生命；印象决定理想；社会决定人类可持续能力；自卑及不安全感构成人类的恒常刺激，督促人们想方设法……

解梦 □

　　弗洛伊德，精神分析学派创始人。与马克思、爱因斯坦并称为改变现代思想的三个犹太人。他把人类社会的风俗、习惯、宗教戒律、道德规范等的形成归因于人的性本能的节制，将科学和文学艺术归因于性本能冲动升华，将文明归因于人的性欲的转移。有人将弗洛伊德的面部画成一个赤裸的女性身体，暗示或讽刺他用性解释一切的做法。不过，他提出的许多概念，如本我、自我、超我，压抑、潜意识等，都很有意义。其发现或使用的精神分析方法，包括催眠术、烟囱扫除法（谈话治疗）、精神集中法、自由联想法等，也有助于精神病人的治疗。他把梦解析为一种有效的精神现象即愿望的实现，与象征法不同，其解梦法更接近密码法。他将梦分解成片段，看成复合物而非整体。他说，梦的材料遵循"琐事原则"，经过移植作用后产生一种梦的改装现象，虽然让解释更困难、更复杂，但梦的实质并未因此改变。

尼采 □

　　尼采，德国哲学家、诗人、作家。他将哲学的深邃、诗歌的浪漫、音乐的震撼、心理学的精细和语言学的广博融为一体，自成一家。他的自我哲学，特别是某些名言警句，发人深省。例如："心中充满嫉妒的人就像蝎子一样，最后只会将毒刺转向自己。""高处并不可怕，可怕的是陡峭的斜坡！（两重意志）""既然不幸降临身上，何妨视作幸福享受。""容忍虚荣、容忍高傲。""出人头地是在别人的灵魂上打下自己的印记，改变他们的面貌，并按自己心爱的意志统治别人。"他关于意图与意志，关于自我独立的论述相当深刻，"当他信上帝时，他并不相信他信上帝；当他不信上帝时，他也不相信他不信上帝"。人人都是一座活火山，都有爆发的时候。

职位

统帅，军中至尊也。然而，华盛顿无意谋求，相反，"I have used every effort in my power to avoid it"。他致信妻子说。为什么呢？两个原因，一是不愿意与家人分离，认为乐莫大于天伦之乐；二是自觉难以信任，"a trust toogreat for my capacity"。可是，既然被委以重任是命中注定的事，他继续写道，"我只求接受这一重任是为了实现some good purpose"。看到了吧：一个有理想、有信念的人，一个光明磊落、大公无私的人是这样看待职位和职权的。他不会低三下四去乞求，不会不择手段去谋求。他看到的是责任，而不是权力和享受，所以，他也不会恋栈不退，好像非他不可。

家教

约翰·亚当斯是美国历史上第二任总统，他的儿子约翰·昆西·亚当斯是第六任美国总统。儿子如此优秀，除了自身素质和努力等关键因素外，母亲的智慧和父亲的教育也是分不开的。1774年8月28日，约翰·亚当斯给妻子（妇女权利坚定捍卫者）回信说，孩子们的教育问题始终让他放心不下：

The education of our children is never out of my mind. Train them to virtue, habituate them to industry, activity, and spirit.

让孩子们将每一种缺点都视为耻辱和懦弱；鼓励他们胸怀大志，成为栋梁之材；把他们的雄心壮志建立在伟大、坚定的目标之上，而不要去在意那些琐碎、毫无价值的事情。让他们把礼貌、优雅和诚实时刻铭记在心。

古人说，子不教，父之过。看得出老亚当斯不想有这种过错，而且，教育很成功，效果很明显，儿子很优秀。

可怜天下父母心！谁不指望自己的孩子像圣人一样完美，像伟人一样高大，像君子一样做人？然而，据我观察，大多数父母不能如愿以偿。外界教育提醒固然重要，当事人自觉自警自励更重要。外因是变化的条件，内因是变化的根据，同样适用于人的教育。所以，在肯定老亚当斯的言传身教时，仍不能否定小亚当斯自身的决定性作用。

意志 □

叔本华，德国著名哲学家，唯意志主义哲学及生命哲学流派创始人。他认为，世界的本质是意志，事物是意志的现象或表象。意志是万物的基础，它单一、玄奥、超越时空，无原因、无目的，不可改变。意志是人的本性。他的人生哲学开创了一个时代，影响极其深远。他极自信，1819年，其著作《作为意志和表象的世界》出版，但无人问津。他说：如果不是我配不上这个时代，那就是这个时代配不上我。他把意志在追求目的时受到阻碍称为痛苦，把意志达到目的的状况称为幸福。所以痛苦是经常的，幸福是暂时的。追求无止境，痛苦成了人生的本质。明白这一点后，剩下来就是如何看待痛苦。你可以苦中作乐，也可以身在福中不知福。性格好、心态好、身体健康、睿智聪明的人是幸福的。

辩证 □

世界上没有绝对无用的人，也没有毫无价值的事。一些看上去荒唐的事，坏透的人，也可能产生积极的、正面的效果。例如，炼金术看上去很荒唐，却促成了现代化学的建立；第二次世界大战很残酷，却促成了联合国及其安理会的诞生。同样，"好心办坏事"也是有的。乌托邦、太阳城、理想国、空想社会主义……作者都出于好心，相信大家能同甘共苦，大公无私，互助互爱。可是，实践证明，行不通，温饱都成问题。事与愿违，莫此为甚。可见，好中有坏，坏中有好。祸兮福之所倚，福兮祸之所伏，这就是辩证法。

哲学 □

黑格尔这个名字，对共产党人来说，如雷贯耳。因为他的哲学是马克思辩证法的来源，正像费尔巴哈的哲学是马克思唯物主义的来源一样。他的"绝对精神"类似老、庄的"道"，程、朱的"理"，是世界本源和本质，是一般规律，是普遍原理。他的辩证法，是方法论，是认识世界和驾驭事物的根本方法，包括对立统一、量变质变、否定之否定三大规律。他指出，哲学的最高目的是提高人的地位，时代的最好标志是人值得尊重；独尊或独裁，不是理想社会应有的现象。

康德 □

康德，哲学界的哥白尼，曾被禁止在讲课和著述中谈论宗教问题，也曾因宗教观点被国王训斥。他的"三大批判"震惊世界，有人将他与柏拉图、奥古斯汀并称为"永不休止的哲学奠基人"。他在纯粹理性批判过程中，提出感性、直观、经验，空间与时间，现象与物自体，判断力，理性、知性、理念、经验等概念，他既要避免独断论，又要避免怀疑论。"先验矛盾"是康德辩证法最重要的一部分，即时空是否有限，有无单纯的事物，非因果的自由存在与否，绝对必然的存在是否真有。换句话说，康德认为时空无限，世界一体，上帝不存在，自然规律。他的伦理学不乏真知灼见。例如，德行和幸福构成"至善"；人是目的，"决不只当作工具"，道德律令具有先验性、义务性、形式性、自律性；是否服从道德律令，是判断善恶的根本遵循；理性给自己立法就是人的自由；等等。

性格 □

要说性格，中西方人还真有点区别。中国人更含蓄，西方人更直白。"我爱你"这句话，中国人很难说出口，尤其在大庭广众下。西方人不一样，"我爱你"像日常用语。一些书信，更是大胆。例如，爱伦·坡在致惠特曼夫人的信中写道："when I spoke to you of what I felt, saying that I loved now for the first time, I didn't hope you would believe or even understand me." 再如，里根在致南希的信中写道："I more than love you, I am not whole without you. You are life itself to me." 我的看法，国民性格的形成，与文化背景和氛围密不可分。民族越古老，历史越悠久，民族性格就越固执、含蓄，因而也就越带有惯性和惰性。

卢梭 □

卢梭，法国著名启蒙思想家，大革命思想先驱。他认为，一切权利属于人民，政府和官员是由人民委任的，人民有权委任他们，也有权撤换他们，直至消灭奴役和压迫人民的统治者。他从根本上否定贵族统治，坚信人生而自由、平等。"我宁愿要动荡的自由，也不要平静的奴役。"他的平等，并非财富和权力上的绝对平等，贫贱与富贵的差距，不至于人身转让即可。他的民主哲学影响极其深远。他说，即使是最强者，也绝不会强大到永远做主人，除非他们能够将他们的强力化为权利，将服从化为义务。指出政体源于社会契约，订约者统称为"人民"，单称为"公民"，而作为法律的服从者，称为"国民"或"臣民"。他说，仅拥有欲望的冲动，是奴隶状态，唯有服从人们自己为自己所规定的法律，才是自由。又说，制度是对其有利的人发明的，而不是对其有害的人发明的，所以，监督制约很重要。卢梭是300年前的人，其思想之深刻、论证之严密，观点之先进、结论之大胆、内心之真实，当代人也难言其过时。

高贵 □

莫扎特曾写道:"使人高贵的是心灵。"唉,谁信呢!王公贵族?他们只相信等级。富商大贾?他们只相信金钱。普通老百姓?他们只相信弱肉强食。莫扎特长期忍受着贵族们的傲慢无礼。一次,一个为大主教服务的伯爵甚至一脚踢在莫扎特的背后,竟将他踢出了门。在那个新旧更替的时代,在那个正在接受启蒙的地方,没有权势、没有财富,要得到尊重是很困难的。即使进入现代社会,唯才是举,礼贤下士,也不是顺理成章、自然而然的社会现象。尽管如此,一个善良的人,一个高尚的人,一个相信自由和平等观念的人,一定会赞同莫扎特的观点。历史也终将证明,使人高贵的是心灵,而不是其他外在的、一时的东西。

成功 □

一个人要成功,除了天赋,还需要勤奋和品质。经商、从政如此,科学研究亦如此。以牛顿为例。他很勤奋,称:"天才就是长期劳动的结果。"也很有耐心和恒心,说:"天才就是思想的耐心。""胜利者往往是从坚持最后五分钟的时间中得来成功。""一个人如果做事没有恒心,他是任何事也做不成的。"他善于总结、提升,认为:"我之所以比别人望得远些,是因为站在巨人的肩上。"敢于猜测,不怕失败。"没有大胆的猜测就做不出伟大的发现。""跌倒了,爬起来,这就是成功。"不过,他对神学别出心裁的研究,用数学公式破译《圣经》密码,计算世界末日为2060年,让人啼笑皆非。

真假 ☐

善恶与真假不同。绝大多数人关注的是善恶，不是真假，并且，以个人的感觉和利益作为善恶判断的依据。感觉良好或于己有利谓之善，反之为恶。所以，本质上，这是一种自私的道德观。历史上，只有那些大公无私的人，以真假为善恶，痛恨虚伪，追求真理。他们是卢梭、李贽、马克思、毛泽东、鲁迅……

拒贿 ☐

《贼和看家狗》是伊索写的一则寓言："一个宁静的夜晚，一个贼悄悄地溜入一户人家的院子，为了防止狗吠叫醒主人和追咬自己，贼特意随身带了几块肉。当他把肉给狗吃的时候，狗说：'你若想这样来堵住我的嘴，那就大错特错了。你这样无缘无故、突如其来地送给我肉，一定是别有用心，不怀好意的，肯定是为了你自己的利益想伤害我的主人。'"《小偷和狗》是伊索的另一则寓言故事："有只狗从小偷身边走过，小偷连忙将面包分成小块，不停地扔给它吃，狗却对小偷说：'喂，伙计，快滚开些！我非常害怕你这般好意。'"第一则寓言是说忠心的狗不受肉的贿赂，每个人都应忠于职守，抵制诱惑；第二则是说那些送厚礼的人必另有所图。可见，伊索笔下的这两只狗是充满智慧的狗，明辨是非的狗，由此及彼、透过现象看本质的狗。总有个别公职人员，为了蝇头小利，置国家资产于危险境地，甚至造成损失。这样的人，无论品德、智慧，都赶不上伊索笔下的狗。他们应该向伊索笔下的狗学习。

身份 □

当代西方学者提出"身份政治"（identity politics）这一概念，用以描述为实现某种身份在法律、政治以及宪法方面的承认和接纳而展开的一系列活动。例如，同性恋、移民、妇女、原住民等。我的理解不尽相同，我把身份分为自然身份和社会身份。前者虽有差别，但不构成绝对歧视和不平等；后者属人为，并且建立在权力与利益实质性不平等基础上。因此，自然身份政治活动容易获得理解，其政治目标容易实现。社会身份政治活动则复杂得多，涉及名誉、地位和金钱，和平争取不能实现的目标，往往诉诸武力。身份政治的内在矛盾：无身份难以合众，有身份难以安众。政治离不开"正名"。人生即争取"高贵身份""平等身份"的过程。

绿色 □

城市化、工业化带来污染和环境破坏的同时，也催生了"绿色政治"：绿党、地球日、地球优先、绿色和平组织……绿色政治理论的基本主张，包括，自然界和人类正面临危机，危机在很大程度上是人类自身造成的，"人类至上主义""人类中心主义"是其思想根源。对此我们必须予以批评和揭露，树立生态理念，即以生态为中心的价值观，相信人类与其他物种都是生物共同体的平等成员，所有生物都渴望拥有一个舒适的栖息地；维护"代际正义"（intergenerational justice），反对"社会折现"和短期成本收益分析法，反对赋予那些不参与市场交易的产品以所谓"影子价格"（shadow price）。总之，"保护地球母亲，毫不妥协！"

功利 □

功利主义以能够给相关者带来最大幸福为行为主旨，"福利国家本身就是功利主义的一项尝试"（Annan，1991）。有人说，民主政府遵循的是功利主义原则。有人说，无限制的功利主义会为某些可恶的政策张目。理由是，如果只是通过权衡总的得与失来评价政策好坏，那么，践踏某些个人和群体基本权利是可能的。事实上，每一个个体都应得到公正对待，不容被践踏，即便这种行径能够为他人带来福利。其次，只要能为整体带来最佳结果就什么都可以做的功利主义，没有为做什么设定不可逾越的法律和道理界限。助长了某种形式的犬儒主义，即国家的一切行动都不能在道德上被视为不可容忍的，因为国家总能为自己所做的一切找到效果论的理由。所以，大部分政治理论家认为，非功利原则，如自由、平等、个人权利等，应该对政府在追求整体幸福过程中所作所为施加一定限制。

保守 □

保守主义与进步主义相对。不愿夸大理性功能，不愿高估人类创造能力。"人不是造物主，而是造物；他不是陶工，而是黏土。因此，人要适应于宇宙万物，而非宇宙万物适应人。要求宇宙万物适应人是对事

物自然秩序的误解。"（East，1988）

休谟 □

休谟，英国哲学家、史学家、经济学家，不可知论奠基人。27岁出版《人性论》，殚精竭虑近乎精神错乱。他应用实验推理方法剖析人性，认为在人性中，自爱和仁爱同时存在。他发现，一个人不可能做到同时骄傲和谦卑。他说，谦卑使人高兴，骄傲使人受辱；勇敢能保卫自身，怯懦易受人攻击；正义维系社会，邪恶加速沉沦；健康使人愉快，疾患使人痛苦；美名令人高兴，丑名令人厌恶。他的不可知论遐迩闻名，告诫我们，对感觉之外的任何存在都应该持怀疑态度，对外部世界的客观规律性和因果必然性持否定态度。"让我们看清人类虚伪的本质吧！"

思想 □

帕斯卡尔，17世纪法国牛人，神童、天才、博学之士。可惜39岁英年早逝。他说，人是一根能思想的芦苇。"我们全部的尊严就在于思想。"他的许多观点发人深省。如：评判人要出自真诚；变化无常、无聊、不安是人的基本状况；人是虚无（始）与无限（终）之间的一个中项；一切过度的品质都是我们的敌人；不要寻找确定性和稳定性；万事万物既是因又是果；人是自然界最奇妙的产物；人之不幸源于不甘寂寞，折腾源于自身连续不断的不幸感；幸福在于静处和受人尊敬；人的双重本质导致情绪剧烈变化。细细品味吧！我们会活得更明白。

人论 □

帕斯卡尔是位了不起的科学家：第一台计算机发明者，概率论创始人之一，最早通过气压变化预测天气……也是一位深刻的哲学家，他的《沉思录》影响巨大。在他看来，人类自以为（想象）能控制自然，其实人类是自然的产物并且受自然控制，他对自身不了解，遑论世界本源（虚无）与终极（无限）；人类非常脆弱，终有一死，细想竟无以慰藉；平静的生活才是幸福生活；习俗是正义的本质；人人都在追求个人幸福：权威、好奇心、肉欲，甚至自杀，唯有理性的思想以普遍的美好（内心自由）为追求对象；人的伟大在于意识、思想，在于悲悯，乃至贪婪、伪善；人具有双重本质、本能（两个灵魂），包括伟大与悲哀、肉体与精神、折腾与安宁等。帕斯卡尔说："我要同等地谴责那些下定决心赞美人类的人，也谴责那些下定决心谴责人类的人，还要谴责那些下定决心自寻其乐的人；我只能赞许那些一面哭泣一面追求着的人"，只有这样的人看到人的双重性。

怀疑 □

笛卡儿，法国著名科学家、哲学家，近代科学始祖。他提出的"普遍怀疑"并非否认一切，而是对已有知识进行审视，去伪存真，不要轻信，更不要迷信，防止偏见，寻求真理。他认为，直观和演绎是获取知识的唯一方法，包括怀疑、分解、由简入繁、核查。他的哲学基石是"我思，故我在"，换句话说，"我唯独不能怀疑的就是我自己的存在"，从而肯定了自我、理性，从盲目和迷信中解放，确立了精神性主体"人"的地位。也由此，笛卡儿得出了物质与精神、身体与心灵"二元论"。身体可分割，心灵、灵魂不可分割，二者各自独立，有时还对立。由此，他相信形灭神不灭，灵魂不死，上帝存在！当然，他也知道形神统一，并且指出，大脑中的"松果腺"就是二者沟通的纽带和平台，是灵魂的居所。疼痛、饥饿等感觉是二者相统一的最好证明。他说，外在活力和内在激情永远是同一个东西，包括惊讶（意外、惊愕）、爱（物欲、仁慈）憎、渴望、喜忧。不能不承认，400年过去了，笛卡儿还在提醒我们，盲从意味着脑死，盲从者无异于植物人和行尸走肉。

诚实 □

　　培根，英国著名哲学家、科学家、教育家。一生追求知识，也追求权力，其人生哲学影响至为深远。他第一个提出："知识就是力量。"他的仕途告诉我们，谁都可以得罪，唯独国王不能得罪；管不住自己，就防不住政敌。关于真理，他说，迷恋虚假和探寻真理都是人的天性。对于真诚的人来说，没有比虚伪和背信弃义者更可耻、更可恨。真假混杂，恰如合金，效果更好但成色更低。关于掩饰，他说，那是胆怯的策略。视力不好的人走路却很稳当。沉默、放烟幕、故意发布假消息是自我掩饰的三种手段。迷惑对手、从容退却、诱探内心是其好处；而被揭穿、失去伙伴、毁掉信任是其后果。关于嫉妒，他说，源于类比。《圣经》名曰"魔鬼之眼"，占星家称之为"灾星"。治愈嫉妒靠同情心。关于爱情，培根说，爱情是愚蠢的儿子。所有伟大和尊贵的人物，没有一个会因为爱情诱惑变得昏庸。没有事业，得不到广泛、持久的尊重。所以，人们追求权力一点也不奇怪。

正义 ☐

孟子说，尽信书，则不如无书。书山有路，学海无涯。鱼目混珠，良莠不齐，读者需甄别、扬弃。有些书如毒草一般，误人子弟，祸害子孙，要铲除。有些书，观点是对的，但践行它要付出代价，甚至献出生命。例如，仁，是《论语》的核心理念，是儒生的毕生追求。杀身以成仁，在儒生看来是值得称颂的。同样，消灭奴隶制，解放黑奴的言行，完全符合基督教教义，"Remember them that are in bonds as bound with them"。然而，John Brown（1800—1859）却为此牺牲了三个儿子，自己也被判处绞刑。判决宣布日，他说，I endeavored to act up to that instruction. I say I am yet too young to understand that God is any respecter of persons。但他至死不渝，坚持伸张正义，为消灭罪恶的奴隶制，不惜流血。

无私 ☐

苏东坡说，高处不胜寒。培根说，身居权位，必须承担高风险。"位高易倾，轻则官场失意，重则身败名裂。"自古以来，宦海浮沉，天路幽险。但见青云直上，谁知苦海无边。升迁不择手段，卑劣唯有自知。快乐源自传闻，不幸无人相信。与苏、培不同，我的体会是：执政为民，宠辱不惊；大公无私，高低俱荣。

培根 □

　　培根是一个特别善于观察、思考、总结的人生哲学家，诚实老练，深刻细致。他的许多观点对我们有启发。如：天性与职业相适应的人是幸福的。那种否定别人的一切，认为只有自己才是独一无二的野心家，是社会的毒瘤。选贤任能就是把将责任看得比权位更重要的人选出来用起来。财富好比德行的累赘，过多的财富毫无意义，应当取之有道、用之有度、施之有乐。谈话聊天时，要注意给别人留发言机会，要少说自己，少说伤人的话，慎言私事。透支身体是一笔到老要偿还的债务。仁慈善良是人类最伟大的精神和品格，但不能因为过分善良而变成废物。狡猾是一种邪恶、畸形的智慧，永远不要耍小聪明。老实做人，踏实做事。

自由 □

　　自由是个好东西，但绝不是肆无忌惮，为所欲为。言论自由不等于胡说八道，出版自由不等于瞎编滥造。看看英国律师、法官T.Erskine 1792年是怎么说的吧:Every man, not intending to mislead, but seeking to enlighten others with what his own reason and conscience, however erroneously, have dictated to him as truth, may address himself to the universal reason of a whole nation. 就是说，只要基于良知，符合理性，对国家有

益，是公民就都可以发表、传播自己的看法、意见，也可以批评政府。相反，言不由衷，欺世盗名，煽风点火，无法无天，或者，"如果他虽因对政府或其中的腐败现象真心憎恶而诽谤现职官员"，等等，he is then a criminal。

蒙田 □

蒙田是16世纪法国伟大的人文主义者。崇尚自由，赞美静谧与闲暇，向往优游恬适的生活。他说，人有思想，是以异于禽兽，亦常起争议，产生矛盾，乃至战争。人皆自以为是，错怪他人。其实，人类追求真理，结果只是证明自己的无知。他告诫我们，少说"我懂得"，多问"我懂得什么呢"。不过，怀疑归怀疑，蒙田并不否定一切。在他看来，生活是真实的，应当尽量享受，而自由、恬静是前提。不要让习惯、偏见等束缚思想，不要让贪婪、吝啬等扰乱心境。蒙田的思想影响巨大，褒多贬少，与现代人没有距离感。

经验 □

在求知的过程中，经验和理性都很重要。历史使人聪明，蒙田说，但经验主义有问题。经验是一种比较愚钝的方法，来得也简单。事情永远不可能相同，所以，从经验中得出的东西永远有缺陷。蒙田没有明说，但实际上，他已告诉我们，要实事求是，具体情况具体分析。

狂妄 □

蒙田说，狂妄自大的人只相信自己。狂妄是纪律和真理的大敌，固执是缺乏智慧的表现。人应当谦虚，表达主张时要冷静而有节制。我体会，一个人狂妄，祸害的是他自己；一个地方的一把手狂妄，祸害的就不只是他自己，而是一个地方。权力和职位具有放大效应，因此，选贤任能极其必要，能上能下极其必要，民主决策极其必要。

感悟 □

读蒙田随笔，受益匪浅。下面是我的一些心得体会：友谊的长度取决于友谊的纯度，因此，俗世不会有一个朋友，遇见朋友的影子就算幸福了。人生一世，难事不少，而有条不紊、持之以恒最难。摇摆不定是一种懦弱和缺乏主见的行为，一心为公，何不直行？可以在浑水中游走，不可以在浑水中摸鱼。幸福是一种主观感受，对自己满意的人才会高兴。死，是一个伟大而深刻的哲学命题，但大多数活着的人对此缺乏兴趣。你身上有的弱点、缺点，别人也有，大可不必自暴自弃。人性是凡人的导师，超越人性是圣人的追求。强者报仇雪恨，智者化干戈为玉帛。

爱经 □

奥维德，古罗马诗人，爱情艺术导师，公元前2年写出《爱经》。这位不顾父亲反对，坚持弃官从文，在首都罗马用诗歌打动女人的才子，因对抗《茹丽亚法令》（包括《婚姻法》《惩治淫乱法》等），参与"淫乱"活动，写作"淫秽"诗篇，被判流刑并忧郁而终。在他看来，爱情不只是一种感情，也是一门艺术。它需要用心灵的甘泉去浇灌，用生命的激情去燃烧。真正的爱情，是生命的一次震撼，是彼此的呵护与关爱，是焦虑的等待、热切的期盼，它大得可以容纳世界、小得容不下半点猜疑。如何获得爱情？奥维德说，定位、细心、寄情、承诺、示爱以及赞美。如何保持爱情？他提醒说，温柔的情话是爱情的食粮；精于细节；创造彼此的"共鸣区域"，与她保持一致；及时表达欣赏；还有浪漫、关心和体贴等。以上都是讲给男人听的。《爱经》第三卷，爱情的良方，是开给女人的。包括，着装跟随季节变，发型配脸型，装饰靠笑容，美丽源于底蕴，眼泪是武器，撒娇增韵味。奥维德真是亘古情种，看看他教男人怎么说话："今生……如果……不能拥有你，我会……好恨自己！"再看看他怎样教女人撒娇：明明约会迟到，却说："是你害我迟到啦，每次见你，人家就不知道穿什么衣服，犹豫不决，所以才耽误时间了嘛！"

真理 □

苏格拉底被称为"西方的孔子"，孔子逝世后十年，他出生。孔子说，知之为知之，不知为不知，是知也。强调诚实，不懂就不懂，不要装懂。神说，苏格拉底是全雅典最聪明的人。苏怀疑，遍访名士，失望，究其原因，苏说，至少他是一个明白自己"无知"的人，而其他人不明白。他常常找人聊，用反问的方式，弄得很多人迷惘、困惑，乃至不安和愤怒。苏回应说："我也一样无知和困惑啊！"生命的意义就是自我检讨与反省，就是追求真理。只有真理，而不是神或人，是万物的尺度；只有不断寻求真理，按真理约束自己，才是正确的道路。然而，据我观察，追求真理，不仅要智慧，还要勇气。就是说，在权威与利益面前，敢于说真话。从这一点上说，孔、苏的想法是一致的。

求真 □

何谓"德"？不同的人有不同的解释。苏格拉底认为，美德即知识，无知即罪恶。这里的"恶"指欺骗。他提出"无人自愿为恶"，即无人故意欺骗自己。知识与善统一，善与恶对立，知识与无知对立，所以，知识是真的，只有意见才分真假，知识即真理。在中国古代，多数人讲善恶，只有少数几个异端讲真假。显然，苏格拉底将善恶与真假有机统一起来，将追求和维护真理看作最大的善、最好的德行。由此，我们不难理解，为什么他后来会用自己的生命去维护真理和正义？为什么他不选择潜逃或赎罪？为什么他不肯向邪恶（极端民主政府指控他不信雅典的神，蛊惑青年，因此判处他死刑）屈服而苟且偷生？

空想 □

　　几乎与孔孟同时代，古希腊出了苏格拉底、柏拉图、亚里士多德。他们分别奠定了东西方文化的基本格局，确定了东西方文化的基本方向。苏、柏、亚三人系师承关系，其中，柏拉图（体育老师见他体魄强健，前额宽阔，故名）承上启下，博大精深。他的精神哲学最有名的有两点：一是所谓"柏拉图式恋爱"，即心灵与心灵之间的渴望与思慕，剔除肉体交流成分。二是所谓理想国，即史上最早的乌托邦。在这个国度，"居民各行其是"，做自己的工作而不干涉别人的工作。教育由两部分组成，音乐（文化）和体育（理想国无须医生），目的是使臣民成为符合"正义"原则的人，他们知道"奴役"比"死亡"更令人难以接受。在这个国度，财富和野心、梦想、情感等个人事物无处可寻。实行公有制，乃至婚姻也不例外。公民不得拥有金银，铁钱官铸。但每个公民又法定耕种一块地，个人财富积累不得超过土地自然收获四倍，超过部分充公。个人需要完全服从城邦需要。柏拉图的矛盾在于，他想在私有制基础上建立公有制城邦；在四大阶级不平等的基础上实行全民大会统治。总之，他看到了人性的弱点，却天真地认为可以封杀。

博学 □

　　亚里士多德，古希腊哲学集大成者，马克思和恩格斯称其为"古代最伟大的思想家""最博学的人"。亚历山大大帝做过他的学生。他创立了形式逻辑学，提出了著名的三段论。在伦理学方面，他强调"黄金比例"，即不走极端，追求平衡，类似儒家的中庸之道。在天文学方面，他认为运行的天体是物质的实体，地球是球形的，同时，错误地认为地球是宇宙的中心。在牛顿经典力学建立之前，亚氏物理学一直占据西方物理学权威地位。此外，在生物学、数学、教育学等方面，他都有建树。亚里士多德指出，唯有思维才是真理，才是世界的本原。禽兽无理性沉思，所以禽兽无所谓幸福。考虑、策划是达到目的的手段。道德形成于习惯。快乐最适合人类的天赋，幸福是人生的目的。但只有品质好的人才能享受好品质的快乐，坏人只会幸灾乐祸。幸福是自足、自然、勤劳、思辨、智慧、听从内心。这些距今2000多年的思考，对当代人仍有启示，足见思想的力量和不朽。

启示 □

　　书很多，有的还很厚，但真正能给你的启示，一两句话即可概括。如房龙的《宽容》告诉我们，被统治的人才要求宽容、民主，一旦占据统治地位，情况就完全变了。罗曼·罗兰的《约翰·克利斯朵夫》告诉我们，音乐就是想象与共鸣。斯宾塞·约翰逊的《谁动了我的奶酪》告诉我们，猜疑、抱怨、愤怒都是无用的、有害的，唯有行动改变命运。佩雷菲特的《停滞的帝国》告诉我们，闭关锁国、夜郎自大的人有多么愚昧、荒唐和心虚。

莫尔 □

1516年，英国人托马斯·莫尔出版《乌托邦》（*Utopia*），成为空想社会主义第一人。古今中外，总有那么一些人，像莫尔一样，善于思考，敢于批判，秉承人类的基本良知，追求至善。他们也许天真幼稚，但绝对真诚良善。他们是人类的希望！

成见 □

心里有了成见和偏见，耳边才会有所谓的奇谈怪论。例如，拉斐尔谈到君王和朝臣时说，"这些人就像一潭污水，与之为伍绝没有什么好结果"。我相信，官迷和趋炎附势的人听了，是不会相信的。拉斐尔还说："上天的路在哪儿都一样。""别为你的棺材盖发愁，还有老天呢！"我相信，安土重迁的人听了，一定会感到奇怪。所以，当《乌托邦》作者莫尔与人相聚，提到许多观点和建议时，在场的人不是刁难他，就是对他相当冷漠。这些人早已沦为成见和偏见的奴隶。特别是，当莫尔讲私有制是一切罪恶之源时，能有多少人信呢？

良知 □

在中国共产党成立的那年，爱因斯坦获得诺贝尔物理学奖。他热爱科学，同时也关心人类，关注社会。1939年，他致信罗斯福总统，指出The element uranium may be turned into a new and important source of energy in the immediate future，很有可能用作炸弹制造。为此，他建议总统提高警觉性，让相关部门即刻采取行动。罗斯福经过通盘考虑，预算4亿美元，启动"曼哈顿工程"，研制原子弹，并在1945年8月空投日本，结束第二次世界大战。向爱因斯坦学习，做一个有良知和正义感的科学家。

诗歌

1837年，罗伯特·骚塞回复夏洛蒂·勃朗特（《简·爱》作者），谈及诗歌、文学创作，强调原创，追求纯洁，避免功利主义，突出其作为精神产品的精神功能：

Write poetry for it own sake; not in a spirit of emulation, and not with a view to celebrity; the less you aim at that the more likely you will be to deserve and finally to obtain it. So written, it's wholesome both for the heart and soul.

继宗教之后，诗歌极有可能成为安抚心灵，并使之得以升华的最有效的工具。在诗中，你可将自己思想之精华和最理智的情感尽情展现，并使它们在创作中得以升华。

事实上，文学、诗歌，作为意识形态一部分，一种表现形式，离不开社会存在，它必然具有时代性、地域特点和阶级、阶层烙印并为之鼓与呼。

理想 □

理想主义者往往也是现实主义者。他们看到了现实，看到了不公。他们的特点是，直言不讳，不愿意向现实屈服。他们比现实主义者更了解现实，他们的伟大之处在于其过人的勇气和崇高的志向，即改变现实、追求真理的勇气和志向。或许很艰难，甚至失败，但他们从不气馁。他们是人类社会的良知。莫尔、欧文、马克思、列宁、谭嗣同、毛泽东等等，都是这样的人。

定律 □

银行学定律都是有条件的、暂定的。法国人皮埃尔·迪昂在其著作《物理学理论的目的与结构》中指出："每一个物理学定律都是暂定的，因为它是符号的……实在将或早或晚地以事实的严厉反驳对准物理学阐述的任何定律，而不屈不挠的物理学将润色、修正和复杂化被反驳的定律，以便用更综合的定律代替它，在这个综合的定律中，实验引起的例外本身将找到它的发展。"（李醒民译，1998年）简单地说，定律只能无限地接近事实，定律都是有约束条件的，与新发现的定律相比，前面的定律总像是特例，相对简单的定律。在定律不断接近事实的过程中，人们可能会想起庄子的话："吾生也有涯，而知也无涯。"不过不会像庄子那样悲观，认为"以有涯随无涯，殆已"，而是不断探索，无限接近真理或真相。氧气压缩与膨胀定律是这样，万有引力是这样，经济金融定律也是这样。例如，"劣币驱逐良币"这一法则中的"劣"和"良"，原指同一铸币流通年代金属或币材的重量和成色，并不适用纸币、电子货币、数字货币。但如果放到多种货币同时流通和结算，比如国际货币体系观察，放到国际储备选择，并且良、劣以价值是否稳定、便利判断，那么劣币驱逐良币仍然是适应的，并没有过时和被否定。人们储备的留在手中的一定是相对稳定的货币，而首先支付出去的一定是币值相对不稳定的货币。

家书 □

　　P.D.S.切斯特菲尔德《致儿家书》是18世纪英国贵族家庭必读书。"子不教，父之过"，作为父亲，切斯特菲尔德是完全称职的。他在信中表达了成千上万父亲的心声和期盼。他写道："Whatever you do, will always affect me, very sensibly, one way or another." 父之于子，情不自禁。他告诫儿子，要为人谦恭、有素养。既可以把他人的称赞当作一种奖赏，也可以当作继续前进的动力。怯懦和粗俗都是要不得的。要拥有个人魅力、善于交际、举止端庄、言辞恰当。他说，这些"远比人们想象的重要""德行与学识就像金子一样，内在价值是无穷的。如果不经过磨炼，它们自然会失去光泽；事实上，哪怕是一块铜，经过打磨后，都要比未经过抛光的金子更受人欢迎。"总之，他告诉他的儿子美德的重要性和磨炼的必要性。对此，我深表赞同。我要补充的是，品行必须在人际交往中磨，在社会实践中炼。吃一堑，长一智，要有悟性，绝对不能自我合理化，总是怪别人，不反思自己。

至爱 □

对于不同处境的人，"爱情"的定义是不一样的。我的母亲曾说，"嫁汉嫁汉，穿衣吃饭"。贫穷的年代，可不是吗？然而，对诗人雪莱来说，爱是第六感觉（SixthSense），是象征着美德（《友谊地久天长》歌词作者彭斯也曾说，一种至死不渝的爱即便称不上美德，至少也非常接近美德了）、神圣和无私的精神，是一种只想为对方无私地付出的无形力量和情感。对文学家托尔斯泰来说，爱是世间最美丽、最纯洁的情感，"一个人也许在一个小时里就能够爱上另一个人的美，而放弃这份爱也仅需要一个小时而已；但两个人若灵魂相惜，才是真正懂得了爱的真谛"。对思想家马克思来说，爱是一种"使人成为真正意义上的人"的情感。对女演员朱丽叶·德鲁埃（雨果的情人，一生给雨果写过一万八千封情书）来说，爱好比自己的生命和灵魂，爱是深沉、纯洁而又专一的，爱是一种愿望，即不惜用生命去换得对方及其身边人的幸福，爱超越凡间的一切，"我不想强求，或委屈你，我只想永远地爱着你"。对政治家、军事家拿破仑来说，爱是一种牵挂、一种回味、一种信任和"百万个炽热的（Fervent）吻"。

环境 □

1856年6月21日，马克思致信夫人燕妮，信中说，"虚伪和空虚的世界对人的看法也是虚假和表面化的……但那些坏蛋（Scoundrels）都是蠢货（Stupid），并且永远都是蠢货"。对此，我想起孟子关于天时地利人和的论述。一个人的成功，固然离不开个人的努力，但外部环境也很重要。一个庸俗的社会，它会用庸俗的标准来评价人；一个自私的圈子，它会用利己程度来选择人。坏人本质上是蠢人，愚者理解不了智者。"物以类聚，人以群分"是有道理的。

科学

达尔文的进化论发表后，T.H.Huxley（赫胥黎）在许多权威学者的反对声中为其辩护。其中两点，我感触很深。一是他说，无知与偏见是科学的死对头。I have said that the man of science is the sworn interpreter of nature in the high court of reason. But of what avail is his honest speech, if ignorance is the assessor of the judge and prejudice the foreman of the jury? 二是他说，知识高于威严，自由讨论是真理和国家真正统一的生命。Despotism and demagogy are not the necessary alternatives of government; that freedom and order are not incompatible; that reference is the handmaid of knowledge; that free discussion is the life of truth, and of true unity in a nation. 赫胥黎的话，放在今天，仍是至理名言。需要补充说明的是，除了无知与偏见，自私与贪婪也是社会科学的死对头。当知识和真理不利于统治阶级利益和权威时，专政和抑制仍然是他们的第一选择，哪怕最终失败。

动荡 □

确定性是衡量一个社会是否文明、成熟、和谐的重要指标之一。2016年6月，英国公投结果退出欧盟，一时议论纷纷。原因之一，就是此事增加了欧洲和世界的不确定性。法国前总统Hollande说，没有比不确定（uncertainty）更糟糕的事，不确定会引发政治和金融市场行为非理性（irrational）。所以，这位耿直、率真的法国大佬毫不客气地告诉伦敦，赶快走，别浪费时间！

沟通 □

人类进化到今天，应该说，比历史上任何时候都富裕、强大、自由，群居规模之大之杂前所未有。但与此同时，冷漠、隔阂、恐惧……与日俱增。出现这种情况的原因很多，我认为，自以为是、唯我独尊的西式傲慢最根本。人类是物质的生理的，更是精神的思想的，需要沟通，必须沟通。每个人、每个派别都自以为是，轻视对方，蔑视对手，不倾听别人的诉求，不尊重别人的选择，是一定要出乱子的。轻则谩骂，重则杀戮。例如，恐怖主义（Terrorism），可恶可憎，一点不值得同情。反恐（Anti-terror）十分必要。但是，如果不去分析恐怖主义产生的主客观原因，不沟通谈判，不使用外交和政治手段，不解决思想问题信仰问题，恐怖主义恐怕很难根绝。人不畏死，奈何以死惧之？明枪易躲，暗箭难防，不是吗？今天扫射，明天爆炸，尸横遍野，血流成河，难道还不警醒吗？武装反恐只是一方面，思想反恐、精神反恐更必要。因此，沟通、尊重比任何时候都显得不可或缺。

林肯 □

马克思对林肯给予了高度评价，认为他必将与华盛顿齐名。林肯有许多优点，马克思说，其中之一就是"最重大的行动，他也总是使之具有最平凡的形式"。"他谦虚地、质朴地进行自己宏伟的工作，决不像那些天生的统治者们那样做一点点小事就大吹大擂。总之，他是一位达到了伟大境界而仍然保持自己优良品质的罕有的人物。这位出类拔萃和道德高尚的人竟是那样谦虚，以致只有在他成为殉难者倒下去之后，全世界才发现他是一位英雄。"是啊，林肯之所以"罕有"，是因为弄虚作假、自吹自擂的政客实在太多。他们眼高手低：口号响，效果差；想法多，办法少。

选择 □

1840年以后，西学东渐，势不可挡。然而，清政权直到垮台的那一天，也没有接受西方哲学社会科学原理，特别是政治哲学，哪怕在形式上表面上做一点。这个政权固执地认为，儒学和君主制完满无缺，即使中西方冲突后，中方屡战屡败，原因也不在典章制度，而在武器本身。国民党是打算将中国全盘西化的，并且雄心勃勃，拟将中国的体制、机制建设得更胜一筹。当然，结果远非如此。他们骨子里是封建的、独裁的、自私的。只有中国共产党，有选择地接纳西方学说，即将完全符合劳动人民利益的马克思列宁主义作为自己执政的指导思想。实践证明，马克思主义普遍原理同中国具体实践相结合的产物，即毛泽东思想，符合国情，完全正确。但是，在中国能否跨越发展阶段直接进入理想社会方面，孙中山、毛泽东都忽略了列宁1912年的告诫，"因为认为在中国可以'防止'资本主义，认为中国既然落后就比较容易实行'社会革命'等等，都是极其反动的空想"。正是这一空想，让中国走了弯路，付出了代价。

西学 □

西学绝不是铁板一块，它是由不同的甚至相反的观点、学派构成的，标准的"普世"的范式西学是不存在的。在某个国家某个作者笔下再自然不过的文字，在另一个国家另一个作者那儿变得不可理解。例如，1854年，马克思写道："英国悲剧的特点之一就是崇高和卑贱、恐怖和滑稽、豪迈和诙谐离奇古怪地混合在一起，它使法国人的感情受到莫大的伤害，以致伏尔泰竟把莎士比亚称为喝醉了的野人。"

规律 □

学问并不难，难的是囫囵吞枣，死记硬背。来龙去脉清楚了，规律找到了，困难就不困难了。例如，背英文单词，对许多中国学生来说，是一件苦差事。但是，比方说，你知道古希腊有个叫拉科尼亚的地方，那儿的人不喜欢啰唆，讲话极其简洁，那么，英文单词Laconic，你一下子就记住了、明白了，并且一辈子也忘不了。又如，当你知道三角形内角之和等于180°，知道勾股定理，你就再也不会被形状各异的三角形所迷惑了。当你知道万有引力，你就明白为什么万物井然有序，为什么尘埃落定?

真话 □

人们通常将斗争、冲突归因于物质利益和政治权力分配不公。事实上，精神信仰、学术结论、内部规矩等受到挑战时，斗争之残酷、冲突之激烈丝毫不亚于争权夺利。例如，希帕索斯探究并公开无理数秘密，被扔进大海，葬身鱼腹。因为他的发现，动摇了毕达哥拉斯的世界本源论（"万物皆数"）和数学信仰（整数和分数），违反了学派有关保密规矩（不外传），甚至导致古希腊人认识危机。尽管在科学的道路上，他并没有做错什么。他的不幸，同历史上其他聪明人，比如，古罗马时期女数学家希帕蒂娅的不幸一样，源于对真理的挚爱，对迷信的反感。要知道，说假话不对，是品性差的表现；说真话对，是正直的表现。但是，说真话也要注意方式方法，分清时间场合，否则，要付出代价，甚至献出生命。"面子"神圣不可侵犯! 古今中外，莫不如此。

图强 □

人不可盲目自负、夜郎自大；亦不可自暴自弃、妄自菲薄。中国是不是一直很落后呢？不是的。在王充写《论衡》、班固写《汉书》的时代，古罗马博物学家普林尼正在写《自然史》。普林尼在他的著作里，称中国为"丝之国"，还夸中国生产的钢又硬又好。评价中国人"举止温厚，然少与人接触，贸易皆待他人之来，而绝不求售也"。可见，在好战的古罗马人看来，中国当时出产的钢是领先世界的。中国近现代落后了，有多方面原因。只要我们虚心学习，不断创新，我们完全可以赶上并超过西方。

探索

要获得真理，就必须探索。要探索，就必须付出，甚至牺牲。1519年9月到1522年9月，人类用三年时间完成了首次环球航行。代价是，五艘船出发，一艘船归来；266名水手出发，18人活下来。船队指挥麦哲伦战死于菲律宾，土著人西拉布拉布成了民族英雄。而成果也是巨大的。从此，殖民时代、全球化……开始了。地球是圆的，既公转、又自转，已确信无疑。人们头脑中，世界不再静止，世界开始转动了。（环球航行让水手们"弄丢了"一天）海域面积远远大过陆地，并且相连。地球的大小也基本确定了。不能不承认，西方人的探索精神，是值得我们学习和效仿的。即使在最黑暗的中世纪，大到天体（如哥白尼的《天体运行论》），小到人体（如维萨里的《人体的构造》），大学和实验室也没有停止探索。要知道，"内省"只能提高个人修养，改变不了客观世界，因此，推进不了人类物质文明的进步。

圣经 □

　　坚持反动、荒谬学说的人或阶层并不认为自己反动、荒谬。恰恰相反，他们认为真理在他们那儿。例如，教会并不认为《圣经》某些内容有问题，相反，盖仑的《解剖学》，特别是其灵气说；托勒密的《天文学大成》，特别是其地心说，都是《圣经》的"科学根据"。所以，当维萨里、塞尔维特等人通过人体解剖，布鲁诺、伽利略等人通过天文观测和推理，得出与盖仑、托勒密完全不同的观点时，可谓釜底抽薪，要了基督教的命。只有伽利略还在幼稚地认为，宗教和自然科学应该像井水不犯河水。教会除了堵，除了对"异端"进行迫害和学术传播禁止外，再也找不到别的"科学根据"继续维护《圣经》的绝对权威了。

相对 □

　　相对于日心说，地心说是错误的。相对于现代天文理论，日心说也是错误的：太阳只是银河系无数恒星中的一颗，并且身处边缘，位置也在变。宇宙无限，时间永恒。在反对地心说上，哥白尼选择行将就木时公布自己的观点。布鲁诺宁死不屈，教会长达八年威胁利诱口舌白费。"在真理面前我寸步不让。"布鲁诺说。结果被活活烧死在罗马的鲜花广场。伽利略呢？他一边在悔过书上签字，一边喃喃自语，"可是，地球还是在转动啊！"其实，某些"真理"在某个阶段也是相对的，不是绝对的，即相对于当时的认识水平。所以，宁愿舍弃生命也要坚持这些"真理"，是否值得？是否过于自信？文明社会能否更灵活地处理观念上的冲突，即一方面，传统社会对"异端"多一点宽容，另一方面，学者们对传统社会多一点耐心。

取悦 □

《法律的故事》是美国著名律师赞恩20世纪20年代出版的一部著作。第二章论述原始人中的法，"社会性本能造成了一种根深蒂固的倾向，其行为要与同伴相互协调，渴望取悦那些与其朝夕相处的同伴，并被他们所取悦""这种倾向极为简单，但也必然是所有社会性动物中的支配性规则。它是所有法律的基础"。如果这一说法正确，我们就不难理解：为什么在处理人际关系时，在经商从政过程中，取悦别人特别是一时有用的人，即所谓"情商"比智商更重要？为什么不屈者难伸、曲高者和寡？为什么那些为"正道直行"、恃才自傲的人看不惯的家伙，却青云直上、春风得意？看来，很多人被传统观念误导了，不知道世俗的东西往往最接近真实和本能。

回归 □

美国人丹尼尔·卡尼曼于2002年获诺贝尔经济学奖，开创了行为经济学新局面。其实，他更像一位心理学家。他在《思考，快与慢》（*Thinking, Fast and Slow*）第十七章里指出，"所有表现都会回归平均值""回归现象的意义不亚于发现万有引力"。卡尼曼无意贪天之功，他说，是达尔文的表哥弗朗西斯·高尔顿发现并命名了回归平均值现象。

只要两个数值之间的相关度不高，就会出现回归平均值情况。例如，聪明的女人常常会嫁给不如她们聪明的男人。这类观察和结论，皆基于统计。与道家"物极必反"的哲学原理和儒家"不以物喜，不以己悲"的道德准则不同；与佛教因果报应更不同，卡尼曼强调的是相关性而不是因果性。但是，无论儒道释，无论卡曼尼、高尔顿，他们的学说都有平衡心理的奇特功效。

锚定 □

《孙子兵法》说："求其上，得其中。求其中，得其下。求其下，必败。"有类似说法的典籍很多，这里不一一列举。"志存高远"，中国人常常这样教育孩子，不能说与上述观察结论毫无关系。现代西方人也发现这一现象，并且称之为"锚定效应"。丹尼尔·卡尼曼说，锚定效应在生活中随处可见，即估测结果和人们思考的结果很相近，就好比沉入海底的锚一样。直觉会告诉人们，锚定就是一种暗示。暗示会启动对象有选择性地找出相应的证据。锚定效应可用锚定指数测量。了解这一效应的人，能更好地展开商务活动，如限量购买就是一种利用锚定效应（暗示短缺）进行营销的策略。

通胀 □

罗伯特·许廷格和埃蒙·巴特勒合著的《四千年通胀史》是一部很有分量的货币经济史著作。书中的基本观点，包括：一、绝大多数人会把通胀视作国家面临的最重要的问题之一。近六成的人会赞成强制性的工资和价格管制，尽管实践和历史证明，他们是错误、肤浅和短视的。二、通胀后果极其严重，如：影响国民的安全感和信任感，损害对未来至关重要的保守的社会价值观，削弱储蓄和投资，破坏居民财务计划，等等。三、试图操控价格和工资的行为贯穿人类历史，因管制价格造成的资源浪费和配置不当，不但没有消除短缺，反而加重短缺，扩大了供需间距。四、从长远看，价格管制没有成功的案例。人们必须明白，通胀的真正原因是货币供应量的增加超过了生产力的增长。多生产财富，少印刷钞票，即商品生产与货币投放平衡，才是正道。

光环 □

观察、认识到某一现象，并且高度概括乃至成为家喻户晓的成语，显示了中国传统学术的功底。但也常常仅此而已，因为在定义、分析、实验加推理和全面系统阐释等方面，不及西学。例如，爱屋及乌、情人眼里出西施，在西学里，这叫光环效应，即喜爱或讨厌某个人就会喜爱或讨厌这个人的全部。他们继续指出，光环效应注重第一印象，影响正确判断，降低群体智慧。要避免光环效应，必须消除错误的关联。"只有在每个人的观察相互独立、每个人所犯错误之间不相关联的情况下，降低错误率的奇迹才能出现。"（丹尼尔·卡尼曼）可见，人格独立和自由民主对正确判断、科学决策多么重要！

政府 □

政府源于公共安全和公共利益需要，因此，为公众服务是政府的本质。被推翻或被选下台的政府无一例外地被扣上变质的帽子，尽管他们并不承认。过去，中国的政治经济学也断定，欧美政府代表垄断资产阶级利益，置工人生死于不顾。事实上，欧美的政客说得比我们还好听，对公平的追求似乎比我们还急切。英国前首相特雷莎·梅是这样说的：

The government I lead will be driven not by that interests of a privileged few, but by yours...

And we will make Britain a country that works not for a privileged few , but for every one of us.

古人说，听其言，观其行。政府是不是真心为民，有无能力排忧解难，人民最清楚！结果最客观！民心是执政的基础，顺之者昌，逆之者亡，这是恒久不变的规律。

人生 □

《崛起》（ *Rise* ）是Katy Perry为2016年里约夏季奥运会写的一首歌。这首歌饱含人生哲理：人生不只是为了生存，更是为了发展（I won't just survive / oh you will see me thrive）；不只是循规蹈矩，更需要自我超越（I am beyond the archetype / I won't just conform）；人生必须坚守信念，迎难而上，直至胜利（victory is in my veins ... I will fight it）；必须保持清醒，做强内心（I must stay conscious through the menace and chaos ... don't doubt it），直至成功。

共识 □

人类文化共性大于个性，形式上的差异大于实质上的不同，许多观念是一致的。以寓言为例，《列子》讲愚公移山，托尔斯泰讲舀海寻珠，宣传的是同一种精神，即坚韧不拔、锲而不舍。《庄子》讲东施效颦，莱辛讲Goose学Swan，嘲笑的是同一种行为，即亦步亦趋，人云亦云；《战国策》讲三人成虎，希多派迪夏讲三人成狗，揭示的是同样荒谬的现象，即谎言不断重复就会变成"事实"；《淮南子》讲楚人一叶障目，窃物被擒，克雷洛夫讲某些批评家鸡蛋里挑骨头，像猪眼看豪宅，说的是同一个道理，即不能片面看问题。孔子讲仁者不忧，福劳里恩讲松鼠在美德中寻找快乐，告诉的是同一条做人准则，即与人为善，助人为乐；《史记》讲燕雀安知鸿鹄之志，匹诺脱讲老鼠和大象确有天壤之别，证明的是同一个事实，即理想决定高度；马中锡讲东郭先生与中山狼，伊索讲农夫与蛇，奉劝的是同一句话，即忘恩负义的人不可交。

死权 □

1997年，俄勒冈州率先在美国通过安乐死法案。2016年，加州成为美国第五个通过类似法案的州，法案的名称叫The End of Life Options Act。

到目前为止，俄勒冈州有近千名患者行使了安乐死权。而加州法案通过后一个多月，即有一位患葛雷克氏症的女艺术家申请并实施了安乐死。支持者声称，Give me liberty at my death; my life, my choice at the end of my life!反对者担忧，非患者真心，因为治疗费用昂贵而选择结束生命，或被谋杀者所利用。当然，更多的反对者是因为"于心不忍"，过不了心理坎、感情关。中国有句咒人的话，叫"不得好死"。的确，在传统中国人看来，意外死亡、早逝、身患绝症而死、自杀等，都不算好的死亡形式。其实，在意识清晰的状况下，走向死亡都是痛苦的。不是身体意义上的就是心理意义上的，或二者兼而有之。选择安乐死的患者，一般来讲，至少在他看来，生不如死。政府允许不允许这种形式，不应该过多考虑传统习俗，而应该从患者角度考量是否"合情"，从患者及其家属、医者及其监管当局角度考量是否"合理"，更应该从哲学和法学的角度思考，死亡形式选择权算不算人权，属不属于个人自由的覆盖范围？我相信，这些问题弄清楚了，通过安乐死法案的地方会越来越多。

宗教 □

尼采在《论道德的谱系》中指出，基督教产生于怨恨精神。事实上，据我观察，所有宗教都离不开怨恨。欲而不足则怨，求而不得则恨。怨恨既是一种无可奈何的情绪的释放，又是一种深沉而急切的期盼。前者在宗教人士身上表现更明显，后者在信众身上更直观。当能力不足以趋利避害时，人们会祈求一种神秘的抽象的力量出来帮助自己，这种力量可以叫上帝，也可以叫安拉、菩萨，等等，他们无所不能，有求必应。反过来，一个无怨无恨、心满意足的人，又怎么会求神拜佛呢?

成仁 □

杀身以成仁，是儒家的教导之一。在那些贪生怕死的人看来，没有比这更迂腐了。在那些没有理想、没有信念、活得像个动物一样的人看来，没有比这"又臭又硬"了。在那些功利之徒看来，没有比这更不划算的了。是的，杀身以成仁，需要多大的勇气和多坚定的信念啊！一般人又怎么能理解呢？然而，这绝不是儒生独具的品质。一切热爱真理的人，一切崇奉正义的人，都会把信念看得比生命还重。也因此，正如蒙田所说："成仁比成功更值得羡慕。"

人性 □

斯·茨威格在《异端的权力（卡斯特利奥反对加尔文史实）》一书中指出，"人类的懦怯胆小是如此的积重难返""在人的本性里深埋着一种渴望被社会吸收的神秘感情"。由此不难解释集体疯狂和精神暴虐现象，不难解释独裁和盲从行为。加尔文发现并利用了人性的这一弱点，如害怕开除教籍，被拒绝参加圣餐，不准同犯错误的人说话、做买卖，被流放等，成功地将自己塑造为先知、权威，将教条转变为法规，并用武力保护。只有像卡斯特利奥这样的"异端"，以笔为戈，为捍卫人类良知和思想自由而孤军奋战。

存异 □

佛教讲善恶，重视对方的感受。儒学讲好坏，看重自己的利益。基督教讲对错，以《圣经》为范本。伊斯兰教讲爱憎，以《古兰经》为依据。马列主义、毛泽东思想讲真假，以客观世界为参照，以实事求是为原则。考虑对方感受的人，忍让、克制、慈悲；考虑自己利益的人，虚伪、贪婪、势利。以一本书上的观点为唯一真理的人，必然像加尔文那样，陷入行为激进、思想狭隘和残酷斗争中。而坚持实事求是的人，生存和发展最为艰难，付出的代价最大。

面相 □

看得出来，《异端的权力》作者斯·茨威格对加尔文的厌恶，不限于其极端哲学（人类是"不可驯服的、残酷的禽兽"，是"一堆垃圾"，从头到足，一无是处）、近乎疯狂的信念、严酷的教规和不可思议的怪癖，还包括对加尔文的阴暗心理、变态性格和近乎自虐的个人生活，甚至他的长相：

加尔文的脸庞酷似石灰岩，宛如一幅孤寂、遥远、多岩石的风景画。情调可能神圣，但没有一点儿人性……加尔文的脸长而椭圆、粗糙丑陋、多棱、阴郁、不和谐。前额狭窄严肃，下面是深陷的、像灼炭般闪光的眼睛。鹰钩鼻专横地从凹下的面颊中间突出；薄薄的嘴唇在脸上构成一个横向的裂缝，一张难得有笑容的嘴巴……这张脸看上去是那样的惨白和病态……

中国人说，"相由心生"。一个人的内心世界、灵魂深处会反映到面相上。茨威格这样描述，有点像中国民间相士。他在描述卡斯特利奥（加尔文的对手、人道主义者）的长相时，用了完全不同的词："这是一张严肃的、有思想的脸，光秃的前额之下一双白洋洋的眼睛"，自信、稳定、温和、平静、忍耐、持久、仁慈、正直但柔顺！

极端 □

尽管斯·茨威格站在人道主义立场，对加尔文口诛笔伐，但也不能不承认，这个20多岁就享誉欧洲宗教界并很快建立神权王国的传教士所具有的过人的才气、精力、信念和自我约束。他说，加尔文是"一个渊博的逻辑学者"，在一年之内（1535年）写出了《基督教原理》，正是这本书，完成了始于路德的宗教革命。"他从来不在他的著作中改动一个重要的词；从来不步人后尘；从来不与敌手作任何妥协。与他打交道的人，不是打倒他，就是被他打倒""加尔文是一个天生的组织者，厌恶混乱""加尔文狂热主义的基础是对道德的绝对热忱""加尔文的职责是教育而其他人的职责是学习"。他只允许他的身体享受绝对的、最低限度的食物和休息。每天只吃一顿简餐，只睡三个小时，不散步闲荡，没有任何娱乐和消遣。他工作、思索、写作、斗争，全心全意为宗教事业……乃至如其呻吟道："我的健康好像是一个长期的死亡。"即使这样，他仍坚持前行，他的座右铭是"从绝望深处振奋精神奋力前进"。可怕的是，这个禁欲主义者、极端主义者一旦掌权就成了暴君，日内瓦全城必须按照他的意志行事，市民不再有任何欢乐、自由，其规矩多如牛毛、细如针眼、严如寒冬，市民动辄得咎，甚至被驱逐、监禁、处死。研究加尔文的最大意义是，人们不要被外表和假象所迷惑，不要相信那些没有人性的伪道学，不要崇拜异类，不要追随那些自称绝对正确、以统一秩序严谨为幌子的权力狂。要看到禁欲主义者的冷酷和危害，要看穿极端主义者的激进和恐怖，要看清道貌岸然者的虚伪和图谋。

异端 □

读完斯·茨威格的《异端的权力》（赵台安、赵振尧译），我深信：一、人与人之间最大的差别、最深的鸿沟，不在金钱、权力和外表，不在物质层面，而在观念，在精神领域。二、观念的冲突往往不可调和，如有可能，例如，一方拥有权力和帮凶，会置对方于死地，就像加尔文对待塞维特斯那样。三、每一个人都自以为是、好为人师。如果不宽容，不在法律制度上确保思想自由，那么，意见不一的双方都可以视对方为"异端"。如果不加以保护，无权无势的一方就会遭到莫名其妙的迫害。就像卡斯特利奥遭受加尔文迫害一样。四、一个人胆敢与真理为友，与良知为伴，而不是拉帮结派，像16世纪人道主义者那样特立独行，他可能在道德上取胜，在思想史上成功，但，在当时，于他本人和家人，代价十分惨重。五、同一个人，不同时期、不同处境，他的思想可以不一致，甚至相反。正像曾经遭受罗马天主教迫害的加尔文，迫害别人时的态度同过去完全不同。人没有变，脑袋没有变，但角色变了，想法随之改变。六、思想自由包括言论和出版自由，然而，在独裁者看来，你怎么想他管不着，你怎么说、怎么写，他听得清楚、看得明白，他是要管的。中国人说"祸从口出"，在专制独裁的国家和时代，是绝对正确的。谨言慎行是险恶环境下生存的最高法则。七、没有人声称自己绝对正确，就没有所谓异端。平等对话，以理服人；信仰自由，允许发表不同意见，是人的基本权利，也是宗教改革的初心。

圣城 □

在犹太教、基督教、伊斯兰教信徒眼里，耶路撒冷是圣地、圣城，是世界的中心；在无神论者的眼里，耶路撒冷到处弥漫着自以为是的盲从，整座城市似乎染上了迷信的疾病；在政治家、军事家眼里，耶路撒冷是舞台、是战场；在某些访客眼里，耶路撒冷令人沮丧和苦恼，乃至会让人罹患一种结合了渴望、失望与妄想的疯狂疾病，即耶路撒冷症候群；在某些学者眼里，"去除虚构的部分，耶路撒冷就一无所有"，而在另一些学者，例如，Simom S.Montefiore 眼里，耶路撒冷是一座具有连续性包容性混合性的城市，一座不断变迁的城市……总之，每个人心中都有自己的耶路撒冷。《耶路撒冷三千年》或《耶城记》作者Simom S.Montefiore试图"寻找事实"，还世界一座真实的耶路撒冷。可惜，我担心，读者心中还会有新的各自不同的耶路撒冷。世界是客观的真实的全面的，而认识总是主观的片面的不完全真实的。真理，只能靠近，不能占有。

原神 □

早年读《圣经》《古兰经》，深感上帝、安拉是全能的、先知先觉的，顺之者有福，逆之者遭殃。同时，又感到上帝、安拉时而仁慈、宽恕，时而愤怒、偏激，好像怀恨在心，仇必报、耻必雪。《耶路撒冷三千年》（*Jerusalem: the Biography*）清楚地告诉我们，提多和他的罗马军团给犹太教（基督教、伊斯兰教的源头）和犹太人带来怎样残忍的（如割喉）、无情的（如烧死妇孺，烧毁圣殿）、血腥的（几乎杀死、饿死全耶城60万—100万人）伤害和给少数幸存者带来怎样刻骨铭心的恐怖记忆！要了解一个民族的神的言行、性格、心理，必须了解这个民族苦难与辉煌的历史，了解发生在这个民族身上的重大事件，特别是战争。

投资 □

已故NBA球星Kobe Bryant八年职业篮球生涯，根据Forbes估算，大约赚了6.8亿美元，可谓名利双收矣。2013年与人合组一只规模为1亿元美元的风险投资基金（Venture Capital Fund，VC），专注于媒体、技术和数据公司。2016年8月，Kobe已从湖人队（Lakers）退役，而他的这家公司成功去了纽交所上市。他的合伙人Stibel说，基金看重企业成长的各个阶段，关注企业的全过程，"We are actively looking for great entrepreneurs, but we are in no hurry to deploy capital"。就是说，要看人下菜，选企业入股。不盲目，不乱动。不急不躁，精挑细选，支持伟大的企业成就伟大的事业。Stibel话不多，但道出了风险投资的本质。国内很多VC经理不是这样，他们急功近利，甚至利用特权，搞内幕交易，恨不得今天入股，明天上市退出，大赚一把。他们只关心利益，不关心企业有无前景，是否伟大。呜呼！富与贵，是人之所欲也，不以其道得之，不处也。就一点上说，许多欧美企业家更像儒商。

灾难 □

"多难兴邦"这句话，并不是说，国家和民族遭受的灾难越多越好，而是说，国家和民族遇到外敌入侵或自然灾害时，这个国家和民族的人会空前团结，千方百计克服困难，勇往直前更加强盛。正像意大利大主教D'Ercole在2016年8月底一次地震灾后安慰和勉励遇难者亲人所说的：

Don't be afraid to cry out your suffering −1 have seen a lot of this− but please don't lose courage, only together can we rebuild our houses and our churches, together, above all, we will be able to restore life to our communities.

团结就是力量。兄弟同心，其利断金。古往今来，人们都懂这一点。但只有灾难能迅速唤起、极度强化人们心中的集体意识和合作精神。

奋发 □

"彼即丈夫我亦尔，何可自轻而退屈？"这是中国佛教协会会长学诚《见行堂语》中的一句话。一个僧人如此进取、自信、不甘落后，确实让我既感慨又感动。一个人、一个国家要受人尊重，绝不可自暴自弃，相反，要自信，要奋发有为、时不我待。美国有世界500强企业，中国现在也有，且与美国相比，差距越来越小。2016年，世界500强企业，中国入选110家，美国入选134家；以营业收入论，中国500强企业相当于美国500强企业的79.9%；中国500强研发强度1.61%，2016年专利量上升26%，参与国际标准制定的上升12.4%。这说明，中国企业不仅在"长身子"，也在"长脑子"。中国人是勤劳的、智慧的，只要坚持改革开放，坚持以经济建设为中心，不折腾、不内耗，中国梦是一定能实现的！

移民

当南方人往广东涌，北方人往首都去，江浙人往上海挤，北上广深人往欧美走的时候，科学家们正雄心勃勃，准备做星际移民了。2016年8月底，欧美6位科学家，结束在夏威夷长达一年的火星模拟生活（Mars simulation），对火星旅游和移民（colonization）充满信心。

从国际扩张、洲际移民，到宇宙扩张、星际移民的转变，体现了科学家不断进取、敢于冒险，以智慧、和平方式寻求人类生存、发展空间的伟大理想和实践，值得全人类尊重、学习、效仿和支持。

去伪

有意设计、弄虚作假，是某些政客沽名钓誉、争权夺利的常用伎俩。有一则英语笑话，讲一个领导准备在办公楼落成典礼上发表演讲，要求他的密友（Bosom Friend）配合，在他喝水时带头鼓掌，擦额时带头笑。他朋友说，你最好调换一下，你喝水的样子才可笑。是的，政治如演戏，政客如演员，但戏有优劣，技有高低。如果让弄虚作假成为一种社会风气，统计局就失去了存在意义，宏观调控就失了依据，埋头苦干、忠厚老实的人就成了"不懂政治的人"，黄钟毁弃、瓦釜雷鸣是必然的……故有国有家者，务必求真去伪。

践诺 □

上有所好，下必甚焉。楚王好细腰，宫中多饿死。说的是一个道理：政风带民风，上行而下效。有一则笑话，讲芝加哥市竞选（Municipal Campaign），一个候选人顺便（Drop in）去看一个杂货商，希望他支持。杂货商抱歉地告诉他，已答应别人了。该候选人笑了。"Ah，"他说，"In politics, promising and performing are two different things." "要是这样的话，"杂货商真诚地回应道，"我很高兴答应您！"言行一致，表里如一，于个人，是好的品德；于社会，是好的风气。如果承诺与实际偏离，说归说，干归干，撒谎骗人成为政界常态，政府权威如何树立？政治人物信用如何维护？所以，对政府工作人员的要求，一定要严于普通老百姓、高于普通老百姓，这个社会才能风清气正。

原则 □

《孤独山之歌》（*Song of The Lonely Mountain*），不仅旋律美，韵味长，

而且，爱憎分明、斗志昂扬，阳刚之气乃至"匪气"十足。下面几句我尤其喜爱：

We must awake and mend the ache / To find our song for heart and soul / Some folk we never forget / Some kind we never forgive.

　　保持清醒修复痛处，为心灵寻找自己的歌曲。有些人一辈子忘不了，有些事终身不原谅。是啊，那些关心你、爱护你、帮助你的人，你怎么会忘记呢？曾经遭遇过的打击、陷害、背叛，你怎么会轻易原谅呢？人应该爱憎分明，正如孔子说的，人人说你好，不如好人说你好，坏人说你不好。对，支持；错，反对。有恩必报，有仇必报！而不是无原则的妥协，无是非的和谐！

麻烦 □

　　《麻烦是朋友》（*Trouble is a Friend*）这首歌哲理特别深刻。如何面对困境，如何处理麻烦，古今中外，奇招迭出。基督教说要宽容，佛教说要忍让，道教说要清心寡欲，政治家说要斗争……而这首歌却唱道，不管你走到哪里，麻烦都能找到你。见你所见，知你所知。麻烦是人生的一部分，甩不掉，赶不走，不如坦然面对，泰然处之，像接纳一个朋友那样接纳它。这难道还不发人深省、入木三分吗？

友谊 □

　　《我的爱》（*My Love*）这首歌，歌颂了友谊，表达了思念，是一首好歌，一首情真意切的歌。朋友不在身边，仿佛街道空空，房子空空，心空空。天涯海角，唯有梦中相见：

To hold you in my arms /

To promise you my love /

To tell you from the heart /

You're all I'm thinking of .

啊，朋友，原来你就是那能够紧紧拥抱、推心置腹的人，那远在天边、时刻思念的人：

I wonder how I wonder why I wonder where they are.

情感人类，无论古今，不分中外。让我们珍惜友谊，有所思、有所念吧！愿天下有情人终成眷属！

世间 □

老鹰队演唱的《加州旅馆》（ *Hotel California* ）我连续听了三遍。表面上唱的是一间荒漠旅馆，其实唱的是人世间。人来到世间，好比投宿旅馆。这旅馆，可能是天堂，也可能是地狱。有美人、美酒、歌舞、狂欢，也有相互残杀、恐惧和猜疑。我们都是自己内心的囚徒：

We are all just prisoners here of our device.

我们有时会迷失，忘了初心：

I had to find the passage back to the place I was before.

正像孟子说的，学问之道无他，求其放心而已矣！或者像歌中守夜人（Nightman）说的，放宽心，参透人生：

You can check out anytime you like, but you can never leave.

既来之，则安之。人生，要勇敢地面对，积极地参与。拎得起，放得下！

简单 □

人类的历史，是一部探索史，一部奋斗史、思想史。绝大多数人一生都在追求物质利益，在创造物质文明，甘愿做欲望的奴隶。只有极少数人，在关注自己的内心世界，在追求内乐，视物质为工具而非目的。他们崇尚自由，崇拜自然，过简单而又深刻、质朴而又真实的生活。老子、庄子是这样的人，亨利·戴维·梭罗也是这样的人。《瓦尔登湖》记述的就是作者"简单，简单，再简单"的生活方式及其在这种生活方式下并不简单的思考。

仁政 □

"惩前毖后，治病救人。"是中国人对待犯错误者的基本态度和方针。毫无疑问，这样做是对的。所谓政治，就是让朋友越来越多，敌人越来越少。所谓"得道多助，失道寡助"中的"道"，就是仁政，也就是正确的方针和政策。所谓政治家，就是那些善于采取正确方针和政策，争取比对手更多支持者、拥护者的人，包括改造和争取犯错误的人。西方有则幽默故事："一个士兵遇见上尉，因为没有敬礼而被叫住，罚连续敬礼二百次！这时，一个将军经过，得知缘由后，笑着对上尉说，别忘了你要连续还礼二百次！"是啊，在处罚别人的时候，要适可而止，得理饶人，别忘了自己可能因此付出代价。

追求 □

商人追求钱，钱越多越好。官员追求位，位越高越牛。艺人追求名，名越大越得意。每个人都有自己的追求，或多或少，或高或低，或大或小。钱、权、名是再世俗不过了的东西。熙熙攘攘，孜孜以求。只要合情合理，合理合法，都可以理解，也值得尊重。此世俗社会之常态也。但也有一种人，比如，梭罗，近似纯粹的精神动物。他在《瓦尔登湖》中说："不要给我爱，不要给我钱，也不要给我名，请给我真理。"又比如，齐国那个不食嗟来之食的人，鲁国那位不饮盗泉之水的人，他们要的是真诚，绝非苟且偷生。

年龄 □

一个人有生理年龄，有心理年龄。在美国演员J.Barrymore看来，有梦想的人不会老：

A man is not old as long as he is seeking something. A man is not old until regrets take the place of dreams.

显然，巴厘穆讲的是心理年龄。再如，孔子所说的：

其为人也，发愤忘食，乐以忘忧，不知老之将至云尔。

讲的也是心理年龄。有梦想、有追求，而不是时刻生活在悔恨之中的人，是幸福的、充满活力的，因而是永葆青春本色的人。

作假 □

在一个弄虚作假习以为常的社会里，是不需要有才学、有真本事的人的。相反，唯命是从，敢于、善于作假的人更符合某些人的胃口。只有在求真务实的时候，在事关生死存亡和科学研究领域，有本事的人才有出路。因为作不了假，或代价太大。地方政务不属于上述领域。因此，武大郎开店现象很普遍，"小人"得势现象很普通，失误很普遍。

阴影 □

英国诗人艾略特说：

"Between the ideal and the reality, between the motion and the act, falls the shadow. "

一道什么阴影呢？人不同、事不同，阴影不同。它可能是一次失败，一场阴谋，一种阻力……但不管怎样，一个明智的人，必须脚踏实地，立足现实，同时仰望星空，锲而不舍；一个心存善良、勇往直前的人，阴影是能走出去的。

诱惑 □

　　对芸芸众生来说，物质的诱惑力往往超过信仰的力量，看得见摸得着的东西的价值大过无形的精神层面的东西。很多人在金钱面前会屈服。有一则关于丘吉尔的逸事很能说明这一点。事情是这样：二战期间的一天，丘吉尔拦车去BBC演讲，司机不认识他，说载不了，要回家听丘吉尔演讲。丘特别高兴，并赏钱一镑。（注意啊，那时一镑很值钱。）

　　All right, get in,"said the driver happily, opening the door of the taxi," I'll take you, and to hell with Churchill and his speech.

　　中国古代讲的"刑不上大夫，礼不下庶人"，是封建不平等思想。实质上，我理解这句话的意思是，大夫以上的人应该有素质，知书达礼，循规蹈矩，所以无须用刑；而下层人们很实际，吃穿住行，谋生第一，所以，你不要跟他讲那么多大道理，就像这位伦敦出租车司机那样，一英镑就能让丘吉尔和他的演讲见鬼去。这也让我想起毛主席的教导，必须给群众以看得见的物质利益。

生死 □

　　生死，是一种自然现象，更是一种社会现象。例如，"王侯将相宁有种乎？"发泄的是底层人们对生而不平等现象的愤怒和不满。再如，1836年，法国物理学家安培临终时为自己选取的墓志铭是"Tandem felix"（终于幸福了）。了解安培身世的人都知道，安培少年丧父（法国大革命将他父亲送上了断头台），中午丧妻，不幸陪伴他一生。因此，死对他来说，或许是一种解脱，是人生苦难的结束。人们常说，功名要看淡些，生死要看淡些。可就是淡不下来。因为人是社会动物、政治动物，生死、荣誉体现的是人的社会性。说什么都想开了、想通了，那是自欺欺人。既要奋斗，又要知足，我看比较明智。在奋斗中知足，在知足中奋斗。

互启 □

自然科学与社会科学并非如泾渭分明，事实上，它们紧密相关，可以互相启发。社会科学研究工作者尤其要关注和应用自然科学成果。例如，Autophagy（细胞的）自我吞噬（作用），或者说，自噬完全可以用来解释大到国家，小到单位，遇到生存危机特别是食物短缺时，人们内斗、内讧乃至内战现象。

礼仪 □

16世纪基督教牧师们为年轻人编了一本箴言集，相当于中国的《增广贤文》。14岁的华盛顿从中摘抄了110条，后人称之为《华盛顿礼仪规则》。其核心思想是尊重别人。包括手、脚怎么放，走路、穿着、吃相要注意什么，咳嗽、擤鼻涕、打喷嚏、打哈欠怎么处理，别人讲话、站着、停驻时自己该怎么办，与人交谈时要注意哪些细节，时间、场合、对象很重要，如何与上司、同僚、下属相处。不奉承别人，但也不求全责备、幸灾乐祸。要有一定的同情心，要和品德高尚的人交往，只与比自己强的人交往，只对自己亲密的朋友谈论自己的梦想。"SecretDiscover Not."要奉行中庸之道。说别人之前先看看自己，"For example is more prevalent than precepts."如此等等，不一而足。与《增广贤文》重在防人不同，《华盛顿礼仪规则》重在取悦人。

知足 ☐

"知足常乐"这句话，许多中国人相信，不少欧美人也相信。例如，美国作家Joseph Addison 就说："A contented mind is the greatest blessing a man can enjoy in this world."然而，事实上，知足是很难做到的，羡慕嫉妒恨是普遍存在的。因此，痛苦、难受也是普遍存在的。智者不走极端，辩证而已。既不因知足而忘记奋斗、消极颓废，也不因奋斗或无所获而内心失去平衡、怨天尤人。简言之，既要奋斗，又要知足。为事业奋斗，对名利满足。

迪伦 ☐

2016年诺贝尔文学奖授予了鲍勃·迪伦（Bob Dylan）。这位曾七次被提名而未如愿以偿的得主，是美国20世纪最有影响的民谣歌手兼诗人。他的诗引入中国，最早见于2011年《诗林》。从翻译过来的几十首诗（准确地说是歌词，即Lyrics）看，这位伟大的文学家出身寒微，早年生活艰辛，在纽约街头，"就地踱走，无处可去 / 人如冰柱，冷入骨隙""勿忙赶上一班地铁 / 经过一番摇晃、颠簸、推挤""一天一美元 /

我几乎把肺吹出体内／吹得我心意虚脱，头脚混淆"。为此，他很苦闷，"我要去告诉每一个人／但是无人能够理解"。他要告诉人们："诸事终将流逝／万物刻刻变迁／去做你想做的事情吧""笑需要付出许多／哭需要付出一火车""没有人伤害你／没有人击败你／除非你自己的感觉非常糟糕""我看到你试图成为／那并不存在的世界的一部分／那完全是在梦境／宝贝""我的女孩总是跟着我／难道她还不够漂亮？"……总之，他要告诉人们，做回自己，找回自我，做一个真实的人。然而，按照心理学家的统计和说法，真正能做自己想做、爱做的事的人，不足总人口的百分之十。绝大多数人都是为了生计，服从了社会分工需要，一个萝卜一个坑地活着。鲍勃·迪伦要告诉人们的只是一个美好的愿景罢了。

做人 □

有个叫W.Rogers的美国幽默大师说："It's great to be great, but it is greater to be human."意思是说，做一个大人物了不起，但做一个真正的人更了不起。回顾历史，放眼世界，真正让人崇敬的、怀念的，绝不是金钱或权位，而是人品及其对人类社会的贡献。换句话说，一个真正的人，应该是仁爱的人、真诚的人，一个为人类美好愿望而奋斗的人。如果德不配位，位再高、权再重，又有什么了不起呢？

自立 □

有个叫J.Burroughs的美国博物学家讲："A man can fail many times, but he isn't a failure until he began to blame somebody else."意思是说，有自知之明的人不会失败，爱怨天尤人的人不会成功。其实，共产党人最相信这一点，《国际歌》有句歌词，"从来就没有什么救世主，也不靠神仙皇帝，要创造人类的幸福，全靠我们自己"。千真万确！成功与失败，都取决于自己，埋怨只是一个借口。

悖论 □

经济学里有很多悖论，英文叫Paradox。例如，人人为己却众人受益；钻石价高用途少，清水日饮价格低；绝对必需是否受供求规律影响？对于缺一不可的需求，边际效应真的递减吗？多劳多得，多得复欲闲。因贫而俭，因俭而贫；加税可减赤字，减税亦可减赤字……这些所谓悖论，事实上，都可以解释清楚。孔子说："智者不惑。

读诗 □

深入其心，了解其时代，莫过于读他写的诗。俄罗斯女诗人玛丽娜·茨维塔耶娃，生前丈夫遭枪杀，女儿遭流放，她对人世间如此失望，"除非朝霞有一天赶上晚霞""春天造孽，春天可怕""爱情造孽，爱情可怕"……她自缢了！西班牙诗人洛尔迦，"我要忘记这一切"。然而，他又本能般厌恶法西斯，最后惨遭军队杀害。与欧洲国家相比，还是美国相对稳定、自由，弗罗斯特居然能写出像李白"床前明月光"一般家喻户晓的美丽诗句，"Two roads diverged in a yellow wood"（秋高草木黄，歧道离人伤）

焦虑

FOMO是一个新词，2013年才进入牛津在线英语词典，是the fear of missing out（错失恐惧症）首字母缩略词。人是社会动物，大多喜欢参加集体活动，担心错过某些机会。例如，参加团购，加入某个组织，出席某个重要会议，不时上网看看，唯恐自己"被落下了"。To be in the know至关重要，是干还是溜（fight or flight），这是前提。但是，另一方面，患者自我丢失了，心野了，人被物役了，即如梭罗所说，Men have become the tools of their tools。因此，必须克服这种焦虑，才能过上宁静幸福的生活。而克服的方法，无非是自信和内省，不被物役。

相对

是与非、对与错、上与下、美与丑……既对立，又统一。所谓美德，在特定情况下，可以铸成大错；相反，暴力、欺诈，在战争时必不可少。正如英国人托马斯·霍布斯说的："Force, and fraud, are in war the two cardinal virtues."所以，普世价值是不存在的。一切都是相对的、有条件的。前提变，结论随之变。否则，会陷入形而上学的泥潭。

朋友 □

什么是朋友？不同的人有不同的答案，甚至同一个人不同时期有不同答案。在我看来，物以类聚，人以群分，规律是不会错的。古罗马政治家西塞罗说："A friend is, as it were, a second self." 美国教士H.E福斯迪克说："No man is the whole of himself; his friends are the rest of him." 说的就是这个意思。一本书的价值不能从其封面上判断，但一个人的素质、品质是可以从他的朋友身上得到印证的。曲高和寡，越优秀的人内心越孤独，他只能同先贤、时杰以及自己的信仰沟通，在高处寻找知音和力量。

受贿 □

所谓礼品、礼金，是指出于礼节、礼貌而馈赠的物质、金钱。动机纯洁，行为清白。既没有功利性，也没有交易特征。双方都是愉悦的。如果有人有求于你，突然送钱送物给你，那绝不是"礼"，而是"贿"，必须谢绝！切不可误认为行贿者是出于对自己的尊重和感激，切不可误认为替人办事收人钱财理所当然。天下没有这样的礼，也没有这样的尊重和感激。正如英国政治家P.D.Chesterfield所说，受贿如同抢劫："In scandal, as in robbery, the receiver is always thought as bad as the thief." 受贿者如同窃贼一样糟糕。很多贪官污吏不明白：受人之贿，即被人看低、看穿、看扁。

平衡 □

在自然与社会、心理与生理对比时，人们习惯于夸大社会和心理方面的差异，忽略自然和生理上的平等。许多烦恼皆缘于人为差异导致的心理失衡，如职位高低，荣誉大小，财物多少，等等。骄傲与羡慕并存，虚荣与妒忌共生。事实上，无论社会差异多大，生老病死，喜怒哀乐，谁也逃脱不了。而这，应该是人生快乐的基础，心理平衡的依据。道教明白这一点，"道法自然"很经典；普鲁士女王路易丝也明白这一点，她在临终时说："I am a Queen, but I have not the power to move my arms."苍天有眼，生而平等，何必羡慕嫉妒恨呢？

言辞 □

说话（言辞）是一门艺术，也是一门技巧，更是个人品德和修养的体现。与人为善、理解、赞美、宽容、尊重、敬畏……是这门艺术和技巧的性格特征。永远不要低估说话（言辞）的作用。精神分析学家弗洛伊德说："Words have a magical power. They can bring either the greatest happiness or deepest despair."在他看来，说话（言辞）能激起最强烈的情感，驱使人的全部行动。会说话或正确运用言辞，甚至可以治疗心理疾病。关于这方面，中国古人也有不少独特的观察和深刻的体会。如：祸从口出；一言既出，驷马难追；人言可畏；一言兴邦，一言丧邦；金玉良言；忠言逆耳；等等。总之，要深知言辞的作用和影响，从而更加谨言慎行，让人生的道路越走越宽。

宗教 ☐

宗教原本是人生观、心理学，化身千万而神一也。若弃初衷，不守本分，则问题丛生，甚至危在旦夕。例如，干政，或有灭顶之灾；惑众，或有邪教之嫌；神化，或有荒谬之讥。故宗教亦须与时俱进，传播正能量，其言行有益于社会、时代、大众。以上是我偶读《莲华经》后一点感想。

创新 ☐

周末读*They Made America*中文版，很有感触。哈罗德·埃文斯等作者没有叙述那些家喻户晓的政治家和将军，没有替他们歌功颂德。而是选择从蒸汽机到搜索引擎、美国两个世纪以来最著名的53位创新者，为他们立碑树传，并认为是他们创造了美国。从这本书里，我也能得出几点纯个人看法。第一，创新是一个过程，不是终结，创新永远在路上。第二，发明只是一个开端，有商业价值的不到10%，有创新价值的不到1%。抱怨科技成果转化率低的人，通常不知道发明和创新的区别。第三，创新者除了有才，还要有德，即拥有救赎品德和济世情怀。他们是大众化推行者，有利他精神。当然，也有虚荣心。第四，创新更像是全民行动，而不是少数精英行为。创新根植于全民教育、全民素质。第五，创新过程中，政府的作用和政体的影响不可低估。例如，赠地法案和政府贷款促进了美国创新。相反，贵族习气和做派妨碍了英国竞争。

启迪 □

威尔·杜兰特，我记住了你。你说，生命非常神秘！你将毕生的感悟写进《落叶》：是坦言不是神启。你想用一滴水分析大海，用观察和体会写一部人生史诗，在混乱的感觉和欲望中发现意义。我知道，每个人都得重新开始，但你的著作仍然留给我许多启迪：我们爱孩子，更爱天性和品质。不同的阶段有不同的思想和行为。青春的躁动胜过所谓的知识，切不可相互指责和排斥。不同的原则适应不同的范围，既要互助的伦理，也要竞争的效率。傲慢源于无知，偏见葬于规律。死亡在清除垃圾，生命生生不息。个体整体、灵魂肉体，既对立又统一。死亡，也很满意？灵魂随其消逝。神明，也敢怀疑？生命即是上帝。最好的宗教是道德的催化剂，道德变迁但不衰退，她和文明是同一回事。自由发自天性，文明意味抑制。没有谁拥有全部的真理，重要的是理解和善意。白人、黑人、黄种人，天下的人都是兄弟！歌颂女性吧！除了美还有宽仁和慈悲。消除敌意吧！让和平和友谊回归。停止抱怨吧！对自由和民主要心存感激！科学、艺术、体制、战争、教育、历史，神笔所至，满纸精辟！Will Durant，我记住了你！

动物 □

看纪录片，作《动物歌》以志之：大自然，真神奇；道一寸，魔一尺。下者众，上者智。唯人类，笑其痴：侏膨蟥，藏沙里；尾为饵，吞蜥蜴。扁石蝎，眼八只；千足虫，为其食。尼罗鳄，水陆栖；牛马饮，命如丝。笑鬣狗，掏肛癖；受其罪，盼早死。狮称王，靠群力；虎生风，性孤立。豹上树，鲸游水。四海平，鱼战激。夜难静，虫相食。水熊虫，生命力，胜蟑螂，与日息。角雕猛，猴懒危。黑猩猩，善用计。拆鸟窝，看狒狒。变色龙，舌为器。韧胜钢，蜘蛛丝。蝈蝈饥，蝗虫毙。蟋蟀渴，雨蛙食。狼逐兔，鼠战栗。熊出没，海豹毙。长颈鹿，高个子。河马壮，大宽嘴。牛椋鸟，食虻虱。犬捕羚，比耐力。非洲獴，蛇天敌。秃鹫好，清腐尸。鲣鸟坠，沙丁失。小丑鱼，友海葵。避电鳗，防电击。攻必克，行军蚁。蚜虫密，蚂蚁吸。帝王蝶，三千里。哲罗鲑，水怪谜。骆驼渴，体液济。斑马纹，各不一。北极熊，毛管细；防寒热，相交织。狐猴轻，枝上飞；十余米，谁能及？海狼异，鱼为食。生有道，死无惜。迟或早，皆天意。

合异 □

　　和谐、以和为贵、和而不同中的"和"，人们通常狭隘地理解为和睦、平和、相同、一致，即英文Peace。其实，中国人常用古训中的和，更接近混合、合异即英文字mix的意思。和，不仅是一种状态和结果，更是一个过程和方法。例如，《三国志》"和羹之美，在于合异"。史伯说"和实生物，同则不继"。管子说"和乃生，不和不生"。《中庸》讲"和也者，天下之达道也"。混合、合异是有遵循、有规律的。中国共产党人对内讲民主集中制，对外讲荣辱与共、肝胆相照，就是综合、协调，统一思想和行动的好方法。

隐私 ☐

关于隐私，美国联邦调查局局长詹姆斯·科米在波士顿学院讲了下面一番话：

All of us have a reasonable expectation of privacy in our homes, in our cars, and in our device. But it also means with good reason, in court, government through law enforcement can invade our private space.

怎么说呢？每个人都有隐私，有隐私权。法律、社会、国家应该保护和尊重这种权力。问题是如何界定隐私？它的内涵和外延是什么？我们既不能因为隐私而影响公共安全和公共利益，也不能假公济私滥用监听权。平衡好隐私权和监听权，的确是当代社会一个必须解决的难题。

创业 ☐

诺姆·布罗斯基与鲍·柏林罕合著的《师父》(*The Knack*)，是一本关于创业窍门的书。书中传授的，不仅对初入生意场上的人有启迪，对其他人也有参考价值。例如，书中说，千万不要自欺欺人。让自己松懈，是严重的错误。心无旁骛，先把事业做起来再说。培养你的韧性。学习聚焦，才是成功之道。时间比金钱珍贵。追根究底，找寻你所需要的关键答案。成长，是要额外付出代价的。克服被拒绝的恐惧感。人生规划必须先于事业规划。和员工太过亲密是危险的。靠肾上腺素经营的阶段终会结束。绝对不能光靠单打独斗。问题会让你更有智慧。有人在催你，就千万不要做重要的决策。找出你真正的竞争对手，然后尊重人家。爱你的事业……如此等等，不一而足，可谓金玉良言，应该好好学、思、践、悟。

差异 □

1926年，胡适在《现代评论》上发表《我们对于西洋近代文明的态度》，指出"讥贬西洋文明为唯物的，而尊崇东方文明为精神的"为"最没有根据而又最有毒害的妖言"。他认为："一边是自暴自弃的不思不虑，一边是继续不断地寻求真理。""一边是安分，安命，安贫，乐天，不争，认吃亏；一边是不安分，不安贫，不肯吃亏，努力工作，继续改善现成的境地。"这是东西方文化的"一个根本不同之点"。"东方的文明的最大特色是知足。西洋的近代文明的最大特色是不知足。"在我看来，精神与物质是不可分的，文明进步是整体推进的，人应该不断进取、追求幸福，胡适说得没有错。但过分突出文化的空间差异是有问题的。知足，也只是古代众多学派中一个学派的主张，在现实生活中，也只是少数弱者、失败者的借口和安慰，远不是主流思想和大众心理。相反，东方人也在急切追求幸福，在探寻真理，在千方百计改变现状，让生活更美好，让人生更自由。否则，怎么解释东方巨变？怎么解释全球化、地球村？怎么解释古训欲壑难填？所谓文化差异，更多是阶段性的、即时代性的，而导致的原因，更多是体制机制的不同，是物质文明的差距。例如，专制政体下的国民会更加缺乏工作主动性，看上去也更冷漠和懒惰；人力车夫和出租车司机想法是不一样的……

善用 □

　　亚里士多德在他的《政治学》中说："自然不造无用的事物。"单从选人用人角度看，这句话的指导意义是毋庸置疑的。找合适的人，放在合适的岗位上，做合适的事，大概就算人尽其才吧。阿尔伯特·克雷格在《哈佛极简中国史》用了不到八页纸描写了国共历史，而且相当到位。他指出，蒋介石相信军事力量，依靠所谓精英阶层，结果由强变弱，最后失败；毛泽东相信正义、人心，依靠"草根阶层"，结果由弱变强，最后夺取胜利。换句话说，蒋不如毛清楚，草根是革命力量，人心是胜负关键。但新中国成立后，由于仍沿用大众动员方式发展经济，忽略市场作用和个体积极性，结果举步维艰；邓小平审时度势，看到市场和资本的力量，主动释放个体积极性，结果中国经济突飞猛进，人民生活极大改善。可见，世间万物，无物无用；芸芸众生，无人无用。仁者善待之，智者善用之而已。

扬弃 □

　　托克维尔《旧制度与大革命》（冯棠译）留给读者诸多启示，其中三点尤其明显：一是历史具有继承性，即使像法国大革命这样的大事件、大暴动，也割断不了古今。"我深信，他们在不知不觉中从旧制度继承了大部分感情、习惯、思想，他们甚至是依靠这一切领导了这场摧毁旧制度的大革命；他们利用了旧制度的瓦砾来建造新社会的大厦，尽管他们并不情愿这样做。"二是专制制度的危害甚于贵族制度。是国王专权危害大，还是贵族集体议政危害大，显而易见，无须赘述。作者对专制制度下社会特点的描述极其深刻、独到："专制制度用一堵墙把人们禁闭在私人生活中。人们原先就倾向于：专制制度现在使他们彼此孤立；人们原先就彼此凛若秋霜：专制制度现在将他们冻结成冰。"简言之，专制政体和分散社会是一对孪生子。应该说，这是符合史实的论断。但我并不认为贵族制度就有多好。我坚信，能体现社会主义核心价值观，特别是自由、民主、法治、平等精神的政治制度、社会风俗、个人品性是最佳的。三是信仰革命更具影响力和不可压制特点。法国大革命是一次信仰革命，类似宗教革命，超越种族和国界，极具煽动性、感染力。这样的革命，不成功，是绝不会罢休的。

自由

读约翰·密尔1859年出版的《论自由》（严复译为穆勒《群己权界论》），深感"自由"是一个既严肃又严峻的大课题。密尔先生的核心观点可以概括为两点：一、个人的行为只要不涉及他人的利害，个人就有完全的行动自由，不必向社会负责；他人对于这个人的行为不得干涉，至多可以进行忠告、规劝或避而不理。二、只有当个人的行为危害到他人利益时，个人才应当接受社会的或法律的惩罚。密尔划定的群己权界就是这样。问题是：一、如何界定利害？法律、舆论？二、群己是对立统一的，两者的关系如何能做到泾渭分明？三、在阶级、阶层社会，剥削和压迫是必然存在的。老百姓不可能拥有真正的自由。作为原则，密尔的观点无可厚非；作为事实，自由远比概念复杂得多。佛教讲，苦即逼迫性，脱离苦海即身心自由。然而，按照马克思的观点，自由不只是消极摆脱限制，自由是对必然的认识。所以，追求自由的正确方法应该是，认识和掌握客观规律，因时因势，具体情况具体分析。

本性 □

"在美国全力以赴与之战斗的敌人中，日本人是最琢磨不透的。"人类学家Rush Benedict在《菊与刀》一书中这样写道。她试图为美国政府解开日本人性格之谜，从而为二战胜利后如何处置日本提供参考。她发现日本人性格充满矛盾，"生性极其好斗而又非常温和；黩武而又爱美；倨傲自尊而又彬彬有礼……"其实，哪里都有左中右，性格不会整齐划一，铁板一块。即使存在所谓部落、种族、国民性格，那也一定逃不掉存在决定意识这条规律，即一定存在共同的利害关系。一般来说，人上一百，形形色色。同一个人，因时、因地、因不同情形也会表现出不同甚至相反的性格特征。日本人这样，其他国民也是这样。马克思说，人的本性是社会关系的总和。这句话要比性本善、性本恶全面、客观得多，比有善有恶、无善无恶深刻、真实得多。所以，《菊与刀》之类的著作，包括《丑陋的中国人》《丑陋的日本人》《真正的中国佬》等，可闲聊，不可当真，更不可视为"世界学术名著"。

生活 □

Mark Twain说，理想的生活就是有好友、有好书并且难得糊涂（a

sleepy conscience）。人是群居动物、政治动物、精神动物，所以，交好友，读好书，无疑是人的理想生活，符合人的特性。至于难得糊涂，要具体分析。如果抱着"世上本无事，庸人自扰之"的态度，抱着"事不关己，高高挂起"的态度，不闻不问，听之任之，自然没有烦恼或较少烦恼。如果还有正义感，有是非曲直，有底线，有法纪意识，有理想追求，就不应该装糊涂；相反，要敢于斗争，维护真理。难道追求真理不是理想生活的最高境界吗？

适度

西方某些学者宣扬的极端利己主义和印度佛教宣扬的极端利他主义（如舍身饲虎、割肉喂鹰等）都是不正确的，都属极端思想。真理往前再迈一步就是谬误。不仅在利他、利己问题上如此，在其他问题上也一样。例如，中国传统讲尊重老人（孝）是对的，但"二十四孝"故事基本上属荒唐和杜撰。凡事有度。过度，一定错误。有上线、有底线、有边线，线内空间就是人的自由空间即合理、合法行为空间，是人之常情所允许的，人之本性所确定的。找准线、划清线、守住线，反映的是法治水平，体现的是政治智慧和个人修养。

故乡

情感丰富的人才能成为好作家。我在达尼·拉费里埃的《还乡之谜》里第一次看到非裔作家丰富的情感：亲情、乡情和对底层人们苦难生活的悲悯。

"这个消息将夜晚劈成两半 / 这命中注定的电话 / 每个成年后的男子 / 有一天都会接到 / 我的父亲刚刚去世。"作者的父亲是海地人，因反抗总统滥用权力而流亡美国，并客死于纽约。

作者从奔丧写起，到安葬父亲，到还乡（海地太子港），一路所见所闻，所思所悟，采用诗歌形式娓娓道来。既流露出对父亲的深厚感情："仿佛成就了一种永恒 / 自从那个电话以后。/ 时间再也无法切割成 / 日子的薄片。它被压实成一大块 / 比泥土的密度更重。"

也流露出对故乡的眷恋："时间在别处流逝 / 在故乡的村子里 / 那是一段无法测量的时间 / 一段时间之外的时间 / 铭刻在我们的基因里。"

还表现出对苦难的深切同情："睁眼看一看 / 在这个国家 / 工人每天挣 / 不到一美元""如果在海地有谁二十岁时不消瘦 / 那便是他处在权势阶层那边。"

偷渡 □

读*The Economist*《无情的大海》一文，心情十分沉重。为逃避战乱、迫害、贫困，非洲、中东一些国家的老百姓，冒死移民欧洲，且势不可当。2017年一季度同比增长30%，同时，渡海死亡率从1.8%上升到3.4%。The risk of death is not enough to stop them（死也要去欧洲）。这让我想起孔孟的教导。"上好礼（义、信），则民莫敢不敬（服、用情），夫如是，则四方之民襁负其子而至矣。"反过来，拖家带口、千方百计也要逃离自己的国家。呜呼！为政可不慎乎？

海地 ☐

达尼·拉费里埃笔下的海地是一副什么样的景象呢？无序的市场（"所有人都在买 / 所有人都在卖"）、普遍的饥饿（"一半都在忍饥挨饿"）、极低的收入（"工人每天挣 / 不到一美元"）、可怕的暴力（"这是一个杀手们想要所有人 / 都年纪轻轻就死掉的城市"）、渴望去美国（"每个人都等着美国签证"）、腐败（"警察越多 / 小偷就越多 / 怎么会呢 / 我说 / 他们都一样……权贵们占有一切"）、寿命短（"从五十岁起随时参加 / 童年友伴们的葬礼"）……而这一切，作者归咎于独裁。"在这里，人的命运由他人决定。""独裁者想要成为我们生活的中心……"事实上，没那么简单。美国在中东、北非推翻了几个所谓独裁政权，结果呢？更乱、更难。在我看来，国家的状况最终取决于国民的素质和文化的底蕴。人民创造历史，个人只能在历史进程中起到加快或延缓的作用。

宏愿 ☐

威廉·魏特林是19世纪德国无产阶级第一个独立的理论家，他的《和谐与自由的保证》被卡尔·马克思誉为在代言无产阶级利益方面"史无前例光辉灿烂"。他试图从理论上论证财产共有共享的可能性，宣传"纯粹出于本能的一种共产主义"（恩格斯语）。他把劳动者的贫困归罪于分配不平等，归罪于金钱，归罪于生产资料的私人所有制。他主张革命而不是改良。他对工人说："你们的希望只是在你们的宝剑上。"未来必须废除金钱，废除私有制，建立"人类的大家庭的联盟"。应该承认，像魏特林这样的理想主义者，古今中外，从未断绝。有的还为之倾家荡产，为之浴血奋战，甚至为之献身。但从结果看，都不成功，或者条件都不成熟。金钱依旧在，私有制也没有完全废除。当然，这并不等于说理想是完全错误的、荒唐的。正像司马迁说孔子，高山仰止，景行行止，虽不能至，然心向往之。对魏特林这样，对人类所有美好愿望的表达者都要这样!

翻译 □

翻译讲"信、达、雅"。信是前提，达是根本，雅是锦上添花。例如，global inclusive and sustainable development 中inclusive译成"包容性"基本可信，但对大多数中国人来说，表达不够清晰，不如"共同""非排他式"译法好。

语言 □

欧洲人和中国人"互不习惯"对方的语言，高本汉指出其中原因，认为欧洲语言是多音节的"屈折语"，而汉语是单音字的"孤立语"。在这里，多音节和单音节不难理解。所谓"屈折"，是指欧洲语言中的形态、时态等变化，而在汉语的演化中早已抛弃，遗迹罕见。例如，代词"吾""汝"，上古用于主格和属格，即"吾"相当于英文中的"I"；而"我""尔"用于与格和宾格，即"我"相当于英文中的me。看一看《论语》中的蛛丝马迹吧："季氏使闵子骞为费宰。闵子骞曰：'善为我辞焉！如有复我者，则吾必在汶上矣。'"可如今，"我"早已喧宾夺主了。

分歧 □

通常，斗争源于分歧，分歧源于误解，误解源于信仰和观念。据说，有一天，托尔斯泰在莫斯科责骂一个威胁要逮捕一名乞丐的警察。

"你识字吗，兄弟？"他问警察。

警察点点头。

"你读过《圣经》吗？"他继续问。

"读过。"对方说。

"你还记得基督关于给饥者以食物的教诲吗？"托尔斯泰责问道。

"那您读过警察局的规定吗？"警察反问道。

托尔斯泰无语，转身走开了。

一个相信宗教，一个相信法律；一个出于同情，一个出于职责。似乎都没有错，然而却出现了分歧，产生了矛盾。俗话说，尿不到一个壶里。用圣人的话说，"道不同不相为谋"。

可见，沟通理解、消除误会、达成共识多么重要，打造人类命运共同体对世界和平与稳定多么重要。

改革 □

改革是艰难的。即使有利于大众，有利于社会，也未必一帆风顺。特权阶层和既得利益集团会百般阻挠。19世纪中叶，罗兰·希尔（Rowland Hill）推行邮政改革，即一便士邮政计划。他发明并建议使用邮票，改收件人付费为寄件人付费，改按里程计价为统一计价，从而使邮费大降，邮件大增，邮局扭亏为盈。这样一件利国便民的计划，前后十年才成功。

改革是一定能推进下去的，只要方案出于公心，惠及民生，基于良知。罗兰·希尔邮政改革如此，此前的威尔伯福斯（Wilberforce）推动的废奴法案也是这样。

我们必须感谢历史上所有的改革家。没有他们的勇气、无私、公正和智慧，不可能有我们今天的幸福。同理，为了更加美好的明天，我们要向他们学习，兴利除弊，做坚定的改革派。

助人 □

"假如我能被人记住的话，我希望在人们的记忆中我是一个尽力助人的人。"赫胥黎（Huxley）在1880年这样写道。无疑，传记作家说，他的希望没有落空。不过，在中国，赫胥黎是以《天演论》作者身份被人记住的。

俗话说，雁过留声，人过留名。做好事，做有益于人类、有益于社会的事，可以流芳百世；做坏事，做有害于人类、有害于社会的事，就会遗臭万年。显然，赫胥黎属于前者：乐于助人，甘于奉献。

当然，助人也要看对象、看性质。一个动机纯、行为正的人，我们应该帮助他，给他机会和平台。相反，为虎作伥、助桀为虐是绝对不行的。古人说，成人之美，不成人之恶是也。

艺术 □

罗斯金（Ruskin，1819—1900）是个酷爱艺术与日常伦理的人。对他来说，艺术就是生活，美就是行动的号召。任何艺术若要有生命力，就必须是真实的、自然的、纯粹的和认真的。他把"奉献、真实、力量、美、活力、纪念意义和遵循常规"，视为点亮优秀建筑的七盏灯。

我不懂艺术，更不懂创造艺术，但我赞赏罗斯金的关于艺术和美的看法。

艺术源于生活而又高于生活。源于生活，所以，它应该是真实的、自然的；高于生活，所以，它必须是纯粹的、认真的即专业的。

艺术形式多种多样。有绘画、有音乐、有建筑、有诗歌、有雕刻、有舞蹈……

但艺术的目标是一样的，即赏心悦目，给人美感。

艺术的灵魂是一样的，即向善向上，警世醒时。

教育 □

孟德斯鸠在论古今教育效果的差异时说："今天我们所受的是三种不同或矛盾的教育，即父亲的教育、师长的教育和社会的教育。社会教育对我们所说的，把父亲和师长所教育的思想全部推翻。"（《论法的精神》）的确，社会是口大染缸，是座大熔炉。早期教育不敌成年后面对社会的事实教育。今天的教育似乎也不如古人之善始善终、知行合一。对此，我认为，这不是教育的罪过和责任，而是体制机制、法规政策没有跟上时代步伐，即随着社会复杂化不断修改完善，从而让公平正义等人类美好的品行随时随地彰显出来。教育必须追求真善美，社会必须摒弃假恶丑，三种教育必须一致起来。

政治 □

孟德斯鸠在《论法的精神》中说："政治的品德是舍弃自己，是热爱法律与祖国，是以公共利益为重，不断地把公共利益置于个人利益之上。"类似孙中山倡导的"天下为公"，毛泽东提倡的"毫不利己，专门利人"。回顾往事，环顾四周，我认为，中国共产党是最具这种品德的政党之一，《中国共产党章程》是最能体现这种品德的文献之一。认认真真做共产党干部是很辛苦的一件事。除了自律包括无人时私底下细微处严格自律、忠诚、干净外，还必须担当、奋斗、乐于奉献。正如孟德斯鸠说："这永远是很苦痛的一件事。"一个伟大的政治家，在我看来，一定是为国家、民族乃至人类共同福祉而不懈奋斗的苦行僧。

感谢 □

柏拉图感谢天，使他出生在苏格拉底的时代。孟德斯鸠感谢天，使他出生在他生活所寄托的政府之下，并且感谢它，要他服从那些他所爱戴的人们。我也感谢天，使我出生在国家独立民族解放的时代，成长在改革开放奋发图强的时代，奋斗在中华民族伟大复兴的时代。

讽刺 □

讽刺是一种文学形式，也是一种娱乐形式。但是，历史上不少人过了嘴瘾丢了性命。孟德斯鸠对讽刺文字有自己的独特看法："讽刺文字能够使一般人的怨愤转为嬉娱，使不满的人得到安慰，减少人们对官职的嫉妒，增加人们对痛苦的忍耐，使他们对所受的痛苦，一笑置之。"民主的国家不禁止讽刺文字。

我的看法是，动机很重要。如果出于公心，出于改进工作，讽刺是可以的；相反，出于私欲，煽动仇恨，乃至无中生有，就应当禁止并追责。

平等 □

平等的感觉是一样的，不平等的感觉因人而异。平等，未必人人都能说清楚；不平等，则没有人说不出一二。

孟德斯鸠说："在君主和专制的国家里，没有人渴慕平等。平等的观念根本就不进入人们的头脑中去。大家都希望出类拔萃。就是出身最卑微的人们也希望脱离他原来的境地，而成为别人的主人。"在民主政治之下，"真正的平等是国家的灵魂，但是要建立真正的平等却很困难"。

平等不是平均，更不是无差异。天生的、自然的不同以及源于效率和理性的分工，必须得到尊重。平等，的确只能在民主政治下才能实现。因为只有民主才能确保大多数人的意志占统治地位。而平等与否，关键看是否体现大多数人的意志。主仆关系是不平等的，平均主义同样有违平等精神。

论法 ☐

　　孟德斯鸠《论法的精神》一书充满智慧，发人深思，给人启迪。如：将法律分为自然法和人为法，并指出自然法存在于社会建立之前，主要有四条：1. 和平而不是战争；2. 寻找食物；3. 自然的爱慕；4. 希望过社会生活。又如，他将政体分为共和、君主、专制三种，指出专制政体是既无法律又无规章，由单独一个人按照一己的意志与反复无常的性情领导一切，靠的是恐怖；共和政体分民主政治（知情与选举）和贵族政治，靠的是品德和在品德基础上的节制；君主政体则靠的是荣誉。在不同的政体下，教育为不同的原则服务。再如，他讲，大逆罪含义不明，足以使一个政府像中国古代某些朝代堕落到专制主义中去。再如，他说：专制的国家有一个习惯，就是无论对哪一位上级都不能不送礼物，就是对君王也不能例外。人人都认为上级对下级没有任何义务。君主国和共和国颁发重赏，就是国家衰朽的标志，这是一般性的规律。自由是做法律所许可的一切事情的权利。要防止滥用权力，就必须以权力约束权力。政治是一把磨钝了的锉刀；它锉着锉着，慢慢地达到它的目的。如此等等，不一而足。

群体　□

　　法国人古斯塔夫·勒庞（1841—1931）的《乌合之众》以群体时代的大众心理为研究对象，并指出群体的一般特征：头脑简单、无意识、易变、易受暗示、易受眼前的明确的利益刺激、夸大情感以及少数领袖人物的主导作用。他发现，群体最渴望的不是自由而是被奴役。他们可以杀人放火，无恶不作，但也能表现出极度忠诚、勇于献身和不计名利的举动。他们欺软怕硬，没有任何批判精神，拥有幻想。他告诫读者，群体心理存在极端的劣根性，但干涉他们的组织是危险的。他们不善于推理，却急于采取行动。他们的作用就像是加速垂危者或死尸解体的细菌。法律和制度面对群体的时候没什么用处。

　　要领导好群体，必须先了解群体的心理。领袖即群龙之首，驭众不可无术。勒庞说：声望第一，沟通随之。说到沟通，勒庞举例说，敢下不需要提供证明的强有力的断言，善用让人印象鲜明的形象，会讲泛泛而谈的大道理，必要时不惜恐吓、夸张、极端化。尽管如此，勒庞说，作为群体之一，"议会毫无疑问是理想的统治"。

　　然而，按照马克思主义观点，群体心理或群体意识取决于群体存在。看似复杂的、不可思议的心理和行为，都有客观的、具体的原因。即使被某些人一时蒙蔽、蛊惑、欺骗、利用，但终究纸包不住火。实践是检验真理的唯一标准。政客们的小伎俩，经不起实践的检验。只有真心为民，才能最终得到人民的拥护和爱戴。

未来 □

对人类未来的预期，历来分乐观派和悲观派。Peter Diamandis and Steven Kotler是乐观派，他们在《富足：未来比你想象的好》一书中指出，悲观源于认知偏差而非事实。事实是：人类一直走在前进的道路上，建造富足金字塔是可能的，即底层为水、食物、住所；中层为丰富的能源、充分的受教育机会、便利的信息通信技术；高层为健康与自由。乐观源于改变人类未来的四大力量，即指数型发展的技术、DIY创新者、科技慈善家和崛起中的10亿人；源于人类自我反思与纠偏。

老实说，我既不是悲观派，也不是乐观派，我是辩证派。人类的确一直行进在进步的道路上，文明成果有目共睹。但是，如果没有忧患意识，盲目乐观，乃至以历史上反复出现的悲剧形式进行纠偏，例如，饥荒、战争、瘟疫等，实在没有什么可吹的。况且，人类本身是大自然的产物。在大自然面前，人类始终是一个婴儿。我们可以认识和利用自然规律，增进人类福祉，但不可能改变自然规律。乐观是相对的，悲观是绝对的。当然，我们并不因此自暴自弃，在有限的一生中无所作为。

日本 □

19世纪中叶，日本的遭遇与大清帝国有一比：都在西方列强坚船利炮威逼下，被迫对外开放，忍辱负重；被迫赔款道歉，接受西方一些观念和制度安排。

然而，不同的是：第一，幕府统治再艰难，也不愿意依附任何国家，镇压、排斥异己；也不搞所谓"以夷制夷"自作聪明的小把戏。始终坚持内外有别，一致对外。即使在处理那些袭击、残杀无辜西方人的浪人、武士案件中，政府能庇护、包庇的，也一律庇护、包庇。迫不得已处以极刑的，一些日本人也不认为凶手罪有应得，相反，说他们是舍身救国的英雄，是天皇的忠臣。第二，洋务运动与明治维新几乎同时开始，然而二十几年后两国一场大战，即甲午战争无情宣告：一个失败、一个成功；一个孱弱不堪、气息奄奄；一个踌躇满志，气焰嚣张。第三，据长期驻日的英国外交官萨道义记载，日本人"屡战屡败，屡败屡战，而且越战越强"。真正叫不服输。而一旦彻底输了，又不计前嫌，积极配合，彻底服，言必信、行必果，发愤图强，的确"是值得尊重的对手"。第四，绝对尊重和服从上级。触怒上级时，日本武士会立刻以"极具恭顺的态度"，采取所谓负荆请罪的法子，听凭对方任意发落。而不是口是心非，两面三刀，或百般狡辩，推卸责任。第五，以天皇、幕府、大名、诸藩会议等基本元素构筑的日本政体与中央集权制相比，更接近英国的君主立宪制，因此，更容易与英式民主对接，从而更容易实现近代化。

仇恨 □

仇恨是人类情感中最为强烈的一种。轻则幸灾乐祸，重则除之而后快。战争、恐袭、行凶，都是仇恨累积的最终爆发。

产生仇恨的原因有很多。但大体上不外乎夺其利、伤其心。"人为财死，鸟为食亡。""人活一口气，树活一张皮。"说的就是这个意思。

　　至于用刀枪，还是用炸弹、汽车、飞机、毒药发泄仇恨并不重要。它们是工具，不是主体和主因。仇恨没有消除，再严格的安检、管控都是权宜之计，不是治本之策。怀恨在心者，必伺机报复。

　　应该说，法国、英国、美国等国家情报部门和警察部门的能力、水平都是一流的。然而，从纽约"9·11"，到伦敦、巴黎汽车撞人，说明仅靠"打击"是不够的。必须平衡各方利益，相互尊重，从而铲除仇恨产生的土壤，从根本上化解矛盾。

思想 □

　　孔子是圣人，释迦牟尼是佛祖，耶稣是上帝的儿子。他们有一个共同点，就是他们死后，他们的学说、教义被徒子徒孙们持续肢解、分头传播，并且，各立门户，都宣称自己最正宗、最正统。

　　卢梭是启蒙运动的代表人物之一，他的命运也一样。善良、真诚的人从他的《社会契约论》中看到了自由、平等、博爱，而罗伯斯比尔、拿破仑却抓住书中提出的"普遍意志"不放，为迫害对手乃至武力侵略别国找借口。

　　历史上伟大的思想好比太阳，她的影响和效果好比太阳照在地球上，五颜六色不是光的结果，而是万物对光的反映。因此，一切历史都是当代史，一切思想史都是当代思想史，这话一点没错啊！

情理 □

美国人爱德华·威尔逊在《知识大融通》中说："虽然我们以为理性是人类的特征，只要稍加培养就会开花结果，但事与愿违。人类并不在乎理性思考……人类的动机就像迷宫般难以捉摸。"

我的体会是，在社会决策领域，情感作用大于理性。因此，情商即逗人喜欢、让人高兴，比智商在社会活动中重要。相反，在自然科学研究领域，智商比情商重要。即使某个人性情古怪，脾气暴躁，只要他是天才，大家也能容忍、接纳，并高兴为他服务。在研究领域，能人的作用大于好人，理性作为人类特征表现明显。

媒体 □

《经济学人》（2017年7月1—7日）发表一篇题为 *AL Jazeera Changing the Channel* 的文章，副标题是 *Is the broadcaster an independent voice or a propaganda tool?*，说的是卡塔尔外交风波中涉及半岛电视台的事，关乎的却是媒体报道独立性或新闻自由这个老大难问题。

真实、客观、公正、中立是媒体的生命。可是，知易行难。在一个有阶级、有政党、有股东、有利益集团的社会，媒体报道很难做到不偏不倚，没有倾向性，没有目的性。何况报道很难做到全景式报道，而读者、观众又喜欢以偏概全，如瞎子摸象。

因此，完美是不可能的，只能退而求其次。希望这个社会的领导阶级是先进的，政党是大公无私的，企业是守法的。唯其如此，媒体才可能是公正的、客观的；报道是真实的、全面的；报道效果和舆论引导结果是符合大多数人利益的、符合社会发展规律的。

生命 □

文学，特别是短篇小说，能具体生动、简洁明快地诠释生命的真谛。例如，艾·巴·辛格《蠢人的天堂》中的阿则尔，亲历天堂后告诉我们，人间最美好，只有蠢人才向往天堂。列斯里·戈登·伯纳德的《无价之宝》中的四个人，受人之托，将"神秘的木箱"合力抬出危险的森林，试图获取"无价之宝"，结果发现，无价之宝不是别的，是生命和维护生命所必需的团队精神。泰戈尔《乐园里的不速之客》中的画家和少女的故事告诉我们，闲暇、美与劳动、质朴一样，人生不可或缺。I.B.辛格《生命之源》中的两片枫叶向我们揭示，生命之源是彼此真诚的爱心。星新一《树下的修行》真是应了中国道家那句话，"不见可欲，使民心不乱"。然而才见可欲，圣人也守不住。大卫·米德《树叶》说生死如树叶。德国民间故事说疾病和痛苦就是《死神的仆人》，还说人生七十年即生命的期限，最初三十年属于自己，最快乐、最健康、最无忧无虑，接着过驴的十八年，狗的十二年，猴的十年。意大利民间故事《长生不老的地方》只存在于人们的愿望里。印度故事《渔民与大海》说，死亡并不能阻挡人们求生。斯特林堡的《半张纸》记述了人生的琐碎与本质。爱伦·坡《椭圆形画像》，用生命和爱铸造艺术。

醒世 □

　　文学的醒世功能是独一无二的。它表面上讲的是故事，实际上说的是道理。例如，意大利塞万·乔万尼·菲奥伦蒂诺笔下一个年轻人，违反《父亲的三条诫命》，教训深刻：大葱提醒自己久处生厌，马尾提醒自己见好就收，而长裤提醒自己不要舍近求远。美国威廉·萨洛扬《牧羊女》牢记古训：薄技在身，不仅可以养家糊口，有时还可以救命解危。斯坦·巴斯托《祖父的表》则时刻告诫我们忍耐的重要性。伊尔莎·斯奇培尔莉《通往广场的路不止一条》，尽管选择有时是痛苦的，也是有风险的。W.J.莱德勒《海明威的教导》，无非要我们做有教养的人：面对他人不幸时，要有同情心；面对自己不幸时，要随遇而安，想方设法，挽回败局，不要硬拼。辛·吉尼《我能应付过去》讲信念的重要性。日本芥川龙之介《魔术》说，无欲谈何容易。俄罗斯阿法纳西耶夫告诉我们，《善意的话》是值钱的，关键时候能发挥关键作用。印度故事《金钱猛于虎》，不言而喻。阿富汗阿布巴卡《一个爱金币的人》终于明白，"当金币堆到你的脖子时，是会让你送命的"。

文学 □

　　哲学是世界观、方法论，文学也是世界观、方法论。不过，哲学抽象、严谨，而文学具体、生动。哲学讲论据，文学可以虚构。例如，埃塞俄比亚缪勒德·卡麦尔《聪明的女人》中的女人应该懂得用驯服狮子的办法去驯服丈夫。日本赤川次郎《代笔》中的女人则通过代笔把自己的男朋友按自己的意思教育出来。美国戴维·科宁斯《走向生活》中的主人公发现，广交新友能赋予生活以价值，平添许多欢乐。挪威故事《丈夫和妻子》中的丈夫与妻子换位后的经历告诉我们，那些自己不会干事，却专门气鼓鼓地教训别人的人，是不会有好下场的。

金钱 □

在经济学家眼里，金钱是价值尺度、交易媒介、贮藏手段、世界货币，是资本的原生形态，是经济的血脉。而在文学家笔下，金钱变成了完全不同的形象。例如，在法国作家阿兰·德姆宗笔下，金钱是有毒的。（《第十三把金匙》）在阿富汗作家阿布巴卡笔下，金钱是灾难。（《一个爱金币的人》）在非洲故事《一个穷樵夫》里，金钱使人变得吝啬。在美国作家约翰·格立克斯笔下，有品德、有骨气的人才算富有，不义之财绝不可取。（《中彩之夜》）在欧·亨利笔下的少爷和姑妈眼里，金钱连一分钟的时间都买不到，十个百万富翁凑在一起也不能把社会规律拖动一步，同真实的爱情比较起来，金钱简直成了粪土……但事实证明，安东尼的"钱能通神"又对了。（《财神与爱神》）角度不同，结论不同。所以，正确的思维必须是全面的、系统的，即辩证的而不是形而上学的。

成见 □

成见，由来已久，无处不在。

例如，在英语里，保留了不少嘲讽荷兰人、法国人的句子。Go Dutch 或Have a Dutch Treat（荷式请客等于没有请客，AA制）；Dutch Courage（荷式勇敢实为酒壮人胆）;Dutch Defense（荷式防御实为撤退）；Take a French Leave（法国人不靠谱）；French Letter（Pox, Novel）讽刺法国人在性方面过于放浪；Pardon My French（抱歉言语露骨、粗俗）。显然，这些句子包含了英国人长期以来对荷兰人、法国人的成见。

再如，在中国，说湖北人是"九头鸟"，说湘女多情，说东北人忽悠，说燕赵多义士，说北方人饱食终日、无所用心，说南方人群居终日、言不及义……同样存在地域歧视或对外地人的成见。

不同现象在不同地方出现的概率有高有低。较高概率加上人们以偏概全、以讹传讹，就产生了成见。事实上，哪里都有左中右，保持警觉是对的，但绝不可因噎废食，把成见当作真理坚持和尊崇。

写作 □

刚读莫泊桑、欧·亨利的小说，很为他们的故事结局出人意料而拍案惊奇。几篇下来，套路就清楚了，意料之外变成了意料之中。

先看莫泊桑。全家期盼、以为在美洲发财的于勒叔叔结果是一个在船上打工、穷困潦倒的老头（《我的叔叔于勒》）；人人都瞧不起的妓女羊脂球却最富爱心和牺牲精神，而同车的上流社会人士十分虚伪、自私、冷酷（《羊脂球》）。

再看欧·亨利。德拉和吉姆是一对贫穷而相爱的夫妻，为了给对方购买圣诞礼物，德拉卖了头发买了表链，而吉姆卖了金表买了发梳，动机之纯真、高尚而结果之尴尬、可笑可想而知。(《麦琪的礼物》)地球公民伊·拉什莫尔·科格伦因为听不得别人褒贬他的家乡而大打出手。(《咖啡馆里的世界主义者》)麦卡斯基夫妇因为邻居孩子"走失"而停止争吵,又因为找到而重新开战。(《回合之间》)

万事万物都有规律,文学写作也不例外。莫泊桑、欧·亨利这样含而不露、出其不意地写,肯定比开门见山、平铺直叙的通讯报道要巧妙、感人得多。

感悟 □

美国首席大法官约翰·罗伯茨受邀在他儿子的中学毕业典礼上演讲。其中一段被译成中文并在网上广为流传,中心思想是希望学子们从挫折中感悟人生哲理,不断完善自己。原文如下:

I hope you will be treated unfairly, so that you will come to learn the value of justice. I hope you will suffer betrayal, because that will teach you the importance of loyalty. I hope you will be lonely from time to time, so you don't take friends for granted. I wish you bad luck again from time to time, so that you will be conscious of the role of chance in life, and understand that your success is not completely deserved, and that the failure of others is not completely deserved, either.

毫无疑问,这段话角度新颖,不落俗套,给人启迪。但有前提,绝非必然、当然。就是说,遇到不公、背叛、孤独、噩运的人本身要有悟性，且善良、宽容，悲天悯人。相反，因为不公，报复社会的有之；因为出卖，不再相信人的有之；因为孤独，怨天尤人的有之；因为机遇，得意忘形的有之……总之，多年媳妇熬成婆，有好婆婆，也有恶婆婆。

远游 □

我宁愿做只麻雀 / 不愿做蜗牛 / 我愿意/如果可以 / 我真愿意。

我宁愿做把锤子 / 不愿做钉子 / 我愿意 / 如果唯我可以 / 我真愿意。

远游 / 我宁愿去远游 / 像一只天鹅 / 忽这忽那。

男儿被束缚在一个地方 / 有什么比这更大的悲伤 / 更大的悲伤。

我宁愿做片树林 / 不做街道 / 我愿意 / 如果可以 / 我真愿意。

我宁愿踏遍千山万水 / 我愿意 / 如果唯我可以 / 我真愿意。

远游 / 我宁愿去远游 / 像一只天鹅 / 忽这忽那。

男儿被束缚在一个地方 / 有什么比这更大的悲伤 / 更大的悲伤。

以上是拉美的一首民歌，歌名叫《老鹰之歌》。我把它翻译出来，一是喜欢它的曲调：古朴、浑厚、悠远，乐而不淫、哀而不伤，十分优美；二是喜欢它的人生观：积极主动、乐观向上，敢闯敢干、敢爱敢恨。长期以来，我们中国人安土重迁，性格柔弱，相信"父母在，不远游"。乃至故步自封、闭关锁国。近代吃了不少苦头。今天，中国的成就有目共睹，在众多的原因当中，我认为，开放、流动不可忽略。或许这也是我们听唱这首歌的意义。

安全 □

2017年上半年，约2亿人口的巴西，凶杀死亡人数（Homicide）超过28000人，相当于每天凶杀死亡155人或每小时6人。据说，2017年可能破该国的历史纪录，即年凶杀死亡60000人。相较美国，3.26亿人口，年凶杀死亡人数（Murders）15696人（2015年FBI），巴西是一个极不安全的国家。

安全，是人类与生俱来的、神圣不可侵犯的一项权利，是原始的、本能的、基本的一种需求，必须得到尊重和保护。

衡量一个国家的文明程度，一个政府的治理水平以及人民的幸福指数，安全感不可或缺。

稳定、和平，绝不是一句空洞的、骗人的政治口号、外交辞令。它是实在的、必需的，值得每个人去呵护。

唯物 □

马克思主义者是彻底的唯物主义者。恩格斯说过，泪水是人体化学反应的结果，意识、情感本身也是物质的。

2017年美国科学家杰弗里·霍尔、迈克尔·罗斯巴什和迈克尔·扬因为发现了控制人类生物钟的分子机制，荣获诺贝尔生理学或医学奖。

三位科学家解释了植物、动物和人类如何通过调节生物节律，与地球旋转实现同步。他们利用果蝇分离出一种能够控制日常生物节律的基因，展示了这种基因如何控制一种特殊蛋白质的合成，这种蛋白质夜间在细胞中积聚，到了白天又会降解。

生物钟负责调节重要的生物机能，比如行为、激素水平、睡眠、体温和新陈代谢。

既然生物钟运行机理搞清楚了，那么人为干预它、引导它就有可能。我相信，随着生理学、医学不断进步，更多的隐藏在人类行为、言语、思想、情感背后的身体原因会被揭示出来。或许有一天，统一思想只需打一针；改造罪犯只需吃片药；天性可调整，本性可移除，标准人可以制造出来。

诚信 ☐

假冒伪劣，人人喊打；坑蒙拐骗，个个痛恨。

然而，明治维新前的日本商人在这方面比当今中国的网商有过之而无不及。

1862年至1882年以及1895年至1900年，萨道义任英国驻日外交官。他在 *A Diplomat in Japan*（中译名：《明治维新亲历记》）中记载：

与外国商人做买卖的正是些既没钱又不懂贸易的投机分子。对于这些家伙来说，随便撕毁合同、搞些商业欺诈简直是家常便饭。外国商人们必须谨慎行事。他们向当地人购买稻草，对方收了大笔订金后却不知道什么时候才能交货；他们受对方的委托进口货品，可只要货品的价格稍有波动，主顾们便马上拒绝如约收货，生怕自己遭受一丁点儿损失。生丝里往往掺进了沙子，或故意用压分量的粗纸绳捆扎货物……购买茶叶也不能掉以轻心，因为当地人未必会按照样品的标准交货。偶尔也会传来日本商人上当受骗的消息，但大体来说，在这种比谁更坏的游戏中，通常的赢家总以日本人居多。对外国商人来说，日本人就等同于骗子。

可喜的是日本人后来改了，形象完全变了。他们现在给世界留下的印象是勤奋自律，精益求精，诚实守信。

什么时候我们中国商人也能改掉恶习、陋习，见贤思齐，给外界树立比日本人、欧美人更好的形象呢？

知心 □

俗话说，知人知面不知心。又说，人心隔肚皮。

2017年诺贝尔化学奖授予一项突破性技术，即冷冻电镜，让科学家可以利用超自然的冰冷低温，零下200摄氏度，制作出细胞内部最微小结构的极其详细的清晰的图像。相较X射线晶体学，这是一项重大进步。这些图像将为科学家提供了解生命基本构成单元的工具。真正看到细胞的结构，看到细胞相互关联以及一起工作的方式，对于治疗和预防从阿尔茨海默症到寨卡病毒感染等各种疾病具有重要意义。药物和工业化学品开发也有望因此受益。

科学家真的伟大。谜，在一个个被解开。只要笃信世界是物质的，今天能拍下人的细胞内部结构，明天就能拍下其内心世界。知心完全可能。

有无 □

《老子》说："天下万物生于有，有生于无。"这话不知让古今中外多少人匪夷所思，甚或觉得荒唐。

事实上，眼见未必为实，看不见也不等于不存在。

2017年10月3日，瑞典皇家科学院公布当年诺贝尔物理学奖获奖者名单，即美国科学家雷纳·魏斯、巴里·巴里什和基普·索恩因，他们首度观测到"引力波"，即两个密度极大的宇宙黑洞相撞所产生的引力波，尽管这一信号抵达地球时非常弱，但足以给天体物理学带来一场革命，开启看不见的世界。

赞曰：世界之奇妙，远非凡夫所能想象；事物之深奥，殊非庸人所能解释。学无止境，术有专攻。信然！

上帝 □

上帝为什么是男性，而不是女性？欧美女权主义者这样质问。在她们看来，这不公平。

假如上帝改成女娲，并且像中国人说的，女娲造人。女权主义者应该满意了。可是，男人们要问了："为什么不是男性？"

所以，上帝不能有性别。同样，上帝也不能有特定的种族和国籍。它必须是抽象的、无形的，它必须尽可能地包含信徒们的共同意志。

上帝抽象，只有在个别情形里看似具体，例如，在基督教教义需要人格化时，有他和她的区别。在祈祷时，每一个人有自己心目中的上帝。但归根结底，他或她只是一个符号，甚至上帝本身也是一个符号。叫上帝，还是叫如来、安拉、大仙，并不重要。上帝的本质是社会意志。上帝的话，可以叫教，也可以叫道、仁义、绝对真理、主义……哪一种意志占据统治地位，它的创始人就可能变成不是上帝的上帝。所以，上帝不是死了，是有了新的上帝；孔家店也不是倒了，是开了新店。统治阶级的意志至高无上，这是实，而上帝之类的称号是名。名者，实之宾也。

诧异 □

大多数时候、大多数人生活在想当然状态。看看下面一组数字和文字，您或许也会感到诧异：

罗马帝国赫赫有名，但它的臣民平均寿命只有28岁。

遗传基因有强有弱，寿命长短只有3%取决于父母的寿命，而高矮则90%取决于父母的身高。

牙齿检测年龄误差不超过5岁。

衰老是一个过程：一个体能减弱、机能丧失的过程。从30岁开始，心脏的泵血峰值稳步下降。40岁左右，肌肉的质量和力量开始走下坡路，多任务处理能力下降。50岁开始，骨头以每年1%的速度丢失骨密度；一般人头发一半会变白。

到2017年10月，人工智能（AI）的智商还不及6岁儿童。

男性和有孕史女性供血死亡率较高。

身体死亡后大脑仍有意识，就是说，人们是知道自己死了的。

在撒哈拉沙漠以南国家，5岁以前儿童死亡率是1∶13。而在发达国家，这个比率是1∶189。

鱼会抑郁！

……

诧异源于无知。古人说，少见多怪。

好逸恶劳是人的天性。学习钻研劳心费力，对很多人来说，不如人云亦云，或者干脆自以为是、想当然。

做一个明白人，必须活到老学到老。

随便 □

据报道，耸耸肩膀回答说"随便吧（whatever）"已连续第九年成为美国人最烦的词。

鲁迅先生说，国人是阿Q，自欺欺人，自我安慰，迷信愚昧，精神胜利；胡适先生说，国人是差不多先生，敷衍了事，浅尝辄止。其实，中国人还是随便大王。"随便！"成了很多中国人的口头禅。

美国人最烦"随便吧"，中国人又何尝不是？

随便，有时意味着随和。但大多数时候意味着缺乏热情，推卸责任，没有是非原则，不够严肃认真……总之，不好，所以人们很烦！

鲁迅先生毙了阿Q，并且让他断子绝孙，意味深长。胡适先生嬉笑怒骂，让差不多先生体无完肤，颜面扫地。今天，中央以上率下，说到做到，管党治党，从严治党，估计"随便大王"的日子也不好过了。

规则 □

2018年1月13—19日《经济学人》发表两篇短文，一篇叫《规则浓于血》（*Rules Are Thicker than Blood*）讲新加坡收养、代孕孩子问题；另一篇叫《祖先渴求》（*Ancestral Longings*），讲中国人修家谱。

中国人常说，血浓于水。这话若用于救灾、救济、行善、积德等方面也是对的。但在亲情面前，矛盾冲突、利益纠葛乃至制度规矩都不算什么，其淡如水，又有问题了。

就说修家谱这事。中国人修家谱，既有追根溯源、光宗耀祖、教化子弟等积极面，也有拉帮结派、营私舞弊、企图以血缘对抗规则之嫌。作为一个现代国家，法治、平等、自由是根基。规则浓于血。不允许宗族势力反扑地方政权，宗法制度挑战国家法律。如果规则与情感冲突，我们必须坚持规则第一。规则不对，可以改正，但修改、通过之前，情感必须服从现行规则。

苔花 □

清代诗人袁枚的《苔》，短小精悍，寓意深刻。因为贵州支教老师梁俊谱入歌曲而誉满当今，感动无数人。人穷志不短，位卑忧不减，新时代是奋斗者的时代。我读了这首诗，也很感动，并按AA、BB……韵试译成英文。以博一粲耳：

Mosses

Yuan Mei

No Sunlight have been /

But it's full of green /

Flowers like millets /

Blossom as peonies.

白日不到处，

青春恰自来。

苔花如米小，

也学牡丹开。

女性 □

　　感觉上女性比男性更好静、更爱和平。可事实上，据Oeindrila Dube和S.P.Harish研究，1480年至1913年间，欧洲193个王朝，女王当政时战争爆发的可能性比男性统治者高出27%。由此，作者说，女性更好战！（《经济学人》2017年6月3—9日）

　　是的，感觉与实际不符，即感觉偏差，亦即误觉是存在的。唯有博学之、审问之、慎思之、明辨之，才能去伪存真，纠正错误。

　　是不是女性较男性更善于"伪装"、更理性、更执着呢？一般情况下，更善于以退为进，以静制动，而一旦掌握权力，往往更任性、更好战呢？可是，在中国，女性掌权的机会很少。仅有的几次，无论怎么统计、分析，都得不出"女性更好战"的结论。

　　马克思主义认为，人的本性是社会关系的总和。有什么样的社会背景和时代背景，就有什么样的历史人物和历史事件，跟性别没有必然的联系。

始祖 □

马克·吐温在 *The Diaries of Adam and Eve* 一书中向我们讲述了发生在伊甸园的故事。书中亚当、夏娃有血有肉有情感，充满好奇与探索精神，善思考，重实验，视爱为乐园。

按照《圣经》的说法，亚当、夏娃是人类的始祖。而马克·吐温笔下的始祖更像一对恋爱中的美国年轻人，他们的个性彰显了西方价值观。包括：

1. 追求自由。I am too much hampered here. What l need is change of scene.

2. 肯定物质。Principles have no real force except when one is well fed.

3. 强调自力。It is ordered that we work for our living hereafter.

4. 充满幻想。Stars are good, too ... I tried to knock some down with a pole.

5. 博爱天下。A loving good heart is riches, and riches enough, and that without it intellect is poverty.

6. 害怕孤独。It is a long time to be alone.

7. 崇尚实验。It is best to prove things by actual experiment.

8. 人生即真理、快乐、感恩！

9. 爱即性，性即爱。爱不需要任何理由。

古人说：文以载道。即使是光着身子的亚当、夏娃，也得承载马克·吐温先生的美式价值观。

进步 □

孔多塞，法国启蒙思想家。1794年3月29日过世。《知识大融通》的作者爱德华·威尔逊说，没有任何事件能像这一天代表启蒙运动的结束。

孔多塞被誉为进步法则（Law of Progress）的先知。他宣称，社会进步是不可避免的，战争和革命只是欧洲自我调整的一种途径。

按照这一理论，未来永远充满希望，悲观没有必要，明天会更好。

马克思主义也承认人类社会进步的必然性，并将共产主义视为终极目标，同时，认为进步过程呈现出螺旋式上升、波浪式前进特点。

不过，要记住一点：进步从来不会从天而降，必须主动作为，努力奋斗。

怀旧 □

苏联时代，有理想，没面包；有组织，没安全；有骨气，没底气；有统一意志，没个性自由。

俄罗斯时代，物质丰富了，精神混乱了；自由找到了，方向失去了；效率提高了，贫富分化了。乱哄哄，你方唱罢我登场！这就是白俄作家S.A.阿列克谢耶维奇《二手时间》给我们描述的苏、俄变迁。

苏联搞不下去了，俄罗斯也没有立刻强大起来。过去好的随坏的一起丢了；现在坏的随好的一起来了。人们只要好的，不要坏的。因为痛恨现在坏的而怀念过去好的，比如，痛恨贫富悬殊而怀念集体平均主义，痛恨混乱而怀念强权和管制，从而使眼下的一切似曾相识，像一件穿过的衣服、鞋子，成为二手时代。

生老病死既是痛苦，也是幸福。痛苦无处不在、无人不有；幸福同样无处不在、无人不有。没有纯幸福的人生，也没有纯痛苦的人生。国家、民族、社会、团体如同人生不会纯而又纯。任何制度下都有欢乐和痛苦。有理想但不能理想化，唯两害相权取其轻、两利相权取其重而已。大多数人幸福比过去多、痛苦比过去少，改革就是值得的、成功的；个别的、偶尔的怀旧言行完全可以忽略。

法律 □

富勒在《法律的道德性》一书中将道德划分为义务的道德和愿望的道德两种，并指出，交换经济学同义务的道德之间存在紧密的亲和性，注重的是互惠；而边际效用经济学好像是愿望的道德在经济领域内的对应物，追求的是最佳。法律便是义务的道德最近的表亲，而美学则是愿望的道德最近的亲属。

其实，到目前为止，法律都是统治阶级意志的集中体现。法律的道德性是存在的，但是，道德也只能是统治阶级的道德。只有统治阶级的道德使法律成为可能。因此，互惠是相对的、有条件的。互惠绝不是平均和等价交换。

食利　□

雅尼斯·瓦鲁法克斯在《经济学的邀请》一书中指出："经济租金是经济增长的制动器……经济租金占社会总收入比重较大的社会，必然是经济发展比较慢的社会，也是容易出现停滞的社会。"

马克思主义也认为，食利阶层是寄生虫，是腐朽的、没落的、反动的。

中国改革开放取得了举世瞩目的成就。人们收入提高了，财富增加了，生活水平明显改善了。但与此同时，靠租金、利息等财产性收入生活的人群也迅速扩大了。许多大学生毕业参加工作，一半以上的工资收入付了房租。而拥有多余房产的人，不是投机商、富人，就是拆迁户、违建者、城中村村民。他们构成新的食利阶层。有的甚至饱食终日，无所事事。既增大经济发展成本，又妨碍城市规划管理，还祸害子孙。国家应该出台政策措施，控制租金收入，压缩食利空间。可惜，至少在珠三角，有的地方政府不仅不这样去做，反而出钱出力，帮助村居置业出租，名曰扶贫开发，实则把村、居民变成食利者。真是好心办坏事啊。

争论　□

希夫兄弟的《小岛经济学》、贝克尔夫妇的《生活中的经济学》、茅于轼的《生活中的经济学》等，都试图用日常生活阐释、印证业已复杂、高深的经济理论，或运用经济学原理解释现实生活，抨击他们声称的愚不可及的政策。

然而，据我观察，许多争论天真幼稚、没有意义甚至荒唐可笑。例如，在经济形势分析或经济走势判断上，永远有乐观派和悲观派。两派争来争去，还不如一句谚语清楚：年年难过年年过，办法总比困难多。又如，在政府调控与市场调节谁主谁辅问题上，永远有政府派和市场派。两派争来争去，还不如邓小平同志一句话明白：白猫黑猫，抓住老鼠就是好猫。再如，利率高低，税负轻重，工资多少……争来争去，还不如一句俗话简洁：一个愿打，一个愿挨。

生死 □

衰老与死亡，对绝大多数人来说，是悲伤、痛苦甚至恐惧的事，是敏感、忌讳而又无可奈何的事。像庄子妻死鼓盆而歌这样的人和事，史上少见。

孔子说："未知生，焉知死？"孔子对生死的态度是这样，绝大多数医院和医生的态度更是这样。他们的职责是救死扶伤，妙手回春是他们最高兴、最骄傲的事，而眷顾垂死的生命像一个"界外球"。

阿图·葛文德医生与众不同，五十而知天命，在*Being Morta*一书中大谈衰老与死亡问题。他指出："我们一直犹犹豫豫，不肯诚实地面对衰老和垂死的窘境，本应获得的安宁缓和医疗与许多人擦肩而过，过度的技术干预反而增加了对逝者和亲属的伤害，剥夺了他们最需要的临终关怀。"他说，如何优雅地跨越生命的终点？大多数人缺乏清晰的观念，而只是把命运交由医学、技术和陌生人来掌控，不明白救治失败并非医学无能，而是对生命进程的尊重。他相信，终有一天，"生的愉悦与死的坦然都将成为生命圆满的标志"。

阿图·葛文德是印度裔美国人，在他看来，印度老人在亲人的身边自然地衰老、死亡，远比那些开膛破肚、插满管子躺在医院死去的美国人更坦然、更有尊严。

仪表

不同政体下，国民性格、习俗甚至仪表都会不同。

1831—1832年，托克维尔到美国考察了九个月，随后，写作并出版《论美国的民主》上下卷。有意思的是，他在下卷第三部分第十四章中专门论述了美国人的仪表——

"在民主国家里，人们的仪表一般都不大威严，因为私人的生活没有高大之处。人们的仪表往往是不拘小节的，因为民主国家的人只忙于家务，很少有机会去讲究仪表""生活在民主制度下的人过于好动，流动性很大……在仪表上经常有一种互不连贯的表现""人们的仪表从来不像贵族制国家那样讲究文雅，但也永远不粗暴""人们的仪表像一层织造得并不太好的薄纱，通过这层薄纱可以容易看到每个人的真正感情和个性化思想。因此，人们行动的外表和内容往往极为一致"。

古人说，相由心生。而心或者说意识只能是被意识到了的存在。马克思主义认为，存在决定意识。因为政体、政治制度是一种显性的、强力的存在，所以，不同政体、不同政治制度下，国民仪表、性格、习俗会有很大区别。人们必须循规蹈矩。禁忌、陈规陋习越少，人们才会越放松、越真实。

谨言

在古代中国，从皇帝嘴里说出来的话叫"金口玉言"。皇帝具有绝对权威，说一不二，说到做到。当然，普通老百姓也不能信口开河，"一言既出，驷马难追"，所以，谨言缄口是中国人对自己的基本要求。不过近现代发生了很大变化。言者无罪，闻者足戒。言论自由俨然成为基本人权。

但政治家等公众人物仍需要管住自己的嘴。他们的言论是舆论风向标，他们的行为是道德和权威的象征，影响面大。他们胡言乱语、胡作非为会导致公信力下降，人们甚至无所适从。

金口太累，大嘴太滥。金口有说错的时候；大嘴有说对的地方。不管从什么嘴里说出来，都应言之有理、持之有据。毛主席说，只要你说得对，我们就听你的；对人民有好处，我们就照你的办。我的体会是，说了算的前提是说得对。至于对不对，还是那句老话，"实践是检验真理的唯一标准"。

求人

求人的感觉不好：觉得自己能力不行，背景不硬，被人看轻，丢面子，伤自尊，委屈……所以，人们不会轻易求人。俗话说，求人不如求己。

David Sturt和Todd Nordstrom先生不认为求人有多丢人，求人也不表明自己无能。相反，敢于求人的人，善于求人的人更强大，结果和结局更好。他们在2017年11月1日《福布斯》双周刊网站上发表文章，列举求人四点正当理由，即求人不舒服，但不舒服逼你进步；求人是一种自我保护措施，硬扛可能崩溃；集思广益；培养了身边的人。

我的体会是，只要动机纯、手段合法，求人没有什么不可以，没有什么丢人的。社会要进步，人们要分工，求人就像分工一样自然，就像合作一样必要。人的能力、精力有限，离群索居、自我封闭不可能建功立业，甚至不可能生存、生活下去。

卡斯 □

詹姆斯·卡斯退休前是纽约大学教授。1987年出版《有限与无限的游戏》一书。他说，世上至少有两种游戏，即以取胜为目的的有限游戏和以延续游戏为目的的无限游戏。前者如战争、污染、不朽、政治，后者如文化、聚会。并且说，我们迫切需要转变游戏观，即从有限的游戏转向无限的游戏。最后不无矛盾地指出，"世上有且只有一种无限游戏"。

其实，有限与无限是一对矛盾。它们的关系，辩证唯物主义早已说清楚了。

卡斯揭示了有限游戏种种弊端，希望大家抛弃有限游戏，转向无限游戏；希望每个人都是自己的天才，都是贡献者。显然，这不完全符合辩证法，也不完全符合客观实际。可以肯定的是，卡斯是一个理想主义者，一个充满宗教情怀的学者。

媒体 ☐

社交媒体，例如，Facebook、Twitter等，是改善了政治，还是威胁了民主？是给政治带来光明，还是扩散毒气？见仁见智。

社交媒体有优点，如更快捷、更透明、更广泛、更方便等；但也有缺点，如更随意、更容易被人控制、更可怕、更缺乏公信力。据抽样调查，相信纸媒的美国人超过50%，而相信社交媒体的只有37%。

在中国，媒体是党的喉舌。因为坚持党的领导、人民当家作主、依法治国有机统一，所以，媒体也是人民的喉舌、公平正义的喉舌。

在资本主义国家，媒体是资本的喉舌，金钱的仆人。为资本服务，替股东说话。因此，媒体不可能公正、客观，它一定有偏见和倾向，良知和责任一定服从局部利益。

话语权是一种权力。如果媒体不能被有效管控，即不能替人民说话、为公众利益服务，同样可能被利用甚至滥用。《经济学人》承认，Social media are being abused。因此，同样需要制衡和约束，党的十九大报告提出"牢牢掌握意识形态工作领导权"是完全正确的。

经验 ☐

经验弥足珍贵。然而，一百个人有一百条经验。成功没有模式，经验没有标准。

亚马逊老板杰夫·贝索斯身家950亿美元，富可敌国。他在接受访谈时说，他的秘诀是：认识合适的伴侣，不要同时干多件事情，带着

"孩童般的好奇心"处理问题，冒险并且永不言悔。

我相信，很多人包括一些农民都能做到这些。但他们并没有拥有巨额财富，有的甚至身陷困境。说明这绝不是放之四海而皆准的成功秘诀。

要说成功及其经验，还得借助于辩证唯物主义。何谓成功？三百六十行，行行出状元。而不同质的事物是不可比的。首先，解决的办法是，承认各行各业中优胜者都是成功者。其次，怎么比？比上不足比下有余。有人垫底，你就不算失败。再次，比什么？皇天不负苦心人。天地不仁，以万物为刍狗。上天既不会特别眷顾某些人，也不会故意伤害某些人。每一个人都有值得骄傲的地方。看到这些，你就不会、不该羡慕嫉妒恨。

总之，不能静止地、孤立地、片面地看成功及其经验。大道之行，天下为公。只要有益于人类，有利于进步，都是成功的，值得大家学习的。

科技

马丁·福特的《机器人时代》（英文可直译为：机器人的崛起：技术及无所事事的未来之威胁），我翻阅了一下，感触良多。

首先，我更坚信科技是第一生产力、生产力决定生产关系这些马克思主义的基本原理。从石器时代到青铜时代到铁器、火器、计算机时代，从农业经济到工业经济到信息经济，从刀耕火种到牛耕铁犁到机器生产到全自动化，从原始社会到奴隶社会、封建社会、资本主义社会、社会主义社会，无不印证马克思主义基本原理的科学性。

其次，无论科技怎么进步，科技产品只能是人类某一器官功能、人的某一技能的替代、延伸、扩展、改善，而不是人及其器官的敌对物。如果人类的产品异化为人类的主宰，那绝对是人类的悲剧。而这样的悲剧，按照趋利避害原则，是不可能出现的。

再次，从来没有一个时代像信息化、自动化时代凸显天才的作用和影响力。尽管一部人类社会史就是一部以少制多的历史，但从未像现在这样，少数变得越来越少，普罗大众的价值越来越低，暴力、金钱、权力的作用越来越小。

最后，我看到了共产主义社会的曙光。机器人变成了劳动力，人类从繁重的体力和智力劳动中解放出来，人从必然王国进入自由王国、实现人的全面自由发展是可能的，劳动不再是谋生手段是可能的，财富像泉水一样喷涌而出是可能的。

失衡 □

失衡，是一个世界性难题。

首先是国与国之间发展不平衡。南南合作、世界银行一直试图缓解，但收效甚微。相反，贫富差距越来越大。

其次是同一个国家不同地区发展不平衡。据OECD报告，2000—2015年，英国、德国、美国、法国、意大利等国家最穷地区与最富地区人均GDP差距都在扩大而不是在缩小。比如英国，即从1：17扩大到1：27。

最后是同一地区居民收入、财富，从而生存状况不平衡。基尼系数在扩大，"马太效应"越来越明显。以广州为例，2010—2016年，城乡居民可支配收入差距从2万元扩大到3万元。

孔子说，不患寡而患不均。俗话说，人平不言。经济失衡必然引起心理失衡、行为失范，甚至社会动荡、区域冲突。

因此，要千方百计促进均衡发展。尽管绝对平衡不可能，也没有必要，但相对平衡是必需的。

促进均衡发展有很多方法，比如，对口支援、精准扶贫、转移支付、移民等。但最根本最持久的办法是确保要素自由流动，消除人为障碍，比如，户口限制、土地流转限制、学籍限制等。因为要素自由流动和资本的逐利性会逐渐缩小区域或人群之间的差距。

中心 □

"以自我为中心"不只是某些人的人生观、价值观，也是某些国家和地区的地理观。中国，顾名思义，不言而喻。赫里福德教堂里的古世界地图，耶路撒冷是世界的中心。而伊斯坦布尔中世纪突厥地图，从未听说过的八剌沙衮成了世界中心。

然而，历史和事实只讲实力。哪儿富，哪儿强，哪儿就是世界的中心。中心不能自封。

在大多数欧洲作者笔下，一部世界史，就是一部从古希腊到古罗马到基督教到文艺复兴到启蒙运动到工业革命到美国出现的历史。他们坚信，欧洲是世界的中心，文明发达且源远流长。其他地方最多一笔带过，甚或不屑一顾。

事实上，欧洲并非一直是世界的中心，世界的中心一直在变。

牛津大学学者彼得·弗兰科潘的《丝绸之路》要告诉我们的就是这个道理：欧洲的确是近代世界中心，但不等于漫长的古代也是，不等于现代、当代还是，更不等于未来必须是。

近代以前，欧洲不是世界的中心。二战以后，美国取代了欧洲，成了世界中心。

今天，东方在和平、稳定发展，重新回到世界舞台中心完全可能、完全符合历史逻辑。

基因 □

俄罗斯总统普京说，修改人类基因比核弹还可怕。

普京表示，基因工程将在药物学领域带来颠覆性的机会，改变人类密码。可以想象，人类将能随心所欲地创造人，既可以是天才的数学家、音乐家，也可以是没有恐惧、同情、怜悯和痛苦的军人。

普京搬出了道德准则。他说，技术进步必须有益于人类，而不能自我毁灭。

普京的忧虑也是我的忧虑。一方面，我为文明进步欢欣鼓舞；另一方面，如果偏离道德，我担心，文明最终会葬送人类。

昆虫 □

人类如此强大，以至于其他生命如此低贱，它们的生存状况未获广泛关注和应有重视，直到生态末日降临，处于顶端的人类悔之莫及。

以昆虫为例。

昆虫约占地球所有生命的2 / 3。

科学家从1989年开始采用严格标准化的方式即用马氏网在63个自然保护区捕捉了超过1500种昆虫样本，并对每种样本的总重量进行测量，结果发现：27年间昆虫数量平均下降76%，而在昆虫数量最高的夏季，降幅甚至高达82%。

科学家警告说，我们似乎正在使大片土地变得不适合大部分生命居住。如果失去昆虫，一切都将崩塌。

世界是普遍联系的。生命是相互依存的，无论贵贱，也无论人与动植物，生物链任何一处断裂，结果都是灾难性的。人类必须尊重其他生命并与它们建立命运共同体。非生态文明特别是化学药剂的使用必须恰如其分、适可而止。

贬值 □

通货贬值似乎是一条规律。亨利八世（1491—1547）时，牛肉每磅半便士，羊肉每磅3—4便士。再往前，爱德华三世（1312—1377）时，肥牛每头6先令8便士，肥羊每只6便士，猪每头1便士……可如今，在英国喝杯咖啡都需要2英镑。

英国如此，其他国家有过之而无不及。

为什么通货总在贬值？到处贬值？为什么每一个国家每一个朝代每一种货币无一例外？答案其实很简单。政府和民众、统治阶级和被统治阶级是一对矛盾，税是明取，通货膨胀（贬值）是暗夺。此其一。其二，价值和使用价值、欲望和财物是一对矛盾。货币代表价值和欲望，趋于无穷大，而使用价值或财物受制于生产力、资源，它们是有限的。通货贬值是这对矛盾的最终结果。其三，商品与货币是一对矛盾。当货币不足以度量商品价值时，改变货币形态即由实物货币变为金属货币，由金属货币变为纸币，由纸币变为电子货币、数字货币是很容易、很自然的事，就是说通货紧缩很容易解决；相反，当战争、自然灾害等原因造成商品短缺时，回收流通中多余的货币或随时随地大幅增加商品供给几乎不可能，就是说通货膨胀（贬值）很难应对。

因此，可以讲，通货膨胀（贬值）既是社会发展规律，也是经济历史规律。负责任政府与不负责任政府的差别，不在于贬与不贬，而在于贬多贬少。将物价指数控制在3%以下的政府就算比较负责任的政府了。

韦伯 □

马克斯·韦伯是德国著名学者。在他看来，新教伦理有利于西方资本主义的形成和发展；而儒家文化相反，不利于甚至阻碍了东方资本主义的形成和发展。

马克斯·韦伯的观点很是流行了一段时间（大约半个世纪）。不少亚洲人包括不少中国人对其深信不疑。以至于儒家文化处境艰难，仿佛孔孟等人对中国乃至亚洲贫困负有不可推卸的责任似的。

事实证明，马克斯·韦伯的观点有问题。先是"亚洲四小龙"成功，让人开始怀疑。接着中国经济取得巨大成功，彻底动摇了他的观点。

为什么会这样？道理很简单：经济基础决定上层建筑，社会存在决定社会意识。而不是相反。宗教、伦理、文化对经济发展有反作用，即一时的促进或阻碍作用，但没有决定作用。人们对美好生活的向往是经济发展和制度变革的内生动力。穷则思变，人们绝不会困死在传统文化里，何况旧瓶可以装新酒，传统文化可以做出新解释、可以扬弃、可以活学活用。所以，韦伯贬低儒家文化，夸大其负面影响是不对的。

当然，现在，有人因为"亚洲四小龙"和中国经济成功，吹嘘儒家文化，夸大其正面作用也是不对的。还是实事求是好，还是辩证唯物主义好。

素质 □

2017年12月，苹果公司CEO库克（Tim Cook）先生出席广州《财富》全球论坛，他的一段话让我很感慨。原文如下：

Many companies see China as a big market. but for us the main attraction is the quality of people.We have now about 2 million application developers in China（on Apple's App Store）.

……

China is already incredibly innovative in so many areas.

近代以来，中国一直被西方公司当作原料来源地和产品销售地，当作一个大市场。库克先生不一样。他像一只野鸭，春江水暖先知先觉，最吸引他的居然不再是市场，而是中国人的素质！中国人的创造力！这是多么令人振奋啊！

一个国家、一个民族，国民素质最重要。有什么样的人，就有什么样的城乡、什么样的产业、什么样的商品。高素质的人是真正的生产力、最大的财富和潜力。作为世界一流公司CEO，库克先生已经看到我国经济结构转型、发展方式转变、增长动力转换，并且初见成效。对此，我们要有自信。夜郎自大不对，妄自菲薄也不对。要牢记新发展理念，持续实施创新驱动发展战略。

挚爱 □

叶芝《当你老了》写得很美、很深情、很感人。很多人译过。但读后总觉得欠缺什么。我改译为《挚爱》，并采用中国古典诗歌形式。下面是译文：

卿若老矣昏欲眠，
慢读诗书炉火边。
柔情似水心中涌，
明眸光影忆诸贤。

欢娱时刻众人癫，
真假爱慕谁能辨？
冰清玉洁郎独钟，
红颜易改情难变。

佝偻啜嚅壁炉前，

爱神飞逝顶上天。

倘使举头望夜空，

郎在浩瀚星海间。

莎翁 □

世上只有一个莎士比亚，但有无数莎士比亚专家。同样一本《十四行诗集》，有的看到真善美，看到人文主义；有的则看到骇人听闻的景象。例如，有人说莎翁是瘸子，有人说是谋杀犯，还有人说是同性恋、伪君子。

我读过莎士比亚戏剧集，也瞻仰过他在埃文河畔的斯特拉特福特故居。我更相信他是一个伟大的戏剧家、诗人、人文主义者。正像他自己说的："真，善，美，就是我全部的主题 / 真，善，美，变化成不同的辞章 / 我的创造力就用在这种变化里 / 三题合一，产生瑰丽的景象 / 真，善，美，过去是各不相关 / 现在呢，三位同座，真是空前。"

在莎士比亚笔下，形体美和人格美都集于一身的人才是美的"极致"。形体优美而内心丑恶的人好比"发着烂草臭味"的"鲜花"。

莎士比亚如今名垂青史、誉满天下，但其生前并不特别显赫、高贵、富有。他对愚蠢统治聪明、善良伺候罪恶的现实痛心疾首。他一生都在歌颂友谊、爱情、诚信、善良、正义等人间美好的事物。他与汤显祖几乎同时代，这真是世界文学史上的佳话。

大美 □

道可道，非常道；名可名，非常名。这句话，同样适应艺术。真正的美即自然美难以想象、无以名状、无法刻画。正如庄子所说："天地有大美而不言。"艺术与之相比，只能算小打小闹，并且，其美感源于想象，源于人们心中留存的自然美。

叶芝（1865—1939）被誉为爱尔兰有史以来最伟大的诗人。他在《论完美》（*He Tells of the Perfect Beauty*）中发表了类似的看法。说："诗人日以继夜工作辛勤不得闲 / 为了在有韵的文字里制造完整的美 / 却被一女子一瞬之瞥，以及昊天 / 轻易无为的忧容推翻殆尽。"

当然，天地有大美并不否认艺术的价值（重要性），更不否认艺术存在的意义（必要性）。承认天地有大美，等于承认艺术追求无止境，艺术家务必谦卑、努力，务必戒骄戒躁、精益求精。

一生 □

人的一生大致可分为三个阶段：法定结婚年龄之前，叫少年；法定结婚年龄到退休年龄，叫壮年；退休之后，叫老年。不同阶段，不同特点，不同诉求，不同体验。

孔子说："君子有三戒：少之时，血气未定，戒之在色；及其壮也，血气方刚，戒之在斗；及其老也，血气既衰，戒之在得。"

叶芝说："什么事都教我分心。"年轻时，是女人的脸；接下来是家国情怀（他的原诗似乎对政客不太客气：The seeming needs of my fooldriven land）；现在呢？但愿比一尾鱼更冷，更哑，更聋。希望回到庄子笔下的混沌状态，这是多么沉重和失望的状态啊！

孔子是教育家，是圣人，他告诉我们如何把控人生，是理想；叶芝是诗人，他回顾自己的亲身经历，是事实。多数人理解孔子，但行动上更接近叶芝。

我的看法，是非、美丑、善恶……伴随人的一生。发愤图强，止于至善，应该成为一生的态度。既不以天理压抑正常的合法的人欲，也不以人欲违背正确的共同的天理。既不因失败而失望，也不因得意而嘚瑟。努力在平凡的一生中做出不平凡的事业，为人民谋幸福，为民族谋复兴。

读书 □

2017年，日裔英国作家石黑一雄获诺贝尔文学奖。《远山淡影》是他的处女作，1982年出版。故事的主人公叫悦子，通过她的残缺的不太连贯的有时模糊的回忆，展示了战后日本社会、日本人民的方方面面。如：核弹带来的死亡与不幸（藤原太太一家），民主带来的分歧与不适（绪方先生与松田），生活带来的压力与辛劳（佐知子），文化带来的冲突与代沟（景子、妮基、万里子与她们的母亲），美军带来的希望与失望（弗兰克），等等。全书文字简洁，叙述平和，情景交融，意味深长。读后感触良多。特别是哀而不伤，与某些伤痕文学不同，《远山淡影》中的人物总能用积极的、乐观的态度去面对困难甚至痛苦，他们相信自己，也相信人性和未来；特别是克己崇礼，与国内某些电视剧相比，小说人物个个都能从自身找毛病。没有人整天愤怒和苛求，整天吵吵闹闹、骂骂咧咧，仿佛别人永远不对，别人总是亏欠自己，别人特傻、特坏。小说充满理解、信任、尊重、克制和分寸，让读者看到了一个真正的礼仪之邦是什么样子。尽管小说世界与现实世界可能不太吻合，但是，我认为，创造一个更美好的世界，引导人民向上、向善，是文艺的应有之义。

幸福 □

幸福不幸福，更多的是一种主观感受。外在的东西再好或再坏，如果不转化为内心愉悦或痛苦的感受，它是没有意义的。

人们通常把功名利禄即外在的有形的物质的东西看作幸福本身。由于这些东西要经过竞争才能获取，且结果总是呈正态分布，所以，绝大多数人总是显得平庸平凡，看上去不太成功、不太幸福。

事实上，真正的持续的幸福是内心的快乐，即老庄的内乐，诸葛孔明的宁静淡泊，范仲淹的不以物喜不以己悲，亦即自然、泰然、怡然、欣然状态。要做到这一点，正确看待事物很重要。英国哲学家休谟65岁那年（1776年）在自传里总结得很好：

"因为我一向看事物总爱看乐观的一面，而不是看悲观的一面。我想一个人有了这样的心境，比生在每年有万镑收入的家里，还要幸福。"

当然，幸福也需要拥有基本的，最好是中等水平的物质基础。否则，说幸福，那是唯心的或违心的，也是无人认可的。

区别

对立统一规律是辩证法揭示的三大规律之一。坚持辩证思维的人，不会走极端，不会静止、片面、孤立地看事物、想问题。

但是，如果分寸把握不好，对立统一很容易变成和稀泥，辩证法变成诡辩论。对此，辩证法的祖师爷黑格尔很清楚。他说："理性不能停留在这种'也'上，停留在这种皂白不分上。因此哲学的要求是掌握各种区别的统一，使区别不是被抛在一边不问。"（《哲学史讲演录》）

就是说，是非曲直、真假对错、高低明暗是客观存在的，是应该区分的。一个有理性、有良知的人，应该明辨之，并且，扶正祛邪，敢于斗争；坚守正道，与真理为伍。辩证法不是遇到矛盾、纠纷，就说一个巴掌拍不响，各打五十大板；遇到违法、乱纪行为，也睁一只眼闭一只眼，认为事出有因、情有可原。

一贯

提到黑格尔，人们会想到深刻乃至晦涩。其实，读他的《哲学史讲演录》，很轻松、很舒畅。

例如，关于斯宾诺莎（1632—1677），黑格尔写道：他"做到了彻底的一贯性""这种统一性……乃是东方的流风余韵。东方的绝对同一观被他采取和纳入了欧洲的思想方式"。

一贯，说起来容易做起来难，无论思想、行为、品性。学术的品质反映人的品质。只有信念坚定、崇尚真理的人，才能做到一以贯之。

斯宾诺莎就是这样一个人：金币不能动，迫害、威胁不能屈，权势不能限，贫穷不能移。

因此，那些虚伪的、荒谬的教士们、神学家们都恨他。一个新教教士曾在他的画像下写道：面带愁容的受谴责的形象。

黑格尔不这样。在他眼里，"这是一位深刻的思想家的忧郁相貌，而且温和、善良；他诚然受谴责……这种非难是出于人们的错误和毫无头脑的激情"。

扶贫 □

竞争出效率，同时也会产生分化：成与败，多与少，高与低，富与穷。

发展需要效率，稳定需要公平。历史反复证明：过度分化不利于社会稳定。所以，共同富裕应该成为一种理想，扶贫应该成为一场攻坚战。

扶贫的方式方法多种多样，因为贫穷的原因五花八门。精准扶贫的提法切中要害。

怎样才能做到精准呢？无疑要用心用情，深入调研，望闻问切，对症下药。当然，一般原理是存在的。例如，帮扶只能是强帮弱、富帮穷。

现代经济学告诉我们：如果一个富人给一个穷人100美元，穷人的边际收益大于富人的边际损失。

因此，富帮穷不仅道义上应该，能力上可行，而且心理感觉上可接受。

文化 □

外来文化好比进口种子。不能本土化，即不能扎根；不能时代化，即不能开花；不能大众化，即不能结果。本土化提供了土壤，时代化提供了温度，大众化提供了阳光、空气和雨水。

在众多进入中国的外来文化里，没有比佛教和马克思主义更为成功的了。

六祖惠能将佛教"三化"，共和国缔造者毛泽东将马克思主义"三化"。他们的共同特点是，将外来文化同本土文化融合，并尽可能以本土文化形式出现；锁定国家和民族的奋斗目标，视外来文化为攻坚克难之利器；与大众精神渴求对接，释疑解惑，满足其普遍心理。事实证明，他们这样做是完全正确的、有效的。

后记

　　摆在面前的这本书实际上是一本微信家书集。犬子大一、大二期间，我在南方工作。每天夜晚我给他发一条读书笔记，两年下来就积累成了这本书。因为是父子俩的交流，因此这本书也可以叫家书。有些条目他那个年龄不一定能理解，但我相信随着知识的增长、阅历的丰富，他会理解的，而且会比我想的更深刻。

　　这本书的基本风格，一如读者所见，稽古有得，中学为体；旁征有悟，西学为用。积金琢玉，随时札记，以为集。书中观点是否都对，不敢断定。唯望读者诸君甄别扬弃、择善而从。

　　感谢王一彪、刘华新先生推荐。感谢人民日报出版社陈红、吴婷婷女士为本书编辑出版付出的辛勤劳动。

　　此外，还要感谢《广州文艺》杂志，这本书中部分内容曾由该刊刊发。

弘毅